벚꽃이 정말 여렸을까

벚꽃이 정말 여렸을까

김창식 장편소설

생각나눔

차
·
례

1 부

마음에도 갈피가 있다 … 9

영감이 누린 행복에 탐이 났다 … 29

벚꽃이 정말 여렸을까 … 50

예감은 램프처럼 선명하다 … 68

네 자리에 잠시라도 서 있고 싶어 … 85

벼린 칼날과 고등어 … 112

2 부

시간이 응고되면 무슨 맛일까 … 133

내 안의 함성에 귀 기울여 … 157

조팝꽃 잔인한 향기 … 180

수평선으로 저물다 … 199

사랑하는 것의 껍데기를 비웃다 … 228

나무꾼 숲에 달기가 살았다 … 251

햇살의 허리를 비틀다 … 263

1부

마음에도 갈피가 있다

영감이 누린 행복에 탐이 났다

벚꽃이 정말 여렸을까

예감은 램프처럼 선명하다

네 자리에 잠시라도 서 있고 싶어

벼린 칼날과 고등어

마음에도 갈피가 있다

몸이 왜소하다고 허술해 보이거나 같잖아 보이지 않았다. 바닥에 팽개치면 모서리가 뭉툭해질지언정 깨지지 않는 팽이처럼 깐깐하고 동작도 쟀다. 온종일 해야 할 일을 반나절도 못되어 뚝딱 해치우는 성미였다. 낮이 길어져 몹시 지루하게 지나가는 깐깐오월이 노모에게는 용납되지 않았다. 빈틈없고 잰 몸동작이 천성인지는 모르지만, 아마도 기남이 어렸을 때 과부가 되었기 때문이 아닐까? 삶에 결코 도움되지 않는 근심이나 슬픔 따위의 것들을 비워내려 일부러 만든 습성일 터였다.

아들의 출근을 지켜본 후에 혼자 있는 며느리에게 왔다. 무엇이 서운해서 밤잠을 그르치고 아침에 왔을까? 캐나다에서 온다는 고모의 존재를 말해주러 온 것일까? 초윤의 의문을 아는지 모르는지, 오소리 눈으로 살림에 변화가 생겼는지 살핌을 잊지 않았다. 거실과 침실과 기숙사에 입소한 손녀의 빈방과 부엌을 차례로 살피고 화장실 문을 열었다.

베란다로 가서 화초에 갈색 반점이 생겼는지 꼼꼼하게 들여다보고 수돗물을 한차례 틀었다. 세탁기를 열어보고 눈살을 찌푸렸다. 기남의 바지가 세탁물로 던져져 있었다. 세탁 통이 돌면 양말과 수건과 뒤섞이고 밑에 가라앉았던 초윤의 속옷과 섞일 아들의 바지가 무릎이 접혀 있음이 눈에 거슬린 게였다. 노모가 아들의 접힌 바지를 반듯하게 폈다. 거실로 와 식탁에 앉았다가 일어나 소파에 앉았다. 노모의 몸에 뿌리를 둔 맵고 차가운 시선이 허공을 쉭쉭 휘저었다.

"입이 심심하다. 군것질거리 없냐?"

노모는 입이 심심한 것이 아니라 마음이 허전했다. 며느리에게 서운한 것이 있어 아들이 출근한 아침에 찾아왔다. 서운함을 며느리에게 일러주어야 한다는 생각을 밤새 편두통으로 머리에 담고 있었음이 작고 까만 얼굴에 역력했다. 빛깔이 곱고 느낌이 푹신한 물소 가죽 소파를 짜증 돋은 투로 바라보았다. 체구가 작아서 소파에 앉아 등을 기대는 것이 부자연스럽기도 하였지만, 품고 온 서운함을 시위하는 중이었다.

초윤 주변의 칠순 노인들은 여성이었고, 남편과 사별하여 혼자가 되었다. 노모가 아들과 며느리에게 오순도순 살라고 분가를 종용했다. 한 달도 못되어 황혼 연애를 위한 노모의 꼼수임이 드러났다. 경로당에서 만난 또래 영감과 연애에 빠졌다. 친정 노모는 두 딸을 출가시키고 독거 노인이 되었는데, 둘째 딸이 이혼하고 돌아왔다. 독거 신세를 면했고 끼니마다 딸이 마주 앉아 있어 좋기는 하였다. 딸의 뒷모습을 보는 가슴에 구멍이 생겨 대숲 바람 소리가 났다.

자정에 느닷없이 걸려온 통화로 고모가 생겨났다. 캐나다의 고모가 한국으로 온다. 노모처럼 혼자인지 확인되지 않았다. 초윤이 기남에게 고모의 존재를 물었다. 기남은 고모에 대한 소식을 처음 들었다. 자다 말고 고개를 갸우뚱거렸다. 고모의 정체를 소상하게 밝혀줄 사람은 영 감과 사랑에 빠진 노모였다. 시누이와 올케 사이였던 고모의 존재를 노모가 시큰둥한 말로 얼버무렸다. 초윤의 시누이 선남도 고모를 몰랐다 고 말했다. 노모의 함구로 고모가 누구인지 일러줄 사람이 없다. 버튼 을 잘못 누른 통화처럼 등장한 고모, 칠순 노인 고모를 새롭게 알아야 할 과제가 생겼다. 고모가 나타나서 세 노인의 나이를 합하면 이백 살 이 넘게 되었다. 노모의 연인, 영감을 포함하면 삼백 살에 가까웠다.

캐나다는 낮일까 밤일까? 컴컴한 하늘에서 비가 내렸다. 종료버튼이 눌러지지 않은 통화처럼, 이국의 억양이 섞인 말처럼 비가 자글자글 어 둠을 뜯었다. 좀처럼 잠들지 못하는 컴컴한 공간, 깊은 동굴로 떨어지 는 빗소리 때문에 잠을 이룰 수 없었다. 초윤은 컴컴하게 앉아 빗소리 를 들었다. 자글자글 끓는 소리, 동글동글 굴러다니는 마찰음, 끝이 나 타나지 않는 생각의 갈래, 베개로 귀를 막아도 비는 그치지 않았다. 캄 캄한 소파에 앉은 귀가 휑하니 뚫렸다. 노모가 시큰둥한 고모는 누구 일까?

고모가 전화번호를 어떻게 알았을까? 초윤이 아침잠에서 일어나 앉 아 중얼거렸다. 하늘이 언제 비를 뿌렸냐며 생뚱맞다. 빗방울의 자글거 림도 동글동글 구르던 소리도 없다. 어둠에서 젖었던 것들이 마르면서 저마다의 색으로 부릅떴다. 공기 알갱이가 폐부 깊숙이 들어와 알알한 구슬로 맺혔다. 기쁨이든 슬픔이든 오늘이 범상치 않을 예감, 경사가 완만한 언덕에 혼자 앉아 연초록의 나물을 뜯으면 좋겠다. 초윤이 뜨지 않은 해를 예감하며 중얼거렸다. 어젯밤에 등장한 고모의 존재가 아침을 배경으로 선명해졌다.

초윤은 아침마다 노모와의 통화를 거르지 않았다. 기남의 월급날이면 용돈도 스마트폰 뱅킹으로 입금했다. 입금내역이 노모의 휴대폰에 문자로 찍히도록 하였다. 적어도 일주일에 한 차례는 노모가 다니는 경로당에 과일과 막걸리를 양손에 들고 찾아가는 것도 잊지 않았다. 전화를 먼저 거는 쪽은 초윤이었다. 발신음이 두 번을 넘지 못했다. 육중한 철문의 잠금처럼 덜커덕 연결되었다. 초윤은 일부러 천천히 말했다. 마뜩하게 용건도 없으면서 아침마다 통화해야 하는 강박이 느린 말을 빚어냈다. 띄엄띄엄 징검돌로 말마디를 늘이면 성격 급한 노모가 덜컥 끊었다.

어제는 노모가 전화를 걸어왔다.

"잠깐 왔다 가야겠다."

노모의 전화는 간단하고도 명료했다. 쇳소리가 섞인 카랑한 통보가 전달되고 통화가 끊겼다. 초윤의 생각이 수묵 판화로 정지되었다. 멈춘 생각, 정지된 상황, 노모의 말이 바로 해석되지 않았다. 짧고 간단명료한 단어의 조합이 해석되지 않았다.

잠깐 왔다 가야겠다?

어제의 단순하고 짧은 말의 행간에 숨은 의도를 판독하지 못했다. 지금 즉시 오란 말인가? 오늘 중으로 한차례 들려달란 말인가? 잠깐이라면 몇 분을 말하는 것일까? 현관에서 신을 벗고 노모의 방에 앉아서 사 들고 간 과일을 노모가 적어도 반쯤은 먹을 정도의 시각일까? 노모의 말을 듣다가 끼니가 되면 밥상을 차리고 도란도란 말도 들어주고 설거지를 마치고 일어설 수 있는 시각을 말함일까? 잠깐이 내포한 시간의 양을 종잡지 못했다. 노모의 잠깐이 초윤의 하루를 한 덩어리로 뭉뚱그렸다. 아침부터 노모를 만나고 돌아오는 순간까지 다른 일상을 영위하기란 어려웠다. 노모와의 잠깐 시작점을 초윤이 정하기로 마음먹었다. 황금빛 화살에 꽃이 조화롭게 꿰여있는 화원이 떠올랐다. 노모와의 관계에서 아주 작지만, 우위를 선점한다는 것이 이토록 흥미롭다니. 초윤의 얼굴에 웃음이 번졌다.

가슴으로 써늘하게 엄습하는 그 무엇, 노모보다 우위를 선점하겠다는 의도가 만들어낸 헛헛한 심정, 초윤은 노모와의 잠깐 시작점에 기남을 동참시키기로 했다. 노모의 잠깐을 혼자 감당하지 않겠다는, 자신이 판단해도 영악한 결정이었다. 판단이 흐릿해지기 전에 기남에게 전화했다. 기남은 영문도 모르고 동조했다. 노모의 아들이므로 거부할 수 없었다. 기남의 회사 사주는 외국인이었다. 부장보다 세 살이 많은 기남이 십 년 과장으로 버틸 수 있는 이유는 외국인 소유의 회사였기 때문이었다. 사장은 한국 사람이었다. 중소기업이지만 보수와 복지가 대기업 못지않았다. 사원의 구십 퍼센트가 한국 사람이었다. 기남 보다 어린 부장은 사장의 둘째 아들이었다. 다섯 시에 퇴근하며 정년이 보장된 알짜배기 회사였다. 기남이 누리는 행운 때문에 전업주부인 초윤은 중산층 범주에 속할 수 있었다.

노모를 만나지 못하고 돌아온 어젯밤의 갈피는 바람 한 점 없는 수면처럼 팽팽했다. 빗소리에 잠들지 못하다가 새벽녘에 노모가 도인이 되어 물 위로 자박자박 걸어 다녔다. 노모의 신발코에 채인 자갈이 동글동글 구르는 소리를 냈다. 빗줄기가 굵어지는 동안은 수면이 출렁거렸다. 잠에서 깨었고 비가 멎었다. 초윤이 아침 창문을 열었다. 갈피 행간으로 자박자박 걸어 다닌 노모는 밤비였다.

노모의 굳은 표정이 풀리지 않았다. 아침에 들이닥쳐야 할 속내를 속에 아직 물고 있으니 눈동자도 새까맣고 또릿또릿했다. 바위에 오뚝 앉은 오소리 눈으로 초윤을 노려보았다.

"잠깐 왔다 가라는 시어미 말을 귓등으로 들었느냐?"

십 분이나 노려보고서야 속에 문 것을 토했다. 어제 노모의 집에 갔으며 한 시간 동안 기다렸다고 대답했다. 노모에게 같잖은 변명으로 들렸겠지만, 초윤은 사실을 말했다. 노모의 집 일 층에 세든 뚱뚱한 여자가 초윤의 방문을 일러주지 않았느냐고 물었다.

"며느리 너를 불렀는데 회사에 간 아범은 왜 부른 게냐?"

노모의 말에서 쇳소리가 묻어났다. 초윤 혼자 노모의 집에 오지 않았다는 것, 기남이 퇴근하는 시간으로 늦추어 동행하였다는 것, 한 시간이 아니라 자정까지라도 왜 기다리지 못했느냐는 것, 표면적인 불만이다. 초윤은 노모의 속심을 읽었다.

잠깐 왔다 가야겠다고 말한 노모는 잠깐을 종일로 간주했다. 아침에 곧 올 줄 알았던 며느리가 오지 않았다. 점심까지 이를 악물고 콧바람을 쏟아내며 기다렸다. 그래도 며느리가 오지 않았다. '며느리 네가 시어미를 감히 강 건너로 밀어놓고 징검돌 놓는 시늉을 하고 있구나?' 노모가 오기를 품었다. 경로당으로 갔다. 노모의 오기를 초윤은 알지 못했다. 노모의 집 밖에서 기남을 기다렸다. 노모를 만나러 왔으면서 부재중의 노모가 아니라 기남을 기다렸다. 해가 뉘엿했다. 노을이 먼 산에서 해바라기로 피어 고층건물 사이로 자락을 드리웠다. 저녁 시간이 가까이 왔다. 방문의 시점에서 끼니가 다가옴은 큰 부담이다. 더구나 노모의 집이며 노모가 부재중이다. 노모의 호출이 있었으므로 노모를 만나야 했다. 노모가 없다 해도 집으로 들어가서 저녁을 준비해야 옳은 처신이다. 하지만 선생이 불러도 걸상에서 일어나지 않는 학생처럼 집 밖에서 서성거렸다.

도심에서 좀 떨어진 변두리의 노모 집은 이 층이다. 주인이 일 층에 살고, 이 층은 세입자가 사는 것이 주변의 통례다. 소유주인 노모는 혼자이므로 방이 세 개나 있는 일 층은 너무 넓다. 노모와 비슷한 또래의 홀어미를 모시고 사는 부부를 일 층에 살게 했다. 노모는 이 층에서도 넉넉한 공간을 차지했다. 노모가 사는 공간이 턱없이 넓다는 것도 초윤에게 부담이 되었다. 더구나 외동인 딸이 대학에 입학하면서 기숙사로 갔다. 세 식구가 살기에 넉넉한 집을 두고 그만한 공간을 새로이 마련해서 산다는 것이 속 편한 경우가 되지 못했다. 그렇기 때문에 노모의 집을 방문하는 발걸음이 가볍지 않다.

측백나무가 울타리 삼아 심어졌다. 우듬지가 나란하게 다듬어진 측백나무 울타리가 강강술래로 원을 그린 무용수처럼 높이가 한결같았다. 밑동이 박힌 바닥의 오망한 둥지에서 고양이가 후다닥 튀어나오면 음악이 나오고, 측백나무 울타리가 시계방향으로 겅중겅중 돌아갈 것 같았다. 울타리 너머 공터로 만삭의 여자가 남자의 손을 잡고 갈로질러 갔다. 기우뚱거리는 더딘 걸음이지만, 보기 좋은 뒷모습이 차츰 비워내는 공터에 노을 자락이 평화롭게 내려앉았다. 비둘기가 보이지 않았지만, 나무가 에워싼 광장에다 어둠의 장막을 펴는 구구구 소리가 환청으로 들렸다. 공터 끝에는 흙바람에 때가 절은 점집 깃발이 바지랑대 끝에 매달렸다. 작년 초겨울인가. 노모 집으로 왔을 때 점집에서 북과 꽹과리가 캥두캥 캥두캥 우는 굿 소리가 들렸다. 소리가 들리는 내내 꺼림칙한 심정이었다. 노모는 경로당에서 사물놀이라도 하는 것처럼 어깨를 씰룩거렸다.

저녁 먹을 시간이 조마조마 걸어와 측백나무 우듬지를 넘어갔다. 노모를 기다리며 점점 익어가는 노을과 시계와 곧 기남이 나타날 길목을 바라보았다. 누가 보아도 무료한 사람처럼 서성거렸다.

기남이 나타날 길목으로 몸집 좋은 여자가 되뚱되뚱 걸어왔다. 입심이 좋고 아무에게나 말도 잘 거는 데면데면한 일 층 여자다. 옆구리 살이 늘어진 엉덩이가 편심하중을 일으키며 고무풍선처럼 씰룩거렸다. 장독을 닦았는지 너저분한 걸레를 쥐고 있었다.

"이 층 어르신이 며느리가 해주는 밥을 싫어해요?"

초윤은 얼토당토않게 짚어오는 여자의 물음에 눈을 깜박거렸다. 초윤은 기숙사에 가 있는 스물한 살의 딸 하나만 두었다. 며느리와 목욕탕을 다녀오며 조곤조곤 대화를 나누거나 심지어 시집살이를 시킴은 초윤에게 있을 가능성이 아예 없다. 아들을 입양하기 전에는 며느리가 없으니 며느리가 해주는 밥도 존재할 수 없다.

초윤은 데면데면한 여자를 멀뚱하게 바라보았다. 누구나 보편적으로 소유하고 있는 것들 중에서 소유가 불가능한 것이 있음을 새삼 느꼈다. 몸통도 굵고 입심도 좋고 더구나 골반이 커서 작정만 하면 줄줄이 묶인 소시지같이 자식을 낳을 수 있어 보였다.

여자가 장독먼지로 더럽혀진 걸레를 툭툭 털었다. 보통 여자라면 벌써 손에서 놓았을 걸레를 놓지 않았다. 여자의 손톱에 낀 검은 때가 보였다.

"친정엄마가 올케언니한테 밥투정을 부리더라고요. 엄마 왜 그러시냐고? 달래가면서 물어봤죠. 며느리가 살림 잘하고 착하고 좋은데 왜 엄마 눈에만 못마땅하냐고? 그랬더니 친정엄마 뭐라 말씀하시는 줄 아세요?"

여자가 혼자 묻고 혼자 대답하며 현관을 흘끔거렸다. 여자의 노모가 나타나 얘기를 들을까 겁이 난 거였다. 현관에서 아무도 나오지 않았다. 여자의 눈동자가 반들거렸다. 천둥소리에 목을 오므린 고양이 눈초리로 서리던 두려움이 엿보였다.

기남이 십 미터 거리를 두고 걸음을 멈췄다. 팔뚝 굵은 여자를 노골적으로 바라보았다. 여자는 기남의 노골적인 시선에 화를 내거나 얼굴 붉히지 않았다. 오히려 생글생글 웃었다. 여자의 웃음에 군더더기가 없었다. 뚱뚱하고 성격이 데면데면하고 노모를 두려워하는 경계의 눈빛을 가진 여자는 건강해 보였다. 누구나 부러워할 후덕한 성격의 소유자로 보였다.

"친정 엄마 하시는 말씀이…."

여자는 기남까지 자신의 말을 들으란 듯 더 큰 소리로 말했다.

"낳아주고 대학까지 가르쳐 키워 놓으니까 엄한 년이 호강하며 산다고, 아들이 월급 타면 며느리가 제 돈인 양 어머니 용돈요~ 하면서 쥐꼬리만큼 내밀고, 뭐라도 사 들고 오면 내가 난 내 자식이 벌어서 산 건데 며느리 돈으로 사온 양 별의별 생색을 다 내서 더러워서 물 말아 먹지, 안 먹는다 하시네요? 며느리 미워서 일부러 안 먹는 것이지요. 그러시면 며느리 이혼시키고 엄마 혼자 자식 끼고 월급 받아서, 원 없이 쓰면서 조카들 키우면서 사시우? 꼬집듯이 말했지요. 그랬더니 뭐라고 하시는지 아세요? 야 이년아, 누가 이혼시킨다고 했냐며 펄쩍 뛰시더라고요. 엄마, 그냥 내버려둬요. 사오면 고맙다 해야 또 사오고 싶고, 맛없어도 맛있다 해야 더 해드리고 싶은 게 사람 맘 아니냐고 달랬는데, 잔소리는 줄어들어도 심통은 여전하더라고요."

초윤이 여자의 입담에 팔짱을 꼈다. 오른발을 앞으로 디뎠다가 왼발을 왼쪽으로 조금 벌렸다. 고스톱을 쳐도 넉넉한 여인의 등짝을 바라보았다. 하늘을 보다가 도로 건너 상점들을 보다가 멀리 흐릿한 산을 보다가 손바닥을 보았다. 손바닥에서 묘한 색깔의 조짐이 보였다. 한곳에 오래 서 있어서일까? 가슴이 욱신거리면서 미세한 통증이 목덜미로 올라왔다.

기남도 여자의 화단에서 십 년은 자란 나무처럼 서서 입담을 들었다. 줄줄이 엮어놓은 소시지처럼 자식을 연년생으로 낳을 수 있을 거라는 예감을 주는 건강한 여자가 일 층으로 들어갔다. 기남이 여자가 들어가고 닫힌 문을 멀뚱히 바라보았다. 초윤은 기남의 옆모습을 지켜보았다. 시선을 의식한 기남이 고개를 돌렸다. 여자의 입심과 데면데면한 성격과 뚱뚱한 몸이 남긴 언어가 기남의 눈동자에서 반짝거렸다. 기남이 혀를 내밀어 입술에 침을 발랐다. 여자가 들어가고 한 시간 더 기다렸다. 노모는 나타나지 않았다.

초윤과 기남이 집으로 돌아왔고. 노모는 저녁 식사시간에 맞추어 돌아왔다. 밥상을 차려놓고 기다려야 할 며느리가 보이지 않았다. 아래층 여자로부터 며느리 혼자가 아니라 아들도 왔었음을 들었다. 아들을 대동했음은 며느리가 노모에게 일부러 거리를 두고 있음이 분명하다며 어금니를 물었다.

"입이 심심하다는 시어미 말을 귓등으로 듣는구나?"

노모가 먹을 것을 내오라고 재차 말했다. 포도를 바구니에 담아왔다. 노모는 포도 씨앗 골라내기를 귀찮아했다. 포도를 입술에 대고 손가락 끝으로 쭉 밀어서 입안에 들어온 알맹이를 씹지도 않고 삼켰다. 이런 노모의 버릇 때문에 노모와 마주앉아 포도 먹기를 삼가게 되었다. 포도를 화장지에 닦아서 입에 넣고 오물오물 씨를 발라 뱉어내는 모습은 노모의 눈총 맞기에 충분했다. 노모는 두 송이를 먹고도 부족하여 입맛을 다셨다. 아침을 먹지 않았음이다. 비에 젖었던 것에 스쳤다가 창으로 들어온 바람이 씹은 생콩처럼 비릿했다.

초윤은 노모가 들고 온 약술을 바라보았다. 말갛던 술이 담갈색으로 변한 것으로 보아 약초를 술병에 넣어둔 지 석 달은 족히 넘어 보였다. 초윤은 담갈색의 술에 담긴 약초를 유심히 살폈다. 더덕이나 칡 종류의 뿌리약초는 아니고, 산초나 헛개나무 종류의 열매도 아니었다.

"너 먹을 거 아니다."

노모가 약술에 닿아 있는 시선을 냉담하게 잡아챘다.

"아범이 요즘 부실한 것을 어찌 아셨어요?"

초윤이 어색하게 웃어 분위기 전환을 꾀했다. 노모의 작은 앙가슴을 후비는 말이었다. 노모의 입술이 파르르 떨렸다. 마른 침을 꿀떡 삼키느라 가슴이 딸깍거렸다. 초윤은 노모의 성난 심정을 달랠 말을 찾아야 했다. 그런 말은 초윤에게 익숙하지 않았다.

"아범이 부실하다는 소린 처음 들어본다. 눈구멍을 씻고 댕겨 바라. 아범처럼 딴딴한 남정네가 어디 있기나 하냐?"

노모 가슴에 서운함이 종양으로 뭉쳤다. 초윤이 바구니에 포도송이를 또 내놓았다. 노모는 한 알 따서 입에 넣고 손을 거두었다.

"어머님이 드시려고요? 독할 텐데…"

노모가 석 잔 정도는 얼굴색 변함없이 마실 수 있음을 초윤은 익히 알았다. 맥주거나 소주거나 독에서 우려낸 막걸리거나 술의 종류와 관계없이 석 잔을 넘게 마시는 것을 보지 못했다. 맥주를 소주잔에 부어도 세잔이고 막걸리를 맥주잔에다 부어도 세잔이면 끝을 맺었다. 석잔 술에 허튼 행동과 비틀린 말을 내비친 적이 없다. 아마 독한 양주를 국 대접에다 그득하게 부어준다면 석 잔을 마시고 꼿꼿하게 걸어갈 노인이다.

초윤은 노모와 겪은 일을 잘 기억하지 못했다. 바로 어제 일도 십 년은 지나 희미해진 일처럼 가물가물해서 곤란한 지경에 이르는 경우가 종종 생겼다. 노모와 삶이 얽힌 기간은 기남과 결혼한 후 이십 년이다. 똑같은 일을 두고 얘기가 오갈 때 선뜻 기억해내지 못하고 더듬거리면 노모는 볕 좋은 봄날의 떡잎처럼 들썩들썩 떠올려 말했다. 이러한 상황은 초윤이 노모와 함께 있는 시간이 꺼림칙한 여러 가지 이유 중의 하나다.

"시어미가 병든 사람으로 보이는 게냐?"

노모의 음색에서 찬바람이 일었다.

개와 고양이가 만나면 왜 아옹다옹할까? 문득 중얼거렸던 기억을 떠올렸다. 그날은 노모 집에서 저녁을 먹고 온 밤이었다. 기남은 모임이 있어 늦는다고 연락해왔다. 드라마를 보면서 개와 고양이는 왜 앙숙일까를 생각하다가 드라마 중간에 텔레비전을 껐다. 궁금한 것을 해소하는 데는 인터넷만큼 좋은 것도 없다. 주꾸미를 사다가 주꾸미 수제비 요리를 하든, 볶음 요리를 하든, 무침 요리를 하든 이제는 노모나 친정 엄마에게 물어볼 필요가 없게 되었다. 인터넷이란 것이 사람 편하자고 생겨나서 사람 사이의 정을 갈라놓는 도구로는 이만한 것도 없다. 초윤은 노모의 연인, 경로당 영감의 것이라고 확신했다.

"아범 것도 아니고 어머님도 안 드신다면…?"

초윤이 일부러 물었다.

"임자는 따로 있다."

약술에 대해 더 얘기하지 말라고 경고했다.

"무슨 약초예요?"

담갈색 약술에 담긴 궁금증을 참지 못했다.

"아범에게도 해줘라. 아범이 여간해서는 자리 보전할 몸이 아니다만, 장마 전에 논두렁도 땅땅하게 밟아놔야 하는 것이다."

담갈색 술병을 아무리 들여다보아도 하얗게 변색된 약초의 정체를 알아낼 수 없었다. 약술을 눈 가까이 들어 살폈다. 뿌리도 열매도 나뭇가지도 아닌 것이 궁금증만 더했다. 어른의 손을 펼친 크기, 느타리버섯 같다는 생각은 드나 버섯 종류는 아니다. 담갈색 성분이 알코올에 녹아나서 본래의 색을 잃고 창백하게 변색되었다. 개구리나 민물고기를 표본 병에 오래 담아두었을 때처럼 하얗게 탈색되었다. 약술 병을 흔들었다. 가라앉았던 미세한 부유물이 최루탄 가스처럼 퍼져 올라왔다.

"맹그러미라 하드라."

말갛던 술이 혼탁해지자 노모가 미간을 찌푸렸다.

"맹그러미요?"

노모가 술병을 빼앗아 바닥에 놓았다.

"유월 장마 끝에 호사스럽게 피는 꽃이다. 낮살이 사십하고도 다섯이나 먹고서 맹그러미를 모르냐?"

노모가 순탄하게 이어가던 말끝에서 화를 벌컥 냈다. 말귀가 어두워서 화가 난 것이 아니었다. 기남에게도 담아주어야겠다는 눈치 빠른 대답이 메뚜기처럼 튀어나오지 않아서다. 맹그러미…, 맹그러미…. 술병에 잠긴 약초는 맨드라미였다.

"고모님이 계신 줄 몰랐어요."

고모의 존재를 몰랐던 것은 기남도 마찬가지였다. 시누이 선남은 알고 있을까? 아들과는 달리 딸과는 조곤조곤한 대화가 더 있었을 것이므로 기남이 모르는 사실들을 선남은 더 알고 있을 거라고 생각했다. 그 생각은 금방 흐릿해졌다. 기남에게 시집와 이십 년을 넘게 살면서 시누이와 노모가 무릎을 맞대고 살갑게 웃던 모습은 별로 없었다.

"젊어서 떠나 늙은이가 되었으면 거기서 뼈를 묻을 일이지!"

고모를 말하는 노모의 음색이 냉담했다. 초윤이 머쓱해졌다. 입술을 오므리고 어금니를 문 노모에게 고모에 대해 더 말할 수 없었다. 노모가 맨드라미 술병을 품에 안았다. 심통에 종양이 땡땡하게 뭉쳐 내내 시퉁스럽던 몸을 일으켰다. 노모의 나이로서 걸맞지 않게 굽의 높이가 한 뼘이나 넘는 구두를 신고 손가락으로 앞 코를 빤질빤질 닦았다.

"굽이 높으면 관절이 상해요."

걱정돼서 한 말이 아님을 알아차렸는지 노모가 문고리를 쥐었던 몸을 돌렸다. 품에 안은 약술을 바닥에 놓고 현관 거울에 얼굴을 비추었다. 목덜미 옷깃과 머리 매무새를 만졌다. 립스틱을 바르듯 혀를 돌려 입술에 침을 발랐다. 얼굴을 거울 가까이 밀어놓고 눈동자를 자세히 들여다보다가 걷잡을 수 없이 번진 검버섯을 손바닥으로 쓸었다.

"모셔다 드릴까요?"

"아니다. 경로당에 갈란다."

자식에게도 주기 아까운 약술의 임자가 경로당에 있었다.

"자영 어미야."

노모가 초윤을 불러 놓고 입을 다물었다. 서운함이 가슴에 남아 있는 것일까? 초윤이 노모를 빤히 쳐다보았다.

"자영인 기숙사에 있다 하였지?"

자영의 안부를 묻는 노모를 바라보며 초윤이 고개를 갸웃했다. 자영의 소식을 묻기 위한 노모의 눈빛이 아니었다.

"먹여주고 재워주니 잘 있겠지요. 공부를 얼마나 하는지는 몰라도…"

초윤도 자영의 기숙사 생활에 확신이 없다. 하루 한번 걸려오는 통화의 음색과 주절주절한 그날의 얘기를 들으며 어림잡을 뿐이다.

"등록금도 내고, 기숙사비도 내야 하는 게냐?"

여간해서 돈 얘기를 않던 노모가 눈동자를 반들거렸다.

"대학이라고 보내놓으니 돈도 수월찮게 들어가요."

노모는 남편 없이 삼십 대와 사십 대의 징검돌을 경중경중 건너면서 초윤 부부에게 보탬이 되었을망정 경제적인 부담을 주지 않았다. 발목 골절로 입원했을 때와 맹장 수술로 입원했을 때 기남이 병원비를 부담하였던 일과 가구나 생활용품을 사준 적이 몇 차례 있었다.

"자식 딸랑 하나 키우면서 그런 소릴 하다니, 남들 들으면 돌아서서 비웃는다."

노모가 현관문 손잡이를 잡았다. 신발을 다시 보고 손잡이를 놓고서 거울로 돌아섰다.

"통장에 돈은 얼마나 있니?"

노모가 거울에다 머리 매무새를 만지면서 물었다.

"자영이 기숙사비 안 주셔도 돼요. 어머님."

초윤이 노모의 어깨에 앉지도 않은 먼지를 털었다.

"내가 언제 돈 준다 했니?"

노모의 시퉁한 음색에 초윤이 손을 거두었다.

"어머님…. 돈 필요하세요?"

초윤이 떠듬떠듬 물었다.

"그래. 돈 쓸 일이 생겼다."

초윤은 고개를 주억거렸지만, 돈이 얼마나 왜 필요한지 묻지 않았다. 노모도 더 말하지 않았다.

노모가 누구를 위하여 저토록 매무새에 신경을 쓰는 것일까? 가슴에 안은 약술의 주인이 도대체 누구일까? 노모가 나갔다. 평생 하지 않은 돈을 말씀하시다니, 캐나다에서 온다는 고모 때문일까?

개는 기분이 좋으면 꼬리를 흔들고 언짢으면 꼬리를 내린다. 고양이는 기분이 좋으면 꼬리를 내리지만, 화가 나면 꼬리를 세운다. 마주 서면 오해가 생길 수밖에 없는 사이다.

살아 있는 동안 하나의 몸인 것처럼 마음도 낱장인 줄 알았다. 작은 뼈가 연결되어 직립 보행하는 몸 중심에 척추가 있듯 몸 어딘가에 마음도 한 장이 있다고, 마음은 누군가에게 비치는 것이 아니라 자신이 담고 있는 것이라고, 사람마다 자신을 담는 저마다의 독특한 그릇이 있다고, 그릇에 담긴 빛깔이 마음씨라고. 사람마다 그릇이 다르고 담는 빛깔도 다르므로 똑같은 마음은 불가능하다고 믿었다.

눈으로 보는 것, 누군가와 나눈 말, 마주 선 사람의 눈동자에 투영되는 일상, 이런 것들이 그 사람의 그릇에 채워져 마음이 되었다면, 오랜 만에 다시 만난 사람이 새롭다고 말할 수 있음은 본래의 마음에 새로운 것들이 투영되어 덧칠해지는 것이라고. 덧칠은 더께이고 포장이므로 지워질 수 있으며, 또 새로워질 수도 있는 가변성이라고. 덧칠해진 것들이 퇴적을 거듭하여 화석화되면 더는 새로워질 수 없는 기억세포가 된다고. 그러므로 마음도 몸을 따라 늙는다고 믿었다.

맨드라미는 꽃의 흐드러지기가 닭의 벼슬 같으니 초윤 또래는 모를 리 없을 터였다. 더구나 학창 시절 화단에 심어졌던 꽃이 봉선화와 맨드라미와 샐비어와 채송화가 아니었던가! 더러는 꽃잎이 노란 튤립이나 새빨간 칸나도 기억의 세포에 돋는다. 하지만 꽃잎이 너무 요염해서 길게 떠올려두고 싶지 않다. 맨드라미의 꽃잎은 더없이 요염하다.

낡은 상자를 기억했다. 빛바랜 사진에서 맨드라미를 확인하고 싶었다. 물론 씨앗을 본 기억이 없다. 씨앗이 숨어 있을 꽃의 부분을 가늠할 수 있다고 생각했다. 상자에서 편지를 꺼내 들었다. 색 바랜 조롱박새 우표에 우편도장이 찍힌 봉투에서 편지가 나왔다.

"생명의 부활이 이토록 장엄할 줄 몰랐습니다."

청색 볼펜으로 써진 편지는 이렇게 시작되었다

"맨드라미 꽃을 본 적은 있을 것입니다. 맨드라미 씨를 보지 못했다면 화단으로 가서 확인하세요. 맨드라미 씨를 눈으로 확인하라니 생뚱맞다는 느낌이 들겠지요? 맨드라미 씨를 본 사실이 없다면 이 편지에서 주장하는 것을 포용할 수 없기 때문입니다. 씨앗은 왜 있는 것일까요? 물론 본능의 소산이지요. 수컷이 암컷을 만나 교미를 하는 것은 종족을 보존하려는 본능이라는 것쯤은 다 아는 사실이지요. 사람은 영악하고 간사하고 동물을 압도하는 능력을 보유했습니다. 종족 보존의 본능은 잊고 쾌락과 사기와 처세의 방편으로 섹스를 하고 있습니다. 신중해야 합니다. 맨드라미 씨앗은 여간한 관찰력으로는 그 존재를 확인하기 어려우니까요. 작은 것을 빗대어 말할 때 좁쌀 같다고 하지요. 맨드라미 씨앗에 비하면 좁쌀은 거대한 존재입니다. 좁쌀에 비할 수 없을 만큼 작은 알갱이라는 뜻이지요. 닭의 벼슬같이 흐드러진 맨드라미 꽃잎 밑에 손바닥을 펴고 꽃대를 가볍게 흔들어 보세요. 여름 한낮 오수를 훼방하듯 기척만 주어도 충분합니다. 꽃잎 깊숙하게 숨어 있던 씨앗이 손바닥에 비로소 모습을 보일 것입니다. 좁쌀은 손바닥에 닿는 느낌이 있지만, 맨드라미 씨앗은 촉감마저 만들어 낼 수 없는, 어찌 보면 존재라는 단어를 부여하기가 무색한 크기랍니다. 벼랑의 돌들이 굴러 계곡에 쌓이듯 맨드라미 씨는 손금으로 굴러가 작은 무리를 이룰 것입니다. 좁쌀보다 깨알보다 그 어떤 존재보다 작은 본능의 소산. 시력을 돋구어 자세히 보세요. 까만빛이 영롱할 것입니다. 여름의 무더위가 압축된 씨앗의 광채, 요망할 정도로 육감적인 꽃잎으로 팔월의 긴 한낮을 버티며 영글어낸 소산이지요. 그 작은 개체가 발아하여 일 미터는 족히 넘는 줄기를 만들고 흐드러진 꽃을 피울 수 있다니! 맨드라미 씨앗을 처음 보았을 때 불가능과 가능의 경계에 홀로 선 느낌이었답니다. 그때의 기분을 지금 느낄 수 있다면, 뇌리에 자리 잡은 맨드라미 씨의 영롱한 광채는 결코 지울 수도 외면할 수도 없는 평생의 반려자가 될 것임을 확신합니다."

맨드라미로 무엇을 말하고자 함이었을까? 아직도 글의 행간을 읽지 못했다. 노모가 술병에 담아온 맨드라미처럼 편지도 색이 바랬다. 노모의 품에 안긴 약술이나 이십오 년 감춰온 편지나 초윤에게 풀리지 않은 수수께끼였다.

편지를 접다가 강을 건너지른 다리의 그림이 생각났다. 사각의 화폭에서 저벅저벅 건너가야 할 다리가 길었다. 다리 건너에 심어진 미루나무가 다리보다 작아 보여서 그런 느낌을 갖게 했다. 길게 걸어갈 수 있음은 호젓함일까? 구름에 엉기는 저녁연기 같은 고요함일까? 건너가면 뒤를 돌아보지 않을 다리, 그 다리를 건너고 싶은 생각이 익는 술처럼 편지에 고였다. 다리 저쪽 미루나무 둑 너머에는 멍석에서 건조되는 나락에 햇살이 고루 쏟아지는 장관이 떠올랐다. 강을 따라 길게 이어진 둑에 자락을 걸친 산 중턱의 조팝꽃도 떠올랐다. 조팝꽃 독한 향이 코끝을 확 스쳐 갔다. 뒷머리가 주먹으로 맞은 듯 아뜩해졌다. 맨드라미 흐드러진 꽃과 조팝꽃의 향기, 빛이 바랜 편지와 싱그러운 잎이 다닥다닥한 미루나무, 이십오 년 만에 펼쳐진 편지가 여전히 수수께끼였다.

몸이 하나이듯 마음도 낱장이라고 믿은 것은 초윤만의 발상이었다. 노모와 시누이를 비롯한 주변에 서성거려 온 사람들의 마음 갈피가 낱장이 아니었다. 초윤을 대하는 기남의 마음조차 낱장이 아니었다.

노모를 바라보는 마음의 갈피가 또 하나 생겼다. 기남과 초윤이 읽었던 갈피를 뒷장으로 밀어내는 갈피, 그 갈피의 행간에 숨어있는 것은 무엇일까?

영감이 누린 행복에 탐이 났다

똥똥하고 짤똑한 영감이 아름드리 느티나무로 느릿느릿 걸어갔다. 영감의 늙은 황소걸음을 참을성 있게 지켜보면서 물기가 알맞게 분포된 감촉을 밟고 논두렁에 서 있었다. 몰랑몰랑한 흙의 질감이 발바닥에서 정수리로 올라왔다.

영감이 무엇인가를 가슴에 안고 있었다. 뒷모습이 되똥거렸다. 안고 있는 것은 보이지 않았다. 영감의 가슴에 들려 있는 물건에 시선이 화살촉처럼 꽂혔다. 거리가 멀었고 영감의 똥똥한 몸에 가려 보이지 않았다. 눈을 비벼 시력을 돋구었다. 영감의 몸통에 가려진 것이 양쪽으로 늘어져 있었다. 사람이라면 깊은 잠에 빠졌거나 잠들지 않았다면 숨이 끊어져 몸을 가누지 못하고 늘어진 모습임이 분명했다.

영감의 느릿한 걸음에 보조를 맞추어 논둑길로 느릿느릿 걸었다. 영감의 오른쪽으로 늘어진 것은 귀가 달린 머리였다. 왼쪽으로 늘어진 것은 다리였다. 영감의 앞가슴에 늘어진 것이…, 체구가 작달막한 것이…

혹시 노모가 아닐까?

　논두렁에 펄쩍 주저앉을 듯 몸이 휘청거렸다. 영감을 향해 뛰어갔다. 신발이 벗겨져 몰랑몰랑한 흙의 촉감이 발바닥에 느껴졌다. 오 센티쯤 자란 콩 싹을 짓밟으며 영감의 품에서 사지가 늘어진 물체로 뛰어갔다. 거리는 여간해서 좁혀지지 않았다. 영감이 느티나무에 도착했다. 영감은 노모의 작은 몸인지, 아니면 다른 주검인지 알 수 없는 물체를 힘들게 지탱하며 느티나무를 바라보았다. 물체가 꿈틀 움직였다. 죽은 것이 아니었다. 영감이 안고 있던 것을 떨어뜨렸다. 물체가 바닥에서 고무 튜브처럼 통 튕겨 오르는 것이 아닌가. 논두렁 끝까지 달려가 숨을 몰아쉬며 바라본 물건은 살아 있었다.

　영감이 뭉툭한 손으로 살아 있는 그놈의 목덜미를 눌렀다. 목덜미를 잡혀 입을 벌린 그놈이 버둥거렸다. 아직 숨이 할딱할딱 붙어 몸을 비트는 그놈은 시커먼 개였다. 목덜미를 잡고 웅크린 영감의 등이 애드벌룬처럼 동그랬다. 목을 잡힌 개가 버둥거리다 숨이 끊어져 몸통을 바닥에 조용히 놓았다. 개의 목덜미에서 손을 거둔 영감이 돌아섰다. 영감의 눈에서 푸른 광채가 뿜어져 나왔다.

　깜짝 놀라 잠에서 깨었다. 영감과 개는 꿈의 상황이었다. 곁에 곤하게 자고 있는 기남의 얼굴을 바라보았다. 눈앞에 어른거리는 영감과 개의 잔영을 회상하며 고개를 갸웃거렸다. 소시지처럼 뭉툭한 손가락, 노모의 연인이라는 영감과 조우할 것이라는 예감이 강하게 불어왔다.

　시간을 지켜보아야 할 때가 있었고, 무료하게 기다릴 때도 있었고, 속절없이 보내야 할 때도 있었다. 꼭 있어줘야 할 공간과 있어서는 안 될 공간이 있었고, 내키지 않지만 갇혀 있어야 할 공간도 있었다. 자신을 견뎌내야만 하는 상황도 가끔 있었다. 지켜보고 있어야 할 시간과 갇혀 있어야 할 공간과 자신을 견뎌내야 할 상황이 예감되었다. 영감의 눈에서 뿜어지던 푸른 광채가 동여맨 두건처럼 떨쳐지지 않았다.

언덕 위 예배당이 청춘남녀의 연애장소였던 시절이 있었다. 예배당에서 까만 교복에 하얀 목 셔츠를 받쳐 입은 남학생에게 마음을 빼앗겼던 열병의 흔적을 가슴에 심었다. 아파트마다 마을마다 경로당이 생겼다. 어려서 예배당에 다녔던 청춘이 늙어서 더러는 짝을 잃었다. 외로움을 달랠 곳은 경로당이었다. 예배당에서 짝을 찾던 그들이 경로당에서 또 짝을 찾을 줄은 누구도 예상하지 못했다. 짝을 두 번씩이나 찾을 수 있을 만큼 수명이 길어졌다. 늙어서도 사랑을 생각할 만큼 욕망을 살찌우는 음식이 기름졌고 세상도 관대해졌다.

노모가 낮에는 경로당에서 영감을 만나고 밤에는 머리맡에 놓아둔 물 대접처럼 영감을 생각의 틀에 가두어 두고 잠에서조차 둘만의 꿈을 꾸었는지 몰라도 둘의 만남에 어떤 의미도 부여하지 않았다. 느닷없이 등장한 영감의 존재를 무시하기로 작정했다. 노모의 기억세포에 서릿발이 와드득 돋아서 영감의 존재가 뒤죽박죽되는 상상을 호기롭게 즐기고 싶었다.

"아들딸 며느리에게 꼭 말을 해야 할 법은 없지만, 그래도 자식이니 알아야 할 것이다? 쥐구멍에 볕 들 날이 꼭 있다더니 글쎄 내게도 정분나는 영감이 생겼다?"

노모가 옥수수 낟알을 밟아 심듯 말 마디마디에 힘을 주었고 고개까지 주억거렸다. 힘들게 넘었던 삶의 고개를 다시 넘는 듯 가쁘게 숨을 몰아쉬었다. 노모의 기억 중추에 서릿발이 돋지 않았고, 믿음이 헛되이 부서졌다. 노모가 시집간 딸과 며느리에게 오소리 같은 눈빛과 카랑카랑한 쇳소리로 영감을 등장시켰다.

"아이고! 우리 엄마. 긴 세월 수절하시더니 늘그막에 바람이 나셨네?"

선남이 키득키득 웃었다. 노모의 얼굴에서 부끄러워하는 모습이 엇비쳤다. 초윤은 뒷전에 물러나 눈만 껌벅거렸다. 켜있는 텔레비전을 꺼야 할지, 그대로 두어야 할지 일부러 고뇌하며 텔레비전을 흘끔거렸다. 노모가 카랑한 시선을 쏘더니 텔레비전을 껐다.

"따뜻한 밥 묵고 식은 소리 하는 거 아니다. 그리고 너희들이 내 밥상에다 따뜻한 밥 올려주기나 하면 몰라도 내가 어디 식은 소리 하고 다니는 사람이더냐?"

노모의 말에서 서운하다는 빛이 묻어났다. 늘그막에 외간영감과 정분이 났다고 며느리 앞에 말하기가 쉽지 않을 터였다. 낮에 송충이가 엉금엉금 기어오르는 듯 얼굴이 화끈거리고, 쌀자루라도 있으면 홀라당 뒤집어쓰고 싶은 민망함을 무릅쓰며 애써 말했을 터였다. 어렵사리 속을 털어놨는데 며느리가 도통 속을 드러내지 않으니 속에서 오기가 뻗쳤다. 선남은 기가 막힌다는 표정으로 입술에 침을 발랐다.

"오냐, 할 말 있음 시방 다 해라."

노모가 엉덩이를 끌어 선남에게 다가앉았다. 며느리가 가타부타 말이 없어 화가 치솟았는데 화살이 시집간 딸 선남에게 겨누어졌다.

"늘그막에 연애하시려고 오빠를 분가시켰소?"

선남이 입을 다물고 있는 초윤의 옆구리를 찔렀다. 초윤은 그저 희미하게 웃어주었다.

"네가 그렇게 말하니 나도 말을 해야겠다. 자식이고 며느리고, 시어미에게 수절을 하라고 눈알 똥그랗게 뜨는 막심한 놈이 있다고는 하지만…, 자식이 저승 먼저 가신 서방도 아니고…. 난 그런 배은망덕한 것들은 눈 뜨고는 못 본다. 반대 마라…. 정분을 주는 영감이랑 무슨 짓을 하든 나서지 마라."

노모가 말뚝을 단박에 박았다. 초윤은 노모의 선언에 애써 의미를 두지 않았다. 보험설계사가 보험상품을 설명하거나 판촉사원이 신상품을 홍보하는 것처럼 받아들여도 그만이고, 받아들이지 않아도 그만인 것에 노모가 과도한 열을 올리고 있다고 무시했다. 이 공간에서 벗어나고 이 시간을 흘려보내면 상황은 종료된다며 외면했다.

노모의 딸인 선남도 기가 찼다. 마주 앉아서 고분고분 듣는 시늉은 하고 있지만, 며느리의 속마음은 시큰둥하다는 것을 선남이 모를 리 없었다.

"영감이 어떻게 생겼는데?"

선남이 초윤에게 눈을 찡긋하고 물었다.

"어떻게 생겼는지 말하면 그분을 이리로 모셔다가 상다리 휘청 부러지게 음식이라도 차려 주려느냐?"

노모는 꺼내놓는 말마다 꼿꼿하고 당찼다. 선남은 혀가 급속 냉동된 듯 벌린 입을 다물지 못했다. 백발노인이 놀이터 벤치에 앉아 도란도란 무슨 애긴가를 나누는 모습이 웃기고 민망스러운 풍경이라는 생각을 서슴없이 하였고, 산책길에서 손을 꼭 잡고 걸어가는 등덜미에다 몸은 헐거워졌어도 늙지 않는 것은 욕망이라는 쓴 비웃음을 날렸다. 부부가 장터에 가거나 봄볕 나들이를 갈 때는 남편이 서너 걸음 앞장을 서고, 부인이 뒤를 따라가던 저들이었다는 생각을 하면 두 손을 꼭 잡은 모습이 가증스럽기까지 했다.

"자식 며느리가 어엿하게 있는데도 희미한 눈을 뜨고서 삼시 세끼 밥상 차리고 싶은 부모가 어디 있겠냐? 내 밥상에다 따뜻한 밥 올려주기나 하면 몰라도 너희들은 내가 하자는 거 눈감아주어야 하겠다."

여전히 가타부타 응답이 없는 초윤에게 선언했다.

노모가 저녁도 먹지 않고 가겠다고 일어섰다. 초윤이 저녁은 드시고 가라고 잡았다.

"그냥 가시게 놔둬. 영감에게 혼이 쏙 빠져 있는데 올케언니가 해준 밥을 고맙다 하겠소?"

선남이 노모를 붙잡지 못하게 했다. 선남은 몹시 실망스럽다는 표정을 노골적으로 드러냈다. 노모가 화가 나서 앞니를 맞대고 '오냐, 네 속을 알겠다.' 이렇게 말하는 것처럼 입술을 오므렸다. '세상이 믿을 사람 없다더니 너를 두고 하는 말이구나. 서럽다. 삼십 년 수절해서 키웠는데 이럴 수가 있느냐? 서러워 눈물이 펑펑 쏟아지려고 한다.' 노모가 선남과 초윤을 번갈아 쳐다보다가 찬바람을 일으키며 나갔다.

노모의 폭탄선언을 듣고 놀라는 표정만 지어 보이거나 '나이가 있으신데 너무 맹랑한 생각이 아닌가요?'라며 거부감을 표하거나 '잘하셨어요.

먼저 가신 아버님도 어머님의 용기를 도와주실 거예요.'라며 긍정적인 반응 중에 어느 한 가지를 선택해야 했다. 그런데 세 가지 중에 어느 하나도 선택하지 않았다. 다른 어떤 느낌도 일부러 생각하지 않았다. '저분이 내 노모가 맞는가?' 하는 의구심도 갖지 않았다. 그러니까 노모가 부끄러움과 민망함을 무릅쓰고 꺼내놓은 말을 무시했다. 노모의 가슴에 설렘으로 담긴 것을 개밥에 도토리로 여겼다. 다만, 노모에게 뒤통수를 한 줌 뜯긴 기분은 떨칠 수가 없었다. '며느리가 내 밥상에다 따뜻한 밥 올려주기나 하면 몰라도.'라든가, '자식 며느리가 어엿하게 있는데도 희미한 눈을 뜨고 삼시 세 끼 밥상 차리고 싶은 부모가 어디 있겠냐?'라는 노모의 말이 가슴에 얹혔다. 노모는 질 수 없는 자리를 확보했고, 며느리 너는 이길 수 없는 위치에 놓여 있다는 선언이었다.

노모의 다부지고 영악한 지식에 놀랐다. 칠판에 써진 백묵글씨를 본 적이 없다는 노모의 해박한 생활상식에 놀랐다. 노모의 해박함을 초윤은 잔소리로 들었다. 노모는 아침 밥상에서 차려진 음식에 선뜻 젓가락을 들지 않았다. 채소를 데치는 방법, 음식마다 소금 간을 넣는 시기와 양이 다르다는 훈계, 노모가 살던 방식에나 어울리는 생활도구가 욕실과 부엌에 등장했다. 불 조절에 실패해서 바닥이 새까맣게 탄 냄비를 닦아내는 도구로 모래와 지푸라기가 사용되었다. 외출에서 돌아와 보니 식탁이 가벼워 보인다고 콩기름이 발라졌다. 수세미를 쥔 손으로 변기 바닥에 달라붙은 배설물을 닦는 모습을 목격했다. 속이 더부룩하고 신물이 넘어와 식탁에서 사나흘쯤 명치를 문지른 적이 있었다. 노모는 토종닭의 똥을 볶은 술이 좋다고 프라이팬에다 닭똥을 볶아 정종에 담았다. 이만한 영약이 없다는 쓴 똥물을 노모 면전에서 마셨다.

초윤은 분가의 불씨를 처음으로 지폈다. 새벽부터 자정까지 노모를 관찰했다. 자신과 어긋나는 노모의 행동을 숨죽이고 기다렸다. 눈동자를 말갛게 뜨고서 비밀스러운 속내를 위장했다. 살가운 웃음과 고분고분한 말까지 동원해서 노모의 모든 행동을 이해하고 수용한다고 위장했다. 노모의 행동을 낱낱이 살폈다. 조금이라도 어긋나는 노모의 행동이나 말을 조목조목 뇌리에 담았다. 노모로부터 분출되는 행동을 모아 외돌아 앉아야 노모 면전에서 과감해질 것이라고 작심했다.

변을 보고 물을 내리지 않은 채 화장실에서 나오는 노모를 보고, '그러실 줄 알았어.' 속으로 쾌재를 불렀다. 노모는 식사 후에 꺼억꺼억 트림했다. 발뒤꿈치 굳은살 가루를 거실바닥에다 하얗게 남겼다. 안방에 들릴 정도로 코를 골았다. 잠 중에 으드득으드득 이를 갈았다. 헝클어진 머리에 빗질도 하지 않고 슈퍼로 갔다. 아침 식전에 이를 닦고 점심 후나 저녁 후에는 이를 닦지 않았다.

선남이 초윤의 요망한 작심을 알아차렸다. 선남은 노모나 오빠인 기남에게 말하지 않았다. 마음이 돌아선 초윤을 분가해서 내보내는 것이 노모에게 이로울 것이라 판단했다. 노모의 행복은 며느리가 아침마다 차려주는 기름진 식탁이 아닌 마음의 평화라는 것을 선남은 깨달았다.

가족을 위한 음식과 소모품과 생활도구를 맘대로 고를 수 있는 것도 작지 않은 행복이었다. 베란다로 옮긴 간장독을 보러 노모가 왔다. 노모가 좋아하는 갈치조림을 점심상에 올렸다. 조림 바닥에 무를 깔지 않고 일부러 감자를 넣었다. 갈치를 조릴 때는 감자를 넣는 것보다 무를 바닥에 깔아야 텁텁한 맛을 없앤다는 잔소리를 기다렸다. 노모는 아주 맛있고 기쁜 표정으로 점심을 먹었다. 식탁에서 물러나 소파에 앉았다가 욕실로 들어갔다. 욕실에서 이를 닦는 소리가 들렸다.

욕실 문을 열고 놀란 듯 물었다.

"어머! 어머님, 점심을 드시고 양치질을 다 하시네요?"

노모가 컵으로 물을 받아 입안을 헹구었다. 칫솔도 말끔히 헹구어 준비해 온 위생 비닐에 넣고 부드러운 웃음을 섞어 말했다.

"며느리 너도 점심 먹고 이빨을 닦으면서 새삼스럽다?"

노모는 초윤이 가늠했던 수준보다 더 노련하고 영악했다. 분가를 한 후부터 기준에 어긋나게 행동하던 것들을 하지 않았다. 소낙비가 끊어지면서 짙푸르게 개는 유월의 하늘처럼 비위를 건드리던 행동이 말끔하게 사라졌다. 분가를 재촉하던 노모의 황당한 행동과 잔소리가 멈췄다. 분가해야 했던 당위성을 무기력하게 하는 변화였다. 엎질러 놓은 까만 잉크를 흔적도 없이 빨아들인 스펀지처럼 그런 행동을 한 적이 없다는 표정으로 돌변했다. 노모는 아들보다 딸인 선남의 집에 발걸음을 더 했다. 선남에게서 전화가 오면 노모를 맞으러 갔다. 노모를 만나러 선남의 집에 갈 때마다 무엇인가 크게 잘못했다는 허전함을 떨칠 수 없었다.

노모가 토막 낸 개고기를 들고 선남 집으로 왔다. 선남의 남편, 사위가 없는 시간에 세 여자가 모였다. 노모가 만든 세 여자의 모임은 늘 이런 식이었다. 영감은 아직 오지 않았다. 삶아온 고깃덩어리를 약한 불로 긴 시간 고아서 국물이 걸쭉해질 때까지 영감을 부르지 않았다. 영감이 코를 킁킁대며 기다리는 모습을 며느리와 시집간 딸에게 보여주지 않으려는 노모의 계산이 깔렸다. 노모는 끓는 고기가 혹여 잘못될까 우려하여 선남과 초윤을 끓는 솥에서 떠나지 못하게 했다.

초윤은 머릿속에 생경하게 남아있는 꿈을 떠올렸다. 영감의 앞가슴에 안겨 작달막한 체구로 늘어져 있었던 개를 노모로 착각했던 그 아뜩한 순간이 떠올랐다. 목덜미를 제압당해 주검으로 늘어지던 개와 입술에다 침을 연신 바르던 영감. 개는 살점을 흩트리며 진한 국물로 변해가고 있었고, 영감은 보신을 위해 곧 도착할 터였다. 꿈은 신비한 능력을 가지고 있음이 분명했다.

영감이 왔다. 영감은 코를 벌름거리면서 노모의 작고 앙상한 손을 자신의 뭉툭한 손으로 꼭 쥐었다. 노모의 얼굴에서 웃음이 밭고랑으로 패였다. 노모는 그리 길지 않은 여생 동안 남자의 보호막에 들어앉아 행복하자는 의도로 영감을 맞이했다. 죽기 전에 여자로서 남자를 내조하고픈 생각에서 사내를 받아들였다. 아들이 채 열 살도 되지 않아 홀로되었다. 남편이 벌어다 주는 월급을 손아귀에 쥐고도 남편에게 바락바락 대들고 사는 여자를 철딱서니 없다고 초윤에게 말했다. 병약해서 가누지 못하는 몸이라도 살아만 있다면 아랫목에 모셔두고 싶지만 그렇지 못했다. 살을 찢는 아픔으로 낳은 자식도 버리는 요즘 젊은 새댁이 노모의 속을 알기나 할까?

"그래. 젊은 것들은 버려라. 나를 늙은 주책이라고 입방아를 놓아도 주워야겠다."

아들이 중년에 접어들자 노모는 대담해졌다. 아들의 삶이 정점을 넘었으니 홀어미의 평생 설움을 이해할 것이라고 판단했다. 사내를 보살피고 가꾸고, 또 사내의 얼굴에 환한 웃음꽃을 피우고 사내의 입에서 고마웠고 행복하다는 말을 듣고 싶었다. 그런 관점에서 본다면 영감이 노모에게 구애를 한 것이 아니었다. 노모가 영감을 포획했다는 말이 더 어울렸다. 노모는 화초가 성장하기에 알맞은 거름과 세균 덩어리가 범벅인 배양토를 자초했다. 영감은 노모의 몸에 튼실한 뿌리를 박고서 짙은 향과 색깔의 꽃을 틔워야 했다. 영감은 볼품없이 늙었다. 노모의 비위에 맞는 얄은 말과 행동을 할 사내가 못 돼 보였다.

노모는 영감에게 무엇인가를 해주고서 돌아오는 무엇인가를 확인하고 싶은 욕망 한 자락으로 선남과 초윤으로부터 책망을 감수하고 개를 삶았다. 선남과 초윤은 노모의 속셈을 넉넉히 아는지라 말하지 않았다. 초윤은 마뜩잖은 시선을 유지하는 것으로 속내가 불편함을 드러냈다.

영감이 노모의 손을 잡고 방으로 들어갔다. 노모가 전화해서 불러냈지만, 영감이 찾아온 것은 노모가 아니라 정력에 좋다는 개고기였다. 노모는 영감의 정력에는 관심이 없을 터였다. 모르는 일이었다. 몸집이 똥똥한 영감이 굼벵이 몸짓으로 삼십 년이 훌쩍 넘는 수절을 이미 꺾었는지도.

영감이 아랫목에 앉고 노모가 평생 아내였던 것처럼 곁에 앉았다. 선남은 부엌에 가깝게 앉았고, 초윤은 베란다 쪽에 앉았다. 혹시 생겨날지 모르는 어쭙잖은 시선의 피난처를 찾기에는 베란다 쪽이 좋았다.

왜소하고 마른 몸에 성질 또한 깐깐한 노모보다는 조금 커 보였으나 남자로서 보통의 키라고 말하기에는 작았다. 살가죽만 남은 노모와는 달리 몸 전체에 살집이 골고루 부풀었고, 정수리까지 이마가 벗겨진 얼굴에 안경을 썼다. 노모의 강퍅하고 직선적인 성격에도 무던하게 웃었을 영감의 눈은 비둘기처럼 동그랬다. 과부의 설움과 수난이 고스란히 앉은 노모와는 다르게 고생의 흔적을 찾을 수 없었고, 앞으로도 곱게 늙을 것이라는 느낌을 주었다. 평생 힘들게 살아온 노모가 호강의 늪에서 자맥질만 해온 영감에게 부럽다는 감정이 돋은 것이다. 영감은 노모가 발산하는 별스러움과 욕심을 군소리 없이 흡수하는 스펀지로 보였다. 공무원으로 퇴직했고 홀아비가 된지 일년이 조금 지났다고 했다. 노모는 삼십 년 수절했다. 영감은 마누라가 죽은 지 두 해도 못 넘기고 딴 눈을 팔러 왔다.

곰탕집이나, 아니면 노인들이 자주 가는 동네 다방에서 먼저 둘이 마음의 준비를 하고서 선남과 초윤을 불러야 옳았다. 사위가 출근하고 없는 대낮이라 해도 시집간 딸네 집에 영감을 불쑥 데리고 온 것은 사려 깊지 못한 행동이었다. 노모가 시집간 딸네 집에 가잖다고 둘레둘레 따라온 영감도 역시 사려 깊지 못했다. 인생을 살 만큼 살았다는 두 노인이 젊은 사람에게 경거망동하는 모습을 보인 것은 변명할 여지가 없었다. 정분 때문에 나잇살도 잊고 눈에 콩깍지가 덮인 것이라 굳이 이해했다. 둘이 연을 맺겠다고 작심을 한 이후부터 두 노인은 달 뜨고 덜렁대며 즉흥적으로 결정하는 갓 스물로 회귀하였다.

영감은 무의미한 존재가 되었다. 초윤의 시선은 노모나 영감이 아닌 베란다 밖의 정지한 풍경으로 향했다. 살갗의 감각들이 눈송이에 흠씬 얻어맞은 것처럼 파랗게 멍이 들었다가 차츰차츰 발갛게 변하면서 멍멍한 느낌으로 변하듯, 마주 앉은 지 채 오 분도 되지 않아 영감은 아무것도 아닌 존재가 되었다. 건넛마을에서 노모를 따라 마실 온 노인네가 잠깐 앉았다가 다시 건넛마을로 돌아갈 것이라는 생각을 낳았다.

초윤은 철저하게 무관심하는 것이 노모를 이길 수 있는 위치에 앉는 것이라고 작심했다. 영감의 존재를 기남에게 말하지 않았다.

선남이 영감의 나이를 물었다. 노모가 뚱한 눈초리로 선남을 바라보았다. 초윤은 영감이 대답하기 전에 선남의 말을 뇌리에서 지웠다. 대답을 듣지 않겠다는 듯 텔레비전을 켰다. 붕어 입처럼 눈을 뻘끔뻘끔 뜬 영감이 노모를 바라보았다. 노모가 엉덩이를 끌고 와서 텔레비전을 껐다.

"명년에 칠십이라는데 어디 칠십으로 보이기나 하냐? 환갑 막 지난 사람보다 더 젊어 보이지 않냐?"

먼저 저승으로 간 마누라가 연한 음식만 골라 식탁에 올리고, 볼펜 자루만 돌리다가 퇴근을 하면 어깨와 종다리를 주물러 주고 고운 옷만 골라 입혔으니 세월의 흔적이 더디게 앉았을 터였다. 노모는 영감이 전처와 누렸던 그 행복에 욕심을 냈다. 영감의 전처가 했던 일을 하고 싶은 게였다.

"철딱서니 없는 남매 때문에 내외간의 정도 몰랐다. 키워놓고 정 좀 붙을까 했는데 네 아버지가 야속하게 날 버렸다."

노모의 말에서 냉기가 돌았다. 선남의 코에서 황소바람이 피식 쏟아졌다. 속에서 무엇인가 엄청나게 부대끼는 것을 참는 눈치였다. 영감을 만나기 전까지는 먼저 간 서방이 좋은 세상 구경 못해서 서럽다고 말했었다. 영감이랑 정분이 나고서는 야속하게 버렸다는 말을 서슴없이 뱉었다.

"먼 조상은 어쨌는가 모르지만, 내 눈으로 똑똑하게 본 조상은 이를 갈아붙여도 시원찮게 단명을 하더라. 아들이 귀한 집안이라고 주먹질을 하듯 날마다 입방아를 놓으니 맴이 편할 수가 있나? 아들을 떡하니 낳아놓으면 남정네는 할 일 다했다는 둥 저 세상으로 훌쩍 가버리니 몸서리가 나더라?"

귀한 아들도 낳아주었는데 버림만 받았다고 노모가 울먹였다.

"입은 삐뚤어졌어도 말은 바로 하세요. 오빠가 강건하게 살아 있는데 며느리 면전에 두고 시어머니가 그게 할 소리요?"

선남이 독기 서린 말을 뱉었다.

"정 좀 날만 하면 남정네가 죽어 자빠지는 집에 시집와서 아등바등 살았다. 오빠를 위해서라도 여기 이 양반이랑 더 늙기 전에 연을 맺어야겠다."

곁에다 돌조각처럼 영감을 앉혀놓고, 왜 영감이 노모와 연을 맺어야 하는지 논리를 폈다. 기남이 노모의 논리에 등장했다. 기남은 선남의 집에서의 해괴한 상황을 알지 못했다. 노모의 어엿하고 장성한 외아들인데 지금 영감을 앞세우고서 노모가 꾸미는 일을 눈곱만큼도 몰랐다. 영감과 연을 맺는 당사자는 노모였다. 노모는 궁지에서 벗어나려고 아들을 내세웠다.

"그게 왜 오빠를 위한 일이냐 말예요?"

선남이 발딱 흥분해서 되물었다.

"눈 똑똑히 뜨고 봐라. 환갑이 넘고 칠순이 다 되었는데 아직 쩡쩡하지 않느냐? 이 양반을 우리 집안 기둥으로 삼아서 명이 긴 집안으로 만들라고 그런다."

노모는 개도 소리 내어 웃을 논리를 내세웠다.

"연애질에 미치면 눈에 콩깍지가 씌워진다더니 엄니가 꼭 그짱이오?"

영감이 옆에서 듣기 민망한 소리를 선남이 거칠게 뱉었다.

선남과 노모가 감정을 쇠뿔로 달고 평행선을 달렸다. 초윤도 노모와 대립각을 세우든지, 두둔하든지 어느 한 쪽에 서야 했다. 하지만 계속 구경꾼을 자처했다. 영감의 눈초리가 초윤을 자꾸 훑었다. 시종 입을 다물고 방관만 하고 있는 초윤을 이해할 수 없다는 눈빛이었다. 초윤은 영감의 눈빛을 받고도 철저히 무시했다. 가혹하게 표현하면, 노모가 늘 그막에 노망이 나서 끌어다 앉힌, '곧 송장이 될 단백질 덩어리'라는 시선을 영감에게 되돌려 주었다. 노모의 남은 인생이 십 년이라고 쳐도, 정분을 느낄 수 있도록 근력이 있는 시간은 불과 몇 년도 못 되리라. 불과 몇 년의 정분을 위해 영감의 존재를 덤으로 받아들이기에는 마음의 벽이 너무 빡빡했다. 노모가 죽는시늉을 해도 그 벽을 무너뜨릴 의도는 없었다. 선남도 초윤과 별반 다르지 않은 생각을 하고 있다고 짐작했다. 영감은 벌써 선남의 계부가 된 듯, 초윤의 시부가 된 듯, 두 여자를 근

엄한 표정으로 바라보았다.

물을 끓였다. 향이 진한 차가 달 뜬 마음을 가라앉힌다는 말을 들은 적이 있었다. 노모에게 향이 진한 차를 마시게 하고 싶었다. 영감이 짤 똑한 손으로 녹차를 받아들었다. 노모도 찻잔을 받으면서 손을 잘게 떨었다. 속에서 무엇인가 급박하게 뭉치고 있었다. 영감 앞에서 자식, 며느리에게 소외와 푸념을 받고 있는 이 상황을 가까스로 참고 있었다. 뜨거운 녹차를 입에 댔다가 뜨끔 놀라 입천장을 혀로 문질렀다. 뜨거운 물에 입안 표피가 너덜너덜 헤졌을 터였다.

"출가한 딸에게 이러지 말고 오빠한테 먼저 말해."

드디어 선남이 기남을 들먹거렸다. 시종 방관하고 있는 초윤에게 한 불만의 토로였다. 선남이 후다닥 일어나 저녁 찬거리를 산다며 나갔다.

본처와 사별하고도 머리를 새까맣게 염색한 영감을 바라보면서 초윤 은 문득 엄마를 떠올렸다. 아버지는 초윤이 성인도 되기 전에 돌아가셨 다. 아버지란 존재는 고생대 화석과도 같은 아득한 존재가 되었다. 살 아남은 자의 슬픔이라는 말을 납득하지 않았다. 죽은 자가 잊히는 슬픔의 대상이 될 따름이지, 살아남은 자에게는 찰나의 순간이라도 하 루에 한 번쯤은 기쁨이 스쳐 간다고 믿었다. 아버지가 세상에서 떠났 을 때 슬픔을 가누기란 살을 찢는 고통이었다. 사춘기를 보내고 성인이 되었을 때 그 슬픔의 진원을 돌이켜 보니 초윤의 슬픔은 사소했다. 초 윤이 감당할 수 없었던 슬픔은 엄마의 몫이었다. 영안실에서, 아버지를 묻고 돌아와서, 아버지의 흔적에서 시선을 떼어내지 못하는 엄마의 슬픔은 자학에 가까웠다. 먹는 음식이 소화되어 몸을 지탱하는 살집으로 가지 않고 눈물이 되는 것일까? 시시로 눈물을 흘렸다. 밥상머리에서도 머리에 두른 수건으로 눈물을 훔쳤다. 길을 가다가도 바라본 엄마의 눈가엔 눈물이 번졌다. 초윤은 잠자리에 누워 숨소리조차 낮은 엄마 곁에서 무서움에 떨었다. 움직이지 않는 엄마의 숨소리를 듣기 위해 발끝에 퍼진 신경을 고막으로 끌어모았다. 미미하게 코를 드나드는 공기의 흔적을 감지하고도 무서움이 풀리지 않아 상체를 일으켜 엄마의 얼굴을 보았다. 엄마는 한동안 깊은 잠에 들지 못했다. 물론 초윤도 그랬다.

사람이 슬픔에 지치면 핏기가 없어지는 것일까? 핏줄이 갈라져서 살비듬이 되고, 심장은 한 줌의 피만 간신히 움켜쥐고 할딱거리는 엄마. 한 걸음만 내딛어도, 일어나려고 숨을 들이쉬기만 해도 가슴의 뻐근한 통증에 시달려야 하는 엄마와 시선을 맞출 수 없었다.

평생 눈물을 흘리며 핏기없이 살아갈 줄 알았던 슬픔은 길지 않았다. 그날은 잠자리에서 일어나 팔을 쭉 뻗고 기지개를 켰다. 투명한 햇살이 엄마의 방으로 흘러들어왔다. 햇살 때문에 기지개를 켠 것일까? 창문을 열고서 마침 지나가는 옆집 푸들 강아지를 보며 엄마가 웃었다. 손을 흔들어 강아지의 걸음을 멈추게 했고, 강아지는 멀뚱한 눈으로 화답했다. 세수를 하고 옷을 갈아입고, 화장 거울 앞에 앉았다. 서랍을 열어 빨간 립스틱을 입술에 발랐다. 그 순간부터 엄마에게서 슬픔이나 눈물이 사라졌다. 햇살이 투명하고 강아지가 집 앞으로 걸어가는 날 아침에 엄마가 변했다. 슬픔이 싹 거두어졌다. 당근을 뽑아내듯 눈물과 슬픔을 몸에서 뽑아버렸다. 혈액을 공급받는 환자처럼 엄마의 얼굴에 핏기가 돌았다. 아버지를 잊었단 말인가? 단지 제사상에 놓인 영정으로 아버지 존재가 무의미해졌단 말인가? 죽은 자를 평생 가슴에 담고 사는 것이 얼마나 바보스러운 것인가를 엄마가 깨달았다고 초윤은 믿었다. 사람이 슬픔만 안고 평생을 살 수는 없었다. 사람은 슬픔 한 가지만 안고 사는 것은 불가능했다. 엄마는 그렇게 가면을 쓰고 슬픔을 감내하며 여생을 살았다. 죽은 자를 잊기로 마음 굳혔다고 노모처럼 산 자에게 기웃거리지 않았다.

작고 오동통한 몸집을 오뚝하니 세우기만 하던 영감의 등이 새우처럼 굽었다. 영감의 시선은 텔레비전에 온통 빠져들었다. 화장실을 다녀오는 시늉으로 방에서 나와 아래층을 바라보며 십오 분쯤 서성거렸다. 선남이 저녁 찬거리를 산다며 동네 마트로 갔다. 방에 남은 노모는 시무룩하니 앉아 있었고, 영감의 등이 새우처럼 굽었다. 텔레비전에서 젊은 여가수가 현란한 몸동작으로 춤을 췄다. 벌써 끄덕끄덕 졸고 있는 노모의 등짝을 팡팡 두들기는 베이스기타 소리로 춤추는 여가수의 옷차림은 민망하기 짝이 없었다. 그녀는 인간의 몸으로서는 도저히 불가능한 팔놀림과 허리 꺾음을 연출했다. 그녀의 노래는 귀에 들지 않았다. 굉음과 현란한 몸동작에 가려 노래가 도드라질 수 없었다. 여가수는 노래를 부르는 것이 아니라 곡에 맞추어 광란에 가까운 춤을 춰댔다. 젖가슴이 얇은 티셔츠 속에서 출렁거렸고, 골반을 둥글게 흔들며 마치 성행위를 시늉하는 선정적인 춤을 췄다. 영감은 노모가 이미 끄덕끄덕 졸고 있는 것도 모른 채 현란하고 선정적인 춤에 빠져들었다. 여가수의 배꼽과 골반에 시선을 붙박고서 침 덩어리를 꿀떡 삼켰다. 늙어서 팔다리의 활동성이 줄어들면 텔레비전에 저토록 몰입되는 것일까? 대합실이든, 경로당이든 며느리와 손녀가 함께 앉은 거실이든 텔레비전만 있다면 백 살이 넘도록 살아남을 노인처럼 보였다.

저녁 찬거리를 사러 갔던 선남이 돌아왔다. 그녀의 손에는 파와 시금치가 들려 있었다. 선남 손에서 푸른 즙이 뚝뚝 떨어지는 환상에 젖었다. 개고기의 달착지근한 냄새에 초췌해졌던 시선이 살아났다.

"오냐. 걸쭉한 고기는 채소도 곁들여야 뱃속이 시원해져서 장수한다 하더라."

까막까막 졸던 노모도 푸른 채소를 보고 잠에서 후다닥 깼다.

"아버지 뱃속을 시원하게 해드렸으면 아버지도 장수하셔서 오늘 같은 우스운 꼴이 생기지는 않았을 것인데, 영악하신 우리 엄니께서 그것을 왜 일찍이 모르셨을까?"

선남이 슈퍼에 다녀오다가 비수를 품은 듯 찬바람이 일었다. 텔레비전에 시선을 빠트린 영감의 굽은 등이 움찔거렸고, 노모의 눈빛이 오소리처럼 반들거렸다. 어흠! 영감이 굽은 등을 폈다. 빠드득 이빨 부딪는 소리가 들릴 듯 노모의 입술이 일그러졌다. 텔레비전에서 굉음과 현란한 춤이 끝났다. 영감은 시선 둘 곳을 찾지 못하여 어흠어흠 헛기침을 뱉었다.

"입에다 꿀을 발랐냐? 며느리가 돼가지고 가타부타 말도 없는 것이 도리가 아니다."

노모가 선남에게 당한 설움을 토하듯 엉덩이를 끌며 다가왔다. 초윤은 처음으로 노모의 얼굴을 쳐다보았다. 선남에게 일격을 당해 눈물이 글썽인 노모의 시선을 피하지 않았다. 영감도 초윤에게 시선을 보내왔다. 영감의 시선도 피하지 않았다.

"팔자 좀 고치자는 시어미가 며느리 눈에도 남우세스러운지 물었다?"

노모가 주먹을 들이댈 태세로 다그쳐 물었다. 선남이 초윤을 바라보았다.

"남우세스러운 것은 어머님이 아닙니다. 이런 사실을 모르는 애비가 자귀로 뒷머리를 맞듯 갑자기 회사며 친구들 면전에서 남우세스러울 테고요. 출가한 외인이라지만 시누이도 아는 사람 얼굴 들고 만나기 부끄럽지요."

초윤은 종주먹이 콧등을 때려도 깜짝하지 않을 눈을 동그랗게 뜨고 또박또박 대답했다.

"곧 죽을 늙은이가 하는 일인데 젊은 것들이 어찌 남우세스럽다는 게냐?"

노모의 얼굴에 붉은 반점이 석류 껍질처럼 불규칙하게 번졌다.

"곧 돌아가실 어르신께서 콩깍지를 썼으니 남우세를 깨닫기나 하시고서 저승엘 가시겠습니까? 두 분이 두고 간 남우세는 자식이 평생 감당해야 할 몫이지요."

초윤은 여전히 눈을 동그랗게 뜨고 태연하게 웃었다. 선남도 초윤의 속내를 간파하고 웃음을 피식 쏟았다.

"삼시 세끼 밥 따로 먹은 지 얼마나 되었다고 벌써 남이 되었구나."

노모가 손바닥으로 얼굴을 쓸었다. 붉은 반점이 얼룩덜룩한 얼굴이

국수반죽처럼 누렇게 변했다. 영감 앞에서 당한 굴욕을 감당하지 못해 부들부들 떨었다. 영감이 거북처럼 등을 꼬부렸다가 몸을 세웠다.

"내가 섣불리 온 것 같소. 오늘은…."

속에서 뭉치는 것을 옹골차게 말해야 하는데 그렇지 못해, 몹시 당황하는 표정이 영감의 얼굴에 스쳤다. 노모도 일어났다. 딸과 며느리가 어떤 책망을 해도 영감과 같은 편에 서겠다는 행동이었다.

"보신 값은 소머리국밥으로 보답할 것이니 경로당에 꼭 나오시오."

영감이 노모의 아직도 떨고 있는 손을 쥐었다. 노모가 그렁한 눈으로 영감을 바라보았다. 초윤과 선남이 없다면 노모를 와락 껴안을 영감의 시선이 국수반죽 빛깔로 여윈 노모의 뺨을 어루만졌다.

"자식 며느리가 엇나가는 소리를 해도 영감님이랑 먹은 마음은 변함이 없다."

노모가 또 선언했다. 영감이 통통한 얼굴에 흡족하다는 표정을 지었다.

벚꽃이 정말 여렸을까?

빛의 소리를 듣는다. 이렇게 말한다면 미쳤거나 좀 모자란 사람으로 치부될 것은 뻔하다. 분명히 빛의 소리를 듣고 있다. 빛의 구성 입자인 빛 알갱이가 굴러다니거나 엄청난 속도로 날아가는 소리를 감지할 수 있다. 장난기 잔뜩 머금고 조물조물 놀고 있는 빛의 조잘거림도 은은하게 들린다. 빛에는 발성도 하고 장난기를 머금는 입이 있다. 표정도 있다. 빛이 한 곳에서 조물거릴 때 시간은 둥글다. 여울에 씻기는 자갈처럼 모서리를 깎아내며 하루는 소진된다. 소리를 듣는 순간에 헬륨이 가득 들어차듯 생기가 팽배해진다. 육체 곳곳의 기능이 훨씬 좋아진다.

산수유가 노랗게 흩뿌린 점으로 꽃피었을 때 기남은 영암 월출산을 횡단했다. 해발 팔백구십 미터 천황봉에서 구정봉에 이르는 줄기에서 만난 바람은 가히 살인적이었다. 영암에서 불어오는 바람은 팔십 킬로그램의 몸을 강진 방향으로 마치 싹둑 벤 나락처럼 꺾어 뉘려 했다. 걸음마다 사투였다. 살인적인 바람의 정점인 구정봉에서 기남은 바람의 실체를 처음으로 목격했다.

바람을 눈으로 본 후 시력이 좋아졌다. 수정체의 탄력이 떨어져 눈가까이 있는 아주 작은 물체나 글씨를 보려면 돋보기가 여전히 필요하다. 갓 따낸 과일을 베어 물었을 때 입안에 퍼지는 향처럼 시력에도 비슷한 것이 생겼다. 그것을 뭐라 할까? 말로 표현하기 참 어렵다. 세상에 말로 표현하기 어려운 것이 도처에 널려 있다. 요즘에 새롭게 생긴 그것을 꼭 표현하고 싶다. 하지만 아직까지도 표현을 하지 못하고 있다. 갖가지 단어를 조합하여 비슷하게 얼버무리는 정도로 표현할 수는 있다. 뜻밖에 찾아온 그것을 무의미하게 정리하고 싶지 않다. 빛의 소리를 듣게 된, 신의 감각 기능이 있음을 깨닫게 한 그것을 간단히 얼버무리고 싶지 않다. 왜곡하고 싶지 않다.

바람을 보기 전에 바람의 존재가 토해내는 소리를 이미 듣고 있었던 것처럼 빛의 소리 존재를 눈으로 보게 되었다. 빛의 소리를 듣는 신통을 얻었다.

빛이 내는 소리를 듣기 전에 빛의 알갱이를 눈으로 보았던 기억은 없을까? 물체가 눈앞에 없어도 그 모습을 표현할 수 있는 능력인 표상능력이 생겨난 다섯 살쯤부터 요즘까지의 기억을 더듬었다. 빛의 알갱이를 보여준 기억은 쉽지 않다. 그런데 아주 오래된 기억들이 떠오른다. 기억은 십분 전에 있었던 상황처럼 생경하다. 배경이나 사물은 빛바랜 도화지와 같다. 배경은 회색이었다. 사물과 나무와 사람은 흙바닥에 터진 홍시처럼 선명했다.

기남은 식료품과 생활용품 매장을 지나 가전제품 매장으로 가는 에스컬레이터에서 무수한 점의 연속인 사막을 먼저 보았다. 낙타의 시선 끝에 장엄하게 걸린 노을도 보았다. 에스컬레이터 진동에 사막의 모래도 미세하면서도 일정한 진폭으로 흔들렸는데, 낙타가 컨베이어 벨트에 실려 조립되는 기계부품처럼 조용하고 장엄하게 걸어가는 환영에 휩싸였다.

기남은 모래언덕을 오르는 낙타처럼 거친 숨을 뱉었다. 시시로 언덕을 바꾸는 사막은 길이 없다. 사막을 횡단하면서 갈증에 지치고 열기에 눈이 감기면 낙타가 길을 찾는다. 사막을 걷는 낙타를 보면 길을 잃은 짐승으로 보인다.

에스컬레이터로 흔들리는 낙타는 제자리를 걷고 또 걸었다. 사막의 영혼, 바람에 쓸려 높이를 키우는 모래언덕을 넘지 못했다. 낙타의 거친 숨과 지친 걸음을 조롱하며 노을이 진홍색으로 점진했다. 에스컬레이터에서 발을 내렸을 때 시야가 아득해졌다. 뒤에서 높아지던 모래언덕이 와르르 무너지는 소리가 났다. 고개를 돌려 액자를 보았다. 모래에 묻히는 낙타의 눈동자에 체념과 평화가 샘물처럼 고였다. 모래 폭풍이 벌써 낙타의 길을 지웠다.

선남에게서 전화가 왔다.

"오빠는 아직도 모르고 있었어? 언니가 말 안 했어? 언니는 도대체 뭣 하는 사람이야?"

선남은 장남이면서 외아들인 기남이 영감의 일을 모르고 있다는 것에 화를 냈다. 노모의 민망한 의도를 방관하고 있는 오빠에게 화를 퍼

부었다. 외아들로서의 역할을 하지 못하도록 중간에서 말을 잘라먹은 초윤에게 대단한 화를 품었다. 전화가 거칠게 끊겼다.

장남이면서 외아들로서 모르고 있다는 영감의 일? 느닷없이 등장한 영감의 정체는 무엇인가? 전화로 화를 퍼붓는 것으로 보아 영감이 노모에게 얽히고 있음은 분명해 보였다. 영감은 어떤 존재이고 민망하게 진행된 일은 또 무엇인지. 아무것도 모르고 있는데 무엇을 방관하고 있단 말인가.

낙타는 사막을 위해 태어난 동물이다. 물 한 모금 마시지 않고도 보름 정도를 단식 상태로 사막을 횡단할 수 있다. 낙타는 발가락이 두 개이며, 넓적하고 높다. 모래나 눈처럼 발이 잘 빠지는 지형에서도 편안하게 걸어갈 수 있다. 게다가 낙타는 양쪽 다리가 함께 움직이는 독특한 걸음걸이로 뛴다. 낙타는 눈썹이 길다. 속눈썹이 두 줄이고 귀에 털이 나 있다. 콧구멍을 닫을 수 있고, 시각과 후각이 예민하다. 웃긴 사실은 낙타가 평소에는 온순해 보여도 귀찮다는 생각이 들면 침을 찍찍 뱉는다. 발로 차기도 가고 맹수처럼 물어뜯기도 한다. 낙타도 반항할 때가 있다. 낙타도 위협적인 존재가 되기도 한다. 사막에서는 사람보다 낙타가 우월적인 존재다. 사람의 목숨이 위태로워질 수 있다. 사막 한가운데에 주인을 버리고 갈 위험도 있다. 아라비아의 상인은 낙타가 말을 듣지 않으면 실컷 때려주고 터번을 준다. 낙타는 밤새 터번에 화풀이를 한다. 그리고 사람의 말에 순종한다.

사막에서는 낙타가 사람보다 우월한 존재다. 열흘을 걸어도 그 끝이 다하지 않는 사막의 고립된 공간에서 삶과 죽음을 낙타와 공유하는 인간의 무모함은 어디에서 비롯된 것일까?

기남은 사막에 선 기분에 사로잡혔다. 고운 밀가루로 바람의 자락을 끝도 없이 펼쳐놓은 사막, 그 한가운데 버려졌다는 깨달음이 처음에는 모래에 묻힌 발목에서 시작되어 정수리로 타고 올라왔다. 고운 밀가루처럼 부드럽던 정강이에서의 느낌이 정수리로 도달하면서 공포로 변질하였다.

대형마트, 모래언덕으로 오르는 낙타, 기남의 숨이 거칠어졌다. 에스컬레이터에서 발을 내렸을 때의 아득함도 뒷머리로 몰려왔다. 기남은 낙타처럼 눈을 커다랗게 떴다. 모래언덕이 유연한 곡선으로 꿈틀거렸다. 그것은 마치 여인의 나신이 천천히 움직이는 것과 같았다.

날개가 족히 삼 미터가 넘는 새가 사막의 능선을 허공에 끌어올리며 날아갔다. 새가 날아간 곳으로 낙타가 우주를 지고 느릿느릿 걸어갔다. 기남이 모래언덕으로 발을 내디뎠다. 거대할 뿐더러 장엄한 모래는 성급함을 용납하지 않았다. 한걸음에 발목이 묻혔고, 두 걸음에는 무릎이 묻혔다. 걸음을 더 내딛지 않았는데 언덕에서 무너져 내린 모래가 가슴에 차올랐다. 낙타는 여전히 느릿한 걸음으로 새가 그린 곡선으로 걸어갔다.

다시 전화가 왔다.

선남은 오빠에게 경솔했다는 것을 깨달았다. 아무리 화가 났어도 거칠게 말해서는 안 된다는 것, 그러나 미안한 마음으로 전화를 걸어놓고 미안하다는 말은 하지 않았다. 차분하고 조용조용한 음색으로 조금 전에 했던 말을 조목조목 다시 말했다.

엄마의 일을 오빠가 모른다는 것은 있을 수 없는 일이고, 당연히 엄마의 아들인 오빠에게 이런 사실을 알렸어야 옳았다고 말했다. 올케언니가 무슨 생각을 품고 중간에서 말을 잘라먹었는지 알 수가 없다는 여운을 남기고 전화를 끊었다. 오 분 후 전화를 걸어왔다. 올케언니가 오빠에게 숨긴 연유도 있을 것이니 오빠가 엄마에게는 모르는 척하는 것이 어떠하냐고 말했다. 초윤의 의중을 알아보고 초윤에게 그럴듯한 꼼수가 있으면 공범자가 되라는 의미로 기남은 해석했다. 선남은 기남에게 경솔했고 미안하다는 말을 끝내 하지 않았다. 첫 번째 전화와 두 번째 전화, 세 번째 전화로 이어지면서 말투가 고분고분해졌다. 모두 기남을 훈계하는 말이었다.

낙타를 닮은 돌은 없을까? 강이 굽이치는 자갈밭으로 들어갔다. 짜그락짜그락 돌이 밟혔다. 다족류, 돌이 몸을 잇대어 몸체를 만들고 다리를 내밀어 지네처럼 꿈틀거렸다. 눈이 없고 입이 없다고 저항의 몸짓이 없는 것은 아니다. 혼자서는 비명을 지르지 못하던 것, 부딪혀 상처를 내며 저항했다.

자갈밭을 걸으면 무게를 느낄 수 있다. 발목이 비틀리는 고통이 주는 깨달음이랄까? 기남은 자갈밭이 좋았다. 자갈이 짜그락거릴 때마다 발목에서 통증이 조금씩 생겼다. 갈증과 통증을 유쾌한 자극으로 받아들이는 연습을 했다. 모래언덕을 넘으면 또 언덕이 있는 사막에서의 자갈은 낙타에게 외발로라도 고단을 푸는 디딤돌일 터였다. 좀처럼 낙타를 닮은 돌이 보이지 않았다. 낙타의 형상이 그려진 돌도 보이지 않았다.

햇덩이가 서쪽으로 칠십 도쯤 기울었다. 떠오르는 해가 성큼성큼 걸어오며 그림자를 낮췄다. 지는 해 역시 잰걸음으로 그림자를 키웠다. 갓 태어난 자는 그림자의 존재를 모를 것이다. 인생의 정점을 지나야 주체할 수 없도록 길어지는 그림자를 외면할 수는 없을 터였다. 자신의 그림자 크기를 깨닫는 나이, 꿈꾸어야 할 것들은 무엇이고 정산을 시작해야 할 것들은 무엇이 있는 것일까?

강물 줄기를 틀어막은 하류 산마루에 노을이 꼈다. 갈증이 심해졌고 발목에서 시작된 통증이 엉덩이로 올라왔다. 노을이 노랗게 꼈고 에너지를 모두 소진한 듯 몸이 무거워졌다. 들풀을 뜯어 어금니로 씹었다. 푸른 즙이 입안에 퍼졌다. 걸어 다녔던 자갈밭은 온통 노을빛이다. 낙타를 닮은 돌은 줍지 못했다. 낙타는 어디로 갔을까? 여인이 뒤척인 듯 유연해진 곡선의 사막.

기남이 초윤에게 영감의 일을 물었다. 초윤의 대답은 간단했다. 노모와 영감은 경로당에서 그냥 아는 사이라고 가볍게 말했다. 기남은 초윤이 가볍게 흘린 말을 믿어야 할지 잠깐 망설였다.

선남에게 전화했다. 선남은 영감을 향한 노모의 망측스런 집착이라고 했다. 영감이 노모를 넝쿨째 굴러떨어지는 늘그막의 행운 덩어리로 즐기는 중이라고, 노모가 시큰둥해지면 영감은 저절로 떨어져 나갈 거라고, 노모가 영감을 사랑해서 그러는 것은 아닌 것 같다고, 보통의 여인처럼 남편의 존재가 없었던 시절이 한이 되어 저러는 것일 거라고, 노모가 망측스런 집착을 거둘 가능성은 희박하다고, 어쨌든 노모는 노망이 난 거라고, 며느리는 역시 남이라고, 가타부타 나서지 않는 초윤의 방관을 이해할 수 없다고, 선남이 성경 문구를 줄줄 외듯 말했다. 기남은 한마디도 할 수 없었다. 초윤이 말한 영감과 선남이 말한 영감 중 어느 영감이 진짜이고, 가짜인지 의식의 시소를 벌였다.

나이를 먹는다는 것, 늙는다는 것, 겉이 볼품없어진다는 것은 속이 아름다워지는 것이 아닐까? 가을 호두처럼 묵직하게 익는 것이 아닐까? 김칫독의 짠지처럼 맛이 들기 때문에 황혼이 아름다운 이유일 터였다. 비상하는 물오리가 하늘에 가라앉는 것처럼, 고래가 자맥질로 바닷물이 되는 것처럼, 겉이 볼품없이 늙음은 아름다움에 젖어드는 것이리라. 그렇게 늙어갈 수 있을까? 황혼 연애에 빠졌다는 노모를 지켜보면서.

햇덩이가 금빛 잔털로 흩날리는 수면을 바라보다가 졸고 있었음을 알았다. 물을 바라보는 중턱의 미륵불, 존재는 하지만 삶의 행위는 일각도 없는 돌조각, 졸고 있는 순간에는 기남도 돌과 다름없었다. 까닭 없이 돌이 되는 횟수가 늘어나고 있음을 기남은 자각했다. 체중이 늘어나면서 소파에서도 돌이 되는 순간이 생겼다. 출근해서 점심시간에 잠깐 돌이 되었다. 삶이 까닥까닥 정지되는 순간이 생겨났다. 기억이 토막나는 횟수가 늘어났다. 가로등도 베란다의 푸르디푸른 벤저민 잎사귀도 눈을 홀뜨고 시간의 수레바퀴에 바둥바둥 균형 잡고 있는데 기남은 졸음을 털어내지 못했다.

청둥오리가 수면에서 떠올랐다. 햇살이 수면에 팔랑거리는 금빛 조각을 빚었다.

봄날 흐드러졌던 벚꽃이 정말 여렸단 말인가? 한 잎의 벚꽃이 결혼에 실패한 여인의 목숨과도 비교할 정도로 연약했던가?

오백 년 전, 아내가 재혼하게 되었다는 소식을 들은 지주는 벚나무에 말고삐를 매다가 머슴에게 물었다.

"여보게."

"네. 주인님."

"너는 사람을 믿을 수 있겠느냐?"

"믿지 않으면 함께 살아갈 수 없는 게 아닐까요?"

"음. 차라리 풀잎에 앉은 이슬을 믿어야 하겠지. 저 벚꽃들을 보아라."

"예?"

"벚꽃은 깨끗한 꽃이지. 갑자기 펴서 곧 진다 해도 두 사내를 섬길 정도로 미련한 꽃은 아니거든?"

지주는 자신을 두고 재혼을 한 아내보다 벚꽃이 더 고결하다고 생각했다. 깨끗하지 못한 이별보다는 갑자기 피었다가 곧 지고 마는 벚꽃처럼 목숨을 끊어서라도 깨끗하게 결별해주고 싶다고 했다. 오백 년 전에.

옛날에 늙은 영감이 시앗을 두었다가 머리칼이 모두 뽑혀 대머리가 되었다. 볼품없이 늙은 영감이 갓 스물의 살점이 팽팽한 시앗에게 가서는 늙게 보이지 않으려고 흰머리만 골라 뽑았다. 조강지처는 허연 살비듬이나 쏟아내는 영감의 머리가 검은깨 같아서 시앗을 보았다고 까만 머리만 골라 뽑았다. 그래서 대머리가 되었다. 초윤이 일러준 우스갯소리를 회상하며 탈모 된 정수리를 쓰다듬었다.

"외로움도 아름다움이라고 말하는 사람을 만났어."

우스갯소리로 말문을 연 초윤이 조용조용한 목소리로 말했다. 기남은 누가 허무맹랑한 말을 했는지 묻고 싶었다.

"외로우면 홀로 서는 기회가 생길 수 있다는데…."

초윤의 이불을 끌어다 덮었다.

기남은 거실로 어정어정 걸어 나와 리모컨을 손아귀에 쥐었다.

몸통이 두툼해지고서 기남의 순환기에 문제가 생겼다. 현미밥과 우거지를 넣은 된장찌개와 두부와 양송이버섯과 시금치나물 무침과 소금을 첨가하지 않은 마른 김이 기남의 반찬으로 차려졌다. 삼겹살과 묵은 김치로 끓인 찌개와 양념게장은 기남의 젓가락이 닿아서는 곤란한 초윤의 몫이 되었다. 기남의 영역과 초윤의 영역이 식탁에 생겼다. 영역은 기남에게만 적용된다. 초윤의 영역에 젓가락을 가져가기 위해서 기남은 초윤의 눈을 먼저 바라보아야 했다. 배려는 구속과 같은 맥락이 되었다. 혈압이 높아졌기 때문이었다.

혈압을 다스리는 약은 신이 내린 비타민이다. 의사가 말했다. 혈압이 높아서 먹는 약을 신이 내린 비타민이라고? 기남은 의사가 알아듣지 못하게 조롱 섞어 자문했다. 의사는 기남의 조롱을 알아듣기라도 한 듯 혈압약이 왜 신이 내린 비타민인지 차근차근 설명했다.

병원에 오래 있고 싶은 사람 아무도 없다. 그런 심리를 잘 아는 의사가 환자를 진료하는 시간은 길어야 오 분. 모니터에 알 수 없는 것들을 기록하며 시선을 외면하던 의사가 다감한 목소리로 설명했다. 혈압약은 보약이다. 아니, 보약보다 탁월하다. 한의원에서 지어주는 한약을 복용하면 중금속 등 이롭지 않은 물질이 체내에 축적될 수도 있다. 예를 들어, 신장을 보하려는 한약재가 간에는 치명적인 부담을 줄 수도 있다. 독과 독을 섞어 중화시키며 약효를 발휘한다는 위험천만한 한약의 조제와는 차원이 다르다. 혈압약은 평생을 복용한다 해도 해로운 성분을 몸에 남기지 않는다.

의사의 설명을 들으면서 그의 목에 걸린 청진기를 곁눈질했다. 청진기로 기남의 몸을 검진했다. 가슴과 등에 청진기가 닿는 순간은 마음을 읽는 기능도 있을지 몰라 두려웠다. 의사가 한 달 분량의 처방을 주었다. 기남은 환자의 입장을 고려해주는 참 친절한 의사를 만났다고 생각했다. 한 달 분량의 알약 처방을 선뜻 내주었으니 이처럼 친절하고 고마운 경우가 또 있을까? 겨우 삼일의 처방을 주던 내과의사와는 달라 보였다. 사흘 만에 또는 일주일 만에 내과를 찾아가야 하는 불편을 덜어주고 삼십일의 여유를 주었다. 얼마나 고마운가.

고마운 생각은 오래가지 않았다. 아침마다 기지개를 켜고 노란 알약을 꼬박꼬박 삼켰다. 신이 내린 비타민을 하루도 거르지 않았다. 한 달 후에 의사는 분홍색 알약을 추가했다. 이완기 압력이 너무 높다는 이유로, 신이 내린 비타민이 제 역할을 다하지 못했음이다. 그 후로 두 알의 신이 내린 비타민을 먹었다. 한 달 후에 잰 혈압은 조금도 나아지지 않았다. 의사는 두 알에서 세 알로 늘리는 대신에 체중을 감량하고, 술을 줄이고 유산소 운동을 하라고 권고했다. 체중을 십 킬로그램 줄여서 정상체중으로 만들고 술도 끊고 날마다 한 시간가량의 등산을 하는 유산소 운동을 하고, 고기는 먹지 말고 야채나 과일을 많이 먹는다면 고혈압약이 아니더라도 평균 수명에 도달하기 전에 죽는 불상사는 없을 터. 의사에게 신뢰가 깨지면서 체중을 줄이거나 주량을 줄이는 일은 불가능해졌다. 아침마다 먹어야 하는 약이 두 알에서 줄어들지 않았다. 혈압도 만족할 만한 정상 범위에 좀처럼 들어오지 않았다. 기남은 의사에게 주었던 신뢰를 버렸다. 알약을 평생 복용해도 유해물질이 체내에 남지 않는다는 말을 믿지 않기로 했다. 스트레스도 고혈압 유발의 상당한 요인이기 때문에 의사가 거짓말을 했다고 여겼다. 현대 의학으로 알약의 유해성을 알아내지 못했음이라고 나름의 결론도 지었다. 의사에 대한 신뢰가 깨지면서 스트레스를 유발할 가능성이 짙은 갖가지 상상이 봇물처럼 쏟아졌다.

창자가 갑자기 뒤틀렸다. 배설의 기미가 급박하게 몰려왔다. 책을 펴들고 변기에 걸터앉았다. 화장실에 책이나 신문을 들고 가는 것은 기남의 습관이었다. 누군가가 기남의 화장실 습관을 듣고 충고했다. 몸에다 음식물을 채우는 시간에는 단란한 대화를 해도 좋지만, 배설을 하는 순간만큼은 배설에만 충실하라고. 먹는 시간은 즐거움으로 여기면서 배설은 지저분하고 혐오스럽다는 생각을 버려야 한다며 책이나 신문을 들고 화장실에 들어가지 말라고 당부했다. 배설은 당신의 몸을 젊게 하고 아름답게 하는 고귀한 행위라고 덧붙였다. 기남은 누군가의 충고에 동의했다. 습관을 아직 버리지 못했다. 식탁에 앉으면 저절로 숟가락을 손에 쥐듯 변기에 앉을 때는 읽을거리를 손에 쥐어야 했다.

발굴되지 않은 무덤. 기남이 거실 소파에 허리가 가슴보다 굵은 몸을 얹고 텔레비전 리모컨을 손아귀에 쥐었다. 채널 이동 버튼을 눌렀다. 채널이 주마등처럼 바뀐다. 시청을 위한 채널의 변경이 아니다. 마땅히 보고자 하는 프로그램도 없다. 채널 1부터 채널 99까지 손가락 하나로 채널이 움직인다. 한 살부터 아흔아홉 살까지 사는 마땅한 이유도 모르는 것처럼.

장남이면서 외아들이 모르고 있다는 영감, 선남이 말한 노모의 민망한 행위는 무엇인가? 중간에서 말을 잘라 먹은 초윤의 의도는 무엇일까? 초윤의 방관자적 의도가 암시하는 것은 무엇일까? 기남은 주마등처럼 채널을 변경시키며 초윤의 숨소리에 청각을 모았다.

고요에 숨이 막히는 사막, 모래언덕에서 뭉글거리는 열기에 혼미해지는 영혼, 정수리를 쪼갤 듯 쏟아지는 햇볕, 의식의 복판에서 피어나는 아지랑이, 주인과 주인의 짐을 지고 사막을 횡단하는 낙타도 반항할 때가 있다.

초윤은 선남의 말을 왜 중간에서 잘라 먹었을까?

기남이 채널 버튼을 연속으로 눌렀고 텔레비전은 전시된 비디오아트로 색감을 변화시키며 빛을 토해냈다. 채널마다 텔레비전 세상이 전혀 다르듯, 작은 버튼 하나로 저마다의 세상을 아주 간단하게 선택하는 삶이 있다면.

기남은 리모컨으로 채널을 돌렸지만 무의미했다. 마땅히 보고 싶은 채널도 없이 손아귀에 쥔 채널 상향버튼을 엄지손가락으로 초침처럼 또박또박 눌렀다. 초윤이 잠들고 기남 혼자 거실에 남았을 때 채널은 깊은 밤을 건너는 징검돌이었다.

캐나다 고모의 존재를 알고서 나흘 동안 꿈을 꾸었다. 꿈에서 깨면 날이 밝지 않았으며 초윤이 잠에서 일어나지 않았다. 변경하다가 멈춘 채널에서 텔레비전이 홀로 켜져 있었다. 등허리에 후줄근한 땀이 기화되면서 꿈이 생경하게 떠올랐다.

연속되었던 꿈의 첫날, 장독대에 놓인 맹물 사기대접과 촛불에 절을 하는 꿈에서 허리가 아파 비명을 지르면서도 절을 멈추지 못했다. 이튿날은 책보를 가위로 질러 메고 점판암이 자르르 흘러내린 산자락의 참꽃을 찢어먹으면서 호뜨기를 신 나게 불었다. 점판암에서 꽃뱀이 떼로 몰려나와 포위망을 좁혀오며 혓바닥을 날름거렸다. 사흘째 잠에서는 외딴집 뒤뜰의 절구통만 한 감나무의 껍질박이 홈에 오줌을 멈추지 못하고 누었다.

꿈의 세계는 요즈음에 있을 수 있는 상황이 아니었다. 박정희 대통령이 서거해서 대학교가 강제 휴교를 당했던 시절보다 오래되었던, 회고적인 꿈이었다. 꿈에서 본 주변의 사물들, 산과 나뭇잎의 색깔이나 바위에 앉은 가무스름한 것들, 심지어 물이나 공기 색깔까지 카메라의 질감 효과 촬영처럼 아주 작은 알갱이의 조합으로 나타났다. 이처럼 꿈의 배경은 색감이 흐릿하게 퇴색되었다. 반면에, 사기대접과 촛불과 꽃뱀과 껍질박이 홈은 선명한 색감으로 도드라졌다.

나흘째 꿈에서 기남은 높은 산의 계곡에 있었다. 둥근 바위틈에서 물줄기가 갑자기 살아 웅덩이로 떨어졌다. 바위 허리쯤에 자귀로 찍은 홈에 촛불이 켜졌다. 무릎을 꿇고 합장하여 간절히 빌었다. 촛불에서 튕겨 나온 빛 알갱이가 웅덩이에 발갛게 잠겨서 합장을 멈출 수 없었다.

나흘 동안의 꿈은 기남을 유년의 기억으로 돌아가게 했다. 누군가를 기다린다는 것, 그 정물 같은 일상은 유년에 익숙해진 일과였다. 늘 기다리는 누군가를 몰랐지만 기다렸다. 해가 기울고 기다림의 골짜기에 어둠이 덮이곤 했다. 기다림 때문에 유년 수준의 삶의 욕구와 의지는 기남에게 허용되지 않았다. 기다림은 지침과 포기와 실망으로 결말지어졌다. 그래도 기남은 기다렸다. 아버지 외에 누군가가 외딴집에 오리라고 기다렸다. 기다림이 연속되었지만 좀처럼 오지 않았다. 길가에 뿌리를 박고 그저 서 있는 나무, 무리의 행렬이 북적대며 밟고 지나가도 미동도 못하는 길가 바위처럼 기남은 비껴서는데 익숙했다. 한곳에 집중하는 습성이 깃들 수 없었다.

입학식 날, 선생님이 이름을 차례로 불렀다. 아이들은 먼 산으로 소리 지르듯 대답했다. 운동장은 장터처럼 사람들이 덩어리로 엉겨있었다. 덩어리는 세 개였다. 입학생이 세 학급이었다. 선생님을 에워싼 입학생 뒤에 학부모도 에워쌌다.

"이기남!" 선생님이 불렀다. 기남은 대답하지 않고 아버지를 바라보았다. 선생님이 이름표를 주었다. 기남은 예쁜 글씨로 이름이 적힌 이름표를 받지 않았다. 또 아버지를 바라보았다. 아버지는 먼 산을 보고 있었다. 선생님이 기남의 앞가슴 당목에 이름표를 달아주었다. 선생님의 얼굴에서 꽃냄새가 났다. 예쁘고 하얀 손가락으로 당목을 다듬질하면서, 엄마가 달아주셨니? 물었다. 기남은 대답하지 못하고 아버지를 바라보았다. 아버지는 보이지 않았다. 기남에게 엄마는 없었다.

"선생님이 부르시면 큰소리로 대답해라."

입학식이 끝나고 외딴집으로 가는 가파른 고개를 넘으면서 아버지가 말했다. 학교가 있는 읍내를 병풍처럼 에워싼 산의 뒷덜미에 외딴집이 있었다. 고개로 오르느라 등줄기에 땀이 배어났다.

"큰소리로 대답하랬잖아."

아버지가 고개 정상에 서서 역정을 냈다. 바람이 아버지의 성근 머리칼을 날렸다. 기남이 아버지 옆에 쪼그리고 앉았다. 학교 건물이 보였다. 운동장에는 애들이 개미떼처럼 뛰어다녔다. 작년에 개통된 경부 고속도로가 읍내를 반으로 뚝 잘랐다. 차가 띄엄띄엄 지나갔다.

"얼굴을 닦을 때는 비누를 써라. 머리도 좀 감고."

아버지가 말했다. 기남이 돌멩이를 만지작거렸다. 만지작거리던 돌멩이가 아래로 굴러서 보이지 않게 되었을 때 아버지가 일어섰다.

"엄마가 있어야겠다."

아버지가 고개에서 내려갔다. 등에 솟았던 땀이 마르면서 한기가 스몄다. 기남은 햇볕이 고이는 읍내 쪽으로 앉았다. 당목에 달아준 이름표에서 꽃냄새가 코밑으로 몽글몽글 피어났다.

얼굴을 닦을 때 비누를 쓰기 시작했다. 마루 댓돌에서 먼지를 뒤집어쓰고 빼빼 마른 비누를 낙엽으로 싸서 개울로 갔다. 계곡에서 흘러온 물이 차가웠다. 비누 거품을 손에 만들어 얼굴에 문질렀다. 눈을 뜨자 눈알이 쓰라렸다. 세숫비누와 빨랫비누가 어떻게 구별되는지 처음 알았다.

일주일 후, 등교하는 기남을 아버지가 불렀다. 기남이 고개로 천천히 걸어갔다.

"대답 크게 하란 소리 못 들었니?"

아버지가 목청을 높였다. 기남이 걸음을 멈추었다.

"학교 끝나면 태화반점에 가봐."

아버지의 말을 듣고 기남이 천천히 걸어갔다.

"엄마가 기다릴 게다."

기남이 고개로 뛰어갔다. 엄마가 기다린다. 엄마가 나를 기다린다. 엄마가 태화반점으로 온다. 기남은 굿하는 무당처럼 주절거리면서 잰걸음으로 고개에 올랐다. 학교 운동장이 환히 보였다. 후문 골목의 태화반점이 보였다.

"네가 기남이니?"

태화반점 앞에서 얼쩡거리는 기남에게 주인 여자가 물었다. 여자는 대답이 없는 기남을 불러들였다. 기남이 구석 식탁에 앉았다. 짜장면 냄새가 속을 자극했다. 배가 고파 헛구역질이 났다. 이를 악물고 선생님이 오늘 또 만져준 당목을 만지작거렸다. 주인 여자가 빈 그릇을 주방으로 나르고 식탁을 닦았다. 기남은 당목을 만지작거리면서 아버지가 말한 엄마를 기다렸다.

"짜장면 먹어라."

한가해졌을 때 주인 여자가 짜장면을 가져왔다. 기남이 당목을 만지작거렸다.

"얼른 먹어라. 새엄마가 오기 전에."

기남이 기다려야 하는 사람은 새엄마였다.

"네 아버지도 이상한 사람이다. 외딴 골짜기에서 뭔 고집을 그리 부리는지 모르겠다. 어렵사리 얻은 각시가 그곳에 선뜻 가려는지도 모르겠고. 설사 간다 해도 네 엄마처럼 고개 넘어서 도망가는 것은 아닌지 모르겠다."

주인 여자가 젓가락으로 짜장면을 비볐다. 기남이 짜장면을 먹자 주인 여자가 혀를 쯧쯧 끌었다. 주방에서 면을 치는 소리가 탁탁 들렸다. 유리창에 엉긴 먼지에 햇살이 부서지는 것을 보면서 새엄마를 기다렸다.

초윤이 방에서 걸어 나왔다. 화장실 문을 열려다 리모컨을 쥐고 소파에 앉은 기남을 바라보았다. 화장실이 환하게 켜졌다가 문이 닫혔다. 기남이 멈췄던 채널 버튼을 눌렀다. 두 시 오십 분. 날이 밝기 전에 초췌해진 눈을 감고 잠들어야 했다. 초윤이 화장실에서 나와 방으로 들어갔다. 종료버튼을 눌렀다. 거실에 캄캄한 어둠이 들어찼다. 소파에 길게 누워 눈을 감고 잠을 청했다. 세 시간 정도 남은 잠에서 또 꿈을 꾸어야 하는가?

예감은 램프처럼 선명하다

캐나다의 고모가 인천공항으로 입국하는 날이다.

초윤은 아침부터 노모의 연락을 기다렸다. 기남이 출근하기 전에 연락이 오리라 믿었다. 비행기 착륙시각은 오전 열한 시. 열 시 오십 분까지는 공항에 나가 있어야 했다. 혹시 노모가 고모의 입국 날짜를 잊고 있는 것은 아닐까? 연락이 없는 노모에게 전화했다. 휴대폰의 신호음이 계속 울림으로 보아 배터리를 이탈시켰거나 꺼 놓은 상태는 아니었다. 십 분쯤 기다렸다가 전화했다. 받지 않았다. 고모가 캐나다에서 온다는데 노모와 동행하지 않을 수 없었다. 오 분 후에 전화했다. 받지 않았다. 일 분 간격의 세 번째 전화에 연결되었다.

"애비한테 뭔 사단이라도 난 게냐?"

노모의 목소리가 부자연스럽게 부드러웠다. 노모가 속에서 비등하는 것을 억누르고 있다는 느낌이 전해왔다. 휴대폰을 손아귀에 쥐고 치솟는 화기를 참고 또 참았음이 분명했다. 곁에 영감이 있어 요조를 떨어야 하는 상황임을 초윤은 간파했다.

"고모님 도착 시각에 맞추려면 지금 출발해야 하는데 어디 계세요?"

초윤은 의도적으로 차분하려고 했지만, 목소리가 점차 다급해졌다.

"내가 가는 곳이 또 어디 있더냐?"

노모는 경로당에서 영감의 오동통한 손을 쥐고 있으면서 통화를 거부했다.

"고모님이 열한 시에 도착한다는 애비 전화 잊으셨어요?"

고모를 싣고 오는 비행기가 열한 시에 도착한다는 것을 상기시켰다.

"그랬냐? 할 말이 있음 어서 해라. 긴한 얘기 아니면 얼굴 맞대고 하자. 전화요금도 만만치 않기도 하고 함께 있는 사람에게 실례다."

말의 꼬리를 떼려는 노모의 급한 성질이 찬찬한 음색으로 묻어왔다.

"어머님이 나가셔야 도리가 아닌가요?"

초윤이 노모의 목덜미에 고리를 걸듯 질긴 음색으로 느릿하게 물었다. 훈계하는 어투였다.

"멀쩡한 남편 두고 서방질한 년이 어찌 반갑다고 호들갑이냐?"

노모의 목소리가 커졌다. 멀쩡한 남편 두고 서방질한 년? 초윤이 눈을 동그랗게 뜨고 노모의 말을 다시 새기는 중에,

"곁에 있는 사람에게 실례가 되니 이만 끊는다."

노모는 몇십 년 만에 캐나다에서 돌아오는 친척보다 늘그막에 만난 영감이 더 소중했다. 노모가 통화를 끊었다. 서방질한 년? 곁에 있다는 영감이 충분히 듣고도 남을 목소리로 노모가 말했다. 캐나다 고모가 멀쩡한 남편 두고 서방질한 년이라고 영감에게 선언했다.

무엇인가가 엉키고, 헝클어지고, 흐트러지고 있다는 느낌, 갖은 종류의 나무가 우거진 숲의 색깔처럼 불분명해서 어림 잡히지 않는 막연함, 셔츠 자락에 스민 얼룩 같은 이물감이 눈앞에 아른거렸다. 얼룩이 흘러나와 투명한 물이 탁해지듯 언젠가는 불안해지는 날이 있을 것이라는 예감이 생겼다. 산중에 갇혀 산을 볼 수 없는 막막함에 사로잡혔다.

네모상자, 출구가 없는 사각의 폐쇄된 공간, 시선이 닿는 곳마다 늘 뻗어있던 생각의 촉수가 사면 모두 절단된 막막함, 이십 년 넘도록 부부로 산 기남에게서 고모의 존재를 듣지 못했다. 노모 역시 단 한마디도 하지 않았다. 멀쩡한 남편 두고 서방질한 년이라고 말한 것으로 미루어 노모는 고모의 존재를 알고 있으면서도 아들인 기남에게 말하지 않았다. 기남은 공항에 나갈 수 있는 상황이 되지 못했다. 노모와 통화하며 주춤거리는 사이에 벌써 아홉 시. 고모를 태운 비행기가 착륙하기 전에 도착하려면 서둘러야 했다.

초윤은 사십 대의 징검돌을 건너다 실족하듯 세상을 떠난 아버지가 불현듯 떠올랐다. 오월의 화사한 볕이 반사되는 콘크리트 농로에서 조반을 먹던 안방으로 시신이 돌아왔다. 할머니는 불쏘시개에 찔린 고양이처럼 울부짖었다. 엄마는 벌떡거리는 심장을 손아귀에 쥐고 울음을 삼키고 삼켰다. 아버지와 술잔을 나누던 사람들, 할머니와 곰방대를 번갈아 피던 사람들, 엄마와 물동이를 이고 바지런히 걷던 사람들, 억제된 웃음과 말과 표정이 외발로 선 고양이 시선으로 낯이 설었다.

공항으로 가는 사천사백이십 미터 대교는 딴 세상으로의 통로였다.

먼바다에서는 폭풍이었던 바람이 대교로 올라왔다. 바람이 멎은 자리로 햇살이 조물조물 모였다. 딴 세상으로의 이륙을 위한 대교는 당겨진 고무줄처럼 탄력 있고 길었다. 버스가 새총에서 튕겨난 돌멩이처럼 먼바다로 날아갔다. 버스가 멈추었을 때, 딴 세상은 멀지 않았다. 공항에 그 세상이 있었다.

공항, 여러 종족이 잠시 가둬지는 화려한 상자, 내국인 끼리 모였어도 공항이기 때문에 이국의 분위기가 생겼다. 몸동작도, 표정도 어느 누구와 같아서는 곤란했다. 그렇게 의도된 구도가 너무 태연했다. 계산된 속셈의 눈빛이 남모르게 반들거렸다. 천장 트러스 구조물과 광고판에 엿가락처럼 늘어지기도 하는 시선이 새로 등장하는 사람의 전신을 재빠르고 용의주도하게 훑었다. 네모상자에 들어오는 종족을 끊임없이 스캔하였다.

로비에서 사람들이 불협화음 음표로 더러는 앉고 일부는 서성거렸다. 직선과 곡선으로 절묘하게 연속된 벽이 공간을 조합했다. 선에 묶인 줄도 모르고 공간에서 유영하며 숨소리를 낮추고 흘깃거리며 일부러 시선을 피했다. 동화되지 않으려는 의도가 엿보였다.

초윤은 캐나다에서 오는 비행기가 착륙하기 전에 도착했다. 입국자 만남 로비에서 웃으려 해도 웃어지지 않는 얼굴을 들고 출구를 바라보았다. 승객이 컨베이어 벨트에 놓인 부품처럼 마중 온 가족에게 조립되어 공항에서 나갔다. 단체 관광을 다녀온 무리는 소속감에서 이탈되지 않으려고 둥글게 서성거렸다. 초윤은 고모를 기다렸다. 캐나다에서 온 낯선 부품이 자신에게 조립되는 순간을 기다렸다.

휴대폰을 손아귀에 쥐었다. 고모가 출구로 나오면서 전화하겠다고 말했다. 노모가 나오지 않은 이유를 어떻게 말할 것인가? 무슨 말로 관계를 시작해야 하는가? 노모와 동행하였더라면 필요 없는 고민이었다. 노모로부터 비롯된 난감에 초윤은 혼란스러웠다. 출구로 고모가 나타날 시각에 근접하면서 노모와 동행하지 못한 불안이 커졌다.

전화벨이 울렸다. 출구에서 낯모르는 사람을 기다리는 것이 처음이지만, 익숙한 것처럼 휴대폰을 귀에 대고 오른손을 들었다. 노모를 발견하지 못한 고모가 걸음을 늦추며 다른 곳으로 시선을 돌렸다. 초윤이 손을 흔들었다. 실망과 분노의 빛이 일그러진 고모에게 초윤이 걸어갔다. 어림잡아 노모와는 같은 나이의 외모였다.

"네가 그 노인네 며느리냐?"

초윤이 고모의 가방을 들었다. 공항에서 나오면서 고모가 노모에 관해 질문했다. 초윤은 긍정과 부정의 짤막한 대답만 했다. 고모가 입을 다물었다. 노모는 경로당에서 영감과 무슨 정담을 나누고 있을까? 노모는 캐나다에서 고모가 이십 년 만에 오고 있다는 알고 있으면서 영감의 손을 꼭 잡고 있는 것은 아닐까?

고모가 만나야 할 사람은 노모임이 분명했다. 하지만 고모를 경로당으로 안내할 수 없었다. 그렇다고 주인이 없는 노모의 집으로 첫발을 디디게 할 수 없었다. 고모가 체류하는 동안 마물러야 할 곳은 초윤의 아파트였다. 초윤은 노모가 공항에 나가지 않은 까닭을 어렴풋이 가늠했다.

공항버스에서 내렸을 때 허기를 느꼈다. 캐나다에서 이십 년 만에 왔으므로 어떤 한국 음식을 선택할 것인지 물어야 했다. 버스를 타고 오면서 대교와 도로와 식당을 두리번거리던 고모의 선택은 빨랐다. 뚝배기에 음식이 담기는 식당으로 들어갔다.

"시어머니는 어디 있는 게냐?"

된장찌개 백반이 나오기까지 노모에 관한 질문을 시작했다. 경로당에 있다고 대답했다. 고모는 경로당에 대한 정보가 없었다. 노인들의 쉼터로만 알고 있었다. 그곳에서 이루어지는 황혼기 연애의 실상은 알지 못했다.

"다 늙어서 남정네라도 생긴 게냐?"

정곡에 침을 꽂듯 영감의 존재를 물었다. 초윤은 영감의 존재를 부정하지 않았다. 고모의 표정이 일그러졌다. 초윤의 표정도 저절로 굳었다. 된장찌개가 나오기까지 노모는 고모와 초윤에게 마뜩잖은 존재가 되었다. 아침에 노모는 고모가 멀쩡한 남편 두고 서방질한 년이라고 힐난했다. 그런 노모가 이십 년 만에 찾아오는 손님을 외면하고 영감을 만나고 있다.

고모는 육순이 훨씬 지난 몸으로도 식욕이 좋았다. 밥은 물론 된장찌개 뚝배기 바닥에 남김이 없었다. 한눈에 보아도 입담이 걸고 성질이 급한 노인이었다. 노모의 면전에 앉아 있는 것처럼 생각이 한 곳으로 모아지지 않고 엇갈렸다. 무슨 질문을 느닷없이 해 올지 몰라 손바닥에 땀이 났다.

고모와 노모를 만나게 하고 싶었다. 영감의 존재와 영감에게 빠져있는 노모를 확인시켜주고 싶었다. 경로당으로 향하면서 전화했다. 노모는 고모의 도착 여부를 묻지 않았다. 경로당에서 먹은 짜장면이 그렇게 맛있는 줄 몰랐다며 짜장면을 사준 영감을 은근하게 내세웠다.

고모가 통화 중인 휴대폰을 잡아챘다.

"올케, 나 경자야. 한국에 온다는 연락 받지 못했어?"

고모가 조급한 성질을 죽이며 천천히 말했다. 응답을 듣는 고모의 표정이 일그러졌다.

"올케. 사십 년이나 흘렀어, 올케."

고모는 올케라는 말을 반복해서 인연의 끈을 놓지 않으려 했다. 목소리가 느리고 차분했다. 헐거워지고 빛바래고 낡은 인연의 끈을 잡으려는 목소리가 점차 작아졌다.

경로당은 할아버지의 방과 할머니의 방으로 나뉘었다. 산전수전을 모두 겪은 이들에게 남성과 여성의 구분은 의미가 약했다. 성을 구분하여 방을 만들었지만, 이들은 방의 성격을 재편하였다. 사실 이들은 성적으로도 노년기에 접어들었다. 기름진 음식을 먹으며 수명이 길어져 욕망은 잔재하고 있더라도 성적인 욕구를 채우기에는 쇠잔해졌다. 문짝에 부착된 할머니 방과 할아버지 방의 문구는 이사 간 주인이 놓고 간 쓸모없는 문패쯤으로 간단히 의미를 약화시켰다.

황혼 연애에 빠져들거나 황혼기 연애를 동경하는 노인 부류와 황혼 연애를 경멸하는 노인 부류로 구분되었다. 황혼기 연애를 경멸하는 노인은 무료한 시간을 허비할 수 있는 마땅한 공간을 찾지 못했다. 물과 기름처럼 융합될 수 없는 이들을 분리 수용하는 방이 필요했다. 황혼기 연애에 긍정적인 노인이 할머니 방을 차지했다. 할아버지 방은 허무하고 쓸쓸한 노인의 수용소가 되었다. 할머니 방에서 야릇함이 감돌았다. 할머니 방이 할아버지 방보다 온도가 삼 도쯤 높았다. 쇠잔해졌지만 열정이 아직 온기를 품고 있었다. 냄새도 달랐다.

초윤은 노모의 낯을 세우기 위해 적어도 일주일에 한 차례는 할머니 방에 갔다. 막걸리와 안줏거리를 들고 가는 날도 있었고, 방앗간에서 절편을 만들어 가기도 했다.

늘 보이던 노인이 갑자기 자리에 없는 날도 있었고, 낯선 노인이 보이는 날도 있었다. 갑자기 생을 달리한 사람과 노인의 대열에 새롭게 들어오는 사람이 어느 동안 머물다 가는 마지막 간이역이었다. 노인마다 예측할 수 없는 변화의 조짐이 날마다 생겼다. 수명이 일주일 만에 삼사 년은 짧아져 보이는 노인이 있었고, 그만큼 늘어나 보이는 노인도 있었다. 경로당은 서로의 수명을 잘라먹고 먹으며, 황혼의 느릿한 걸음이 힘겨운 간이역이었다.

노모도 영감의 연인이 되고서 즐거워하는 빈도와 심기가 뒤틀리는 정도의 변화가 생겼다. 다른 노인의 수명을 잘라먹고 있음이 분명했다. 영감도 그랬다. 평생 책상에 앉아 서류정리만 해온 공무원의 곱고 오동통한 살집을 유지하고 있었다. 영감이 노모의 수명을 잘라먹지 않음은 분명했다. 노모도 영감의 수명을 잘라먹지 않았다. 노모와 영감이 연합하여 이웃 나라 영토를 야금야금 침범하듯 경로당 노인들의 얼마 남지 않은 여생을 사마귀처럼 갉아 먹는 중이었다. 서로 손을 맞잡고 호기스럽게 웃고 있었지만, 그 웃음은 사마귀 발톱이었다.

젊었던 시절을 낱낱이 알고 있는 자식에게 황혼기 늦바람이 아름다울 수 없었다. 경로당에서 이성을 만나고 있는 시간은 봉양의 미흡함을 잊고 있을 시간이므로 자식은 황혼 만남을 방관하고 있는 것이었다. 며느리가 들어오고서 부모가 끼어들 수 없는 자식들만의 영역이 분명하게 생겨났다. 자식들만의 영역을 빠르게 간파하는 눈치와 영역에서 지혜롭게 멀어져야 함은 노인의 의무가 되었다. 경로당이 있어서 자식은 일정량의 짐을 덜었다.

"경자. 할망구 옷차림이 꼭 서양 무당 같구나?"

노모가 고모를 경자라고 불렀다. 말투와 눈빛으로 보아 둘은 나이가 같거나 어려서부터 아는 사이가 분명했다. 노모보다 원색인 옷과 밝은 피부와 고상한 미소를 짓는 고모는 서 있는 자세와 웃음과 눈빛까지 자연스러웠다. 심통이 난 노모의 모습은 부자연스러웠다. 영감이 이국풍의 고모를 세밀한 눈초리로 바라보았다. 노모의 콧바람이 불규칙해졌다. 노모의 내부에서 불균형 모멘트가 생성되고 있다는 증거였다.

"이 어르신이 올케의 보이프렌드?"

고모의 시선이 영감에게 닿았다. 영감이 얼굴을 붉혔다. 고모가 턱을 갸웃거려 씽긋 웃었다. 노모의 가슴을 주먹으로 탕 두드리는 웃음이었다. 노모의 왜소하면서 살집이 없는 몸이 파르르 떨었다. 추운 나라 캐나다에서 살집이 알맞게 붙은 고모는 살결이 곱기도 하였거니와 설렁탕 국물처럼 부연 빛을 발했다. 살집이 없으면 주름이 자글자글할 수밖에 없었다.

노모는 고모가 경로당에서 떠나기를 바라는 눈치였다. 고모는 영감과 노모를 번갈아 보면서 이국적인 웃음을 흘렸다. 이십 년 만에 재회한 노모와 말을 더 나누고 싶은 눈빛이며, 영감과도 말을 더 나누고 싶은 눈빛이기도 했다. 자신보다 영감에게 눈길을 더 던지는 것이 노모의 가슴을 긁었다.

초윤이 경로당 옆 슈퍼로 갔다. 마실 것을 고르는데 눈에 선뜻 들어오지 않았다. 탄산음료나 아이스크림을 가져다줄 수는 없었다. 경로당 냉장고에 커피를 비롯한 간단한 차를 마실 수 있는 준비가 되어있었다. 매실청과 유자청과 한방차를 노인들이 좋아했다. 초윤이 사다 놓은 매실청도 냉장고에 있었다. 노모가 요구해 복분자 음료도 사다 놓았다. 복분자 음료는 영감을 위한 노모의 생각이었다. 노인에게 캔이나 병을 불쑥 내미는 것은 실례라고 노모가 말했다.

포트로 물을 끓였다. 컵에 매실차를 두 스푼 넣었다. 뜨거운 물을 붓고 빨대를 넣었다. 고모가 찻잔을 두 손에 감아쥐었다. 그 모습은 찻잔도 노모도 영감도 존중한다는 묵언이 되었다. 신중하고 조신한 삶을 지탱하여 왔다는 의도된 여유로 보였다. 영감이 빨대를 물고 한 모금 삼켰다. 매실의 시큼한 맛이 목젖을 자극했고 영감은 코를 벌름거렸다. 노모가 빨대를 찻잔에서 꺼냈다. 후루룩 소리 내어 삼킨 노모도 얼굴을 찡그렸다. 고모가 빨대를 시계방향으로 천천히 돌렸다. 영감도 고모를 따라 시계방향으로 빨대를 돌렸고 노모도 빨대를 찻잔에 넣어 돌렸다. 노모의 빨대 회전 방향은 반시계방향이었고, 자신만 방향이 다름을 알고 방향을 바꾸었다.

고모가 처음 등장한 날 노모의 일 층에 세든 노인이 죽었다.

고모가 공항에서 오고 있고 노모가 경로당에서 영감과 있는 시각에 아침에도 멀쩡했다는데 갑작스럽게 죽었다. 노모를 따라서 고모와 초윤이 장례식장에 갔다. 성격이 데면데면하고 뚱뚱한 며느리가 영정 앞에서 눈물을 연신 훔쳤다. 남편은 보이지 않았다. 사우디아라비아 건설현장 노동자인 남편이 아직 도착하지 못했다. 죽은 자에게 도리를 해야 할 사람은 며느리 혼자였다. 초등학교에 입학한 손자는 할머니의 죽음을 실감하지 못했다. 노모가 조문하는 동안 초윤이 영정을 바라보았다. 노인은 무슨 말을 하려다 멈춘 표정으로 눈을 부릅뜨고 있었다. 약간 오므린 입술이 입안에 말이 감돌고 있다는 느낌을 주었다. 며느리에게 무슨 말을 하려 했을까? 며느리에 대한 말을 누군가에게 하려다 포기한 표정일까? 며느리는 뚱뚱한 몸을 바닥에 놓고 눈물을 닦다가 초윤을 보고 짧게 웃었다. 며느리에게서 죽은 자의 살아생전 험담을 들었던 사람 중에 초윤도 하나였다.

다섯 시가 조금 못 되었는데 저녁을 먹어야 할 상황이 되었다. 며느리가 검은 상복의 데면데면한 몸을 끌고 와서 심부름하는 여인을 손짓으로 불렀다. 사우디아라비아에 간 아들이 어서 와서 어엿한 상주 노릇을 해야 한다고 노모가 며느리를 다독였다.

"자정이 넘어서 돌아가셨더라면 당신 아들 손으로 마지막이 될 텐데 복도 없어요."

며느리가 탄식했다. 노모와 초윤이 의아한 눈빛을 서로 맞추었다. 낮에 돌아가셨으면 모레 영결식이 아니냐고 노모가 물었다. 사실은 어젯밤에 돌아가셨는데 정오까지 자고 있는 줄 알고 있었다고 며느리가 훌쩍였다. 노모와 초윤의 시선이 또 맞닿았다. 그러는 사이에 저녁밥이 차려졌다.

"사우디가 얼마나 멀기로서 부모 영결식도 못 본단 말이냐?"

노모가 퉁명스럽게 뱉었다.

"건설 현장에서 공항까지 오고 직항이 아닌 비행기를 갈아타면서 오느라 이틀은 족히 더 걸리겠지."

비행기를 타 본 고모가 노모의 말을 받았다.

"장지는 어디인가?"

어제까지도 한 건물에서 살았던 노인이 어느 곳에 묻힐 것인지 노모가 물었다.

"쪼그려 앉아있을 한 뼘의 땅이라도 있으면 셋방살이를 하겠어요?"

한탄인지, 고인이 된 시어머니를 원망하는 것인지 분간이 안 되는 표정으로 며느리가 대답했다.

"아들이 사우디에서 피땀 찔찔 흘려 번 돈은?"

대화를 건성으로 들으며 빈소와 장내를 흘끔거리던 고모가 물었다. 한국을 떠나기 전과는 판이한 장례문화를 귀국한 첫날에 맞닥뜨렸다.

"얼마를 보내왔는지도 모르고, 보내왔으면 그 돈이 어디 있는지 저는 몰라요"

며느리가 시퉁스럽게 대답했다.

"내일이 발인인데 장지도 정하지 않았단 말이야?"

노모의 표정도 시퉁해졌다.

"시청에서 운영하는 화장터에 예약했어요."

화장터에도 예약을 한다? 며느리가 대수롭지 않게 한 말이 초윤은 낯설었다.

"아들이 오기도 전에 시신을 불태운다고?"

며느리를 바라보는 노모의 시선에 가시가 돋았다. 며느리가 일어나 빈소로 갔다. 음식이 차려졌지만, 고모가 방울토마토 한 알을 쥐었고 그대로 남았다. 아들이 번 돈을 며느리에게 주지 않은 이유를 이해하였다는 동조일까? 노모와 고모가 눈을 맞추며 고개를 주억거렸다.

"쯧쯧! 죽었다고 천륜도 모를까?"

조문객도 없는 빈소에 펑퍼짐하게 앉은 며느리를 보며 노모가 혀를 찼다.

"묘를 쓸 땅이 있어도 화장을 하는 세상이 되었어."

고모가 말은 그렇게 했어도 표정은 씁쓸했다.

"캐나다란 땅은 눈이 폭폭 쌓여서 경자 너, 거기서 죽어 땅에 묻히면 꽝꽝 언 송장이겠구나?"

노모가 느닷없이 시비를 걸었다.

"목숨 끊어진 송장인데 얼면 어떻고 말라비틀어지면 또 어떨까?"

고모는 너그러운 웃음을 얹어 노모의 시비를 받아넘겼다. 노모가 얼굴을 찡그렸다. 시비를 건 속셈을 고모가 알아차리지 못했는지 알고도 모른 척한 것인지, 어쨌든 노모는 찡그린 얼굴을 펴면서 쯧쯧 혀를 찼다.

"사우디로 아들 보내고 화장터로 가는 저 노인네가 죽어서도 박복하다만, 경자 너는 화장장에 태워다 줄 자식도 없으니 참말로 안타깝다."

노모가 시비를 걱정으로 둔갑시켜 고모를 자극했다. 경로당에서 영감 앞에 당한 수모를 앙갚음하려는 의도였다.

"길바닥에서 죽어도 관청에서 장사를 치러주는 나라니까 괜한 걱정 안 해도 돼."

고모가 사뿐하게 응수했다.

"싸늘한 나라에서 자식도, 며느리도 없으니 평생을 냉방에서 사는 격이 아니니?"

노모가 초윤에게 생수를 종이컵에 따라 건넸다.

"너는 열아홉 살에도 그랬고, 어쩜 사사건건 트집을 잡고 나서니?"

고모가 핀잔을 주었다.

"트집이 아니라 옳은 말이었어."

노모가 자식을 자꾸 들먹거려 고모를 곤란하게 만들려고 했다. 고모는 웃음까지 얹어 노모의 시비를 피했다. 무리의 조문객이 들어왔다. 죽기 전에 다녔던 교회에서 신도들이 성경을 들고 며느리가 앉았던 빈소에 줄을 맞추어 앉았다. 찬송가를 부르고 기도문을 합창했다. 너나없이 성경책을 펴들었다. 죽은 자의 영정 앞에서 손금을 펴고 자신의 남은 운명을 계산하는 모습 같았다. 초윤은 신도들을 바라보며 노모가 말한 열아홉 살과 트집을 되새겼다.

장례식장에서 나왔다. 차려진 음식을 마다했으니 저녁을 먹어야 했다. 초윤이 기남에게 전화했다. 기남이 중요한 회의가 있어 나올 수 없다고 말하고 통화를 끊으려 했다. 고모에게 인사라도 하라고 말하자,

조금 있다 전화를 걸겠다며 통화를 끝냈다.

"저녁 드시고 들어가세요."

초윤이 나란히 선 노모와 고모를 번갈아 보며 말했다. 저녁 사 줄 테니 고모와 함께 노모의 집으로 가라는 의미가 담겼다.

"사람이 죽어나간 빈집에 들어가기 싫다."

노모가 초윤의 아파트로 오겠다고 말했다. 식당에서 저녁을 먹자고 초윤이 말했다. 고모가 좋아했고 노모는 떨떠름한 표정을 지었다. 고모에게 공항에서 나와 점심으로 무엇을 먹었는지 물었다. 뚝배기 재래 된 장찌개를 먹었더니 좋았다는 말에 노모가 다짜고짜 앞장섰다. 비행기 타고 그 먼 나라에서 왔는데 대접이 시원찮다며 식육식당으로 들어갔다. 허름한 실내로 들어가자 고기가 굽던 연기가 찌들어 비릿한 냄새가 코를 자극했다. 빙판을 걷는 것처럼 바닥이 미끈거렸다.

자리에 앉은 노모가 걸려온 전화를 받는 중에 기남에게서 전화가 왔다. 전화를 끊은 노모가 애비냐고 물었고, 통화 중인 초윤이 그렇다고 고개를 끄덕였다.

"손님 한 분 더 오신다."

초윤이 통화를 하는 중에 노모가 다짜고짜 말했다. 식당으로 마땅히 가야 하지만 업무 때문에 가지 못한다는 기남의 말과 겹쳤다.

"누가 또 오신다고 하셨어요?"

초윤이 통화를 끝내고 물었다.

"영감님이 도착하기 전에 아범이 와 있어야 도리다."

노모가 선언했다. 초윤은 난처해졌다. 기남이 오지 못한다고 방금 통화했음을 모르는 노모가 영감만 앞세워 도리를 운운하니 초윤이 난감한 표정으로 쭈물거렸다.

"어째 대답이 없냐? 넌 시어미 말을 귓등으로 듣는 몹쓸 버릇을 아직도 못 버렸니?"

노모가 다짜고짜 언성을 높였다.

"애비가 못 오는 것이로구나?"

고모가 잔잔한 음색으로 물었다.

"애비가 고모님을 뵈러 와야 도리인데, 회사에서 나오기가 어렵다고 방금 통화했어요."

초윤은 고모가 고마워 음색이 저절로 부드러웠다.

"애비가 그렇게 말하더냐?"

노모가 왈칵 성을 냈다.

"회사에 중요한 일이 있어 늦을 거라고 어제부터 말했어요."

"애비가 참말로 그렇게 말했냐?"

노모가 입술을 오므렸다. 속에서 불편한 심기가 뭉치고 있음이었다.

"네."

초윤이 짧게 대답했다.

"못된 것!"

노모가 기어코 어금니를 깨물고 아들을 힐난했다. 고모에게는 도리상 뵙지 못하여 죄송하다면서 영감에게는 아무런 변명이 없어 노모의 화기가 돋았음을 초윤은 감지했다.

"회사 일이 바빠서 오지 못한다는데, 어미로서 자식에게 할 말이니?"

느닷없이 고모가 노모에게 버럭 화를 냈다.

"내 자식 밥숟가락에 돌을 얹든 쌀밥을 얹든 경자 네가 상관할 바 아니다."

노모도 목을 곧추세웠다.

"내가 캐나다에 가 있는 동안 매사에 그랬구나? 불쌍한 내…."

고모가 말을 멈추고 눈물을 뚝 떨궜다. 뜻밖의 상황에 노모의 얼굴이 창백하게 굳었다. 고모가 입술을 꼭 깨물었다. 볼로 떨어지는 눈물을 주먹을 뭉갰다. 불판에서 지글지글 익은 삼겹살을 고모는 한 점도 먹지 않았다. 노모도 몇 점 입에 넣고는 젓가락을 놓았다. 초윤이 불판에 상추를 깔고 익은 삼겹살을 얹었다. 노모는 물론 고모도 목젖에 대추나무 가시가 콱 찔린 듯 목울대를 울컥거릴 뿐 더 먹지 않았다. 노모가 영감에게 소곤소곤 통화했다.

저녁 식사가 끝났는데 초윤이 일어날 수 없었다. 지갑을 손에 쥐고 노모의 눈치를 살폈다.

"영감님은 안 오신다."

노모가 자리에서 일어났다. 노모와 고모의 다툼과 갑작스러운 침묵과 서로를 흘끔거리며 무엇인가를 경계하는 일련의 어색하면서 불편해진 상황은 기남에게서 비롯되었다. 두 노인 사이에 함부로 말할 수 없는 무엇인가 똬리를 틀고 있다고 초윤은 확신했다.

네 자리에 잠시라도 서 있고 싶어

기남이 낮잠에 함몰되었다. 텔레비전이 켜지지 않았다. 토요일 한낮 초윤은 소파에 앉아 무료했다. 거실에 갇힌 공기도 흐름을 멈추었다. 창문을 활짝 열었다. 실내로 부는 바람도 잠깐이었다. 무엇인가 하지 않으면 초윤도 소파처럼 응고될 것 같았다. 고모는 노모를 따라 경로당에 갔다. 컴퓨터를 켜고 이혼한 그녀에게 메일을 썼다.

거울은 보고 사는 게니?

거울을 보면 기쁨도 슬픔도 없어. 궤도에 이끌려가는 마차에 앉아있는 느낌이랄까. 종점으로 버스를 타고 가면서 마루 나무 가로수가 뒤로 밀려나는 것처럼 무의미한 시간이 지나가고 있어. 반드시 일어나서 아침을 먹고 해 저물면 저녁을 먹어야 하고, 반드시 잠에 들어야 하는 일상의 반복으로 쓸모도 없는 시간의 매듭을 엮고 있어.

겨울 저수지 둑에 나가 본 적이 있니? 씽씽한 칼바람에 조각조각 갈라져 흩날리기만 하는 마른 풀잎 같아 서글퍼진 날이 있니? 그날이 그날이고, 그날이 또 그날인 그런 생활이라는 밍밍함에 젖어본 적이 있니? 자연스레 드라마에 빠져 살게 되더라. 드라마의 연기자가 내 안에 야금야금 들어와. 내 삶의 주인이 내가 아닌 게지. 어느 날은 드라마에서 연인이 다른 남자에게 돌아섰다고 굶기까지 하면서 울고불고 우울증 환자 행세를 하고 있더라. 아직 싱글이면서. 혼인도 안 한 처녀가 돌아선 그놈만이 세상의 남자인 것처럼 요란을 떠는, 어쩌면 정신이 나간 그… 미친년을 보면 울화가 치밀어. 우울증을 앓아야 하는 것은 그년이 결코 아닌데. 미스가 우울증에 시달린다는 말은 모두 거짓이야, 미시라면 몰라도. 실연이라는 거 지나고 보면 값어치가 있다고들 말하기도 하더라. 사랑 때문에 울어본 적도 없고, 우울해본 적도 없고, 그렇다고 좋아본 적도 없이 첫 남자 만나 아기 낳고 사는 나, 처음부터 기쁨이고 슬픔이고, 그런 거 아무것도 없었어. 나를 두고 어떤 이는 그냥 평범한 삶이라며 쉽게 말하더라. 누군 내가 법 없이도 살 수 있는 사람이라고도 하더라. 미친….

이혼한 너를 불쌍한 시선으로 보고 싶지 않아. 만나서 저녁 먹고 차 마시고 헤어져 집으로 돌아갈 때 웃으며 돌아서는 너의 어깨에 내려앉는 연민이나 동정심이 아예 없다고는 말할 수 없지만, 이혼녀이기 때문에 불쌍하다고 여기고 싶지 않아. 배려할 줄 모르고, 잔인하고, 타인의 입장을 생각하지 않는 냉정한 사람이라고. 나를 욕해도 어쩔 수 없어. 남편과 헤어졌다고 삶의 궤도 밖으로 추방된 것은 아니니까.

태어나면서부터 놓아서는 안 될 밧줄을 쥐고 경험을 엮는 거야. 기쁨과 슬픔과 고통과 쾌락과 지루함을 섞으면 추억이 엮어지겠지. 기뻤던 일이 고통이나 슬픔의 근원으로 돌변하는 것을 보았으니까.

사카린같이 달콤한 경험들이나 쓸개즙처럼 시린 경험들이 행복의 종점으로 가는 정류장이 아닐까? 너처럼 이혼하면 재혼이라는 단어가 자연스럽게 떠오르는 것은 단지 나만의 현상이 아닐 거라고 믿어. 달리는 궤도열차는 이혼이라는 삐걱거림도 있을 수 있고, 재혼으로 평정을 되찾기도 하는 것이니까.

다시는 내게 말하지 마.

이혼해서 행복은 이제 영영 떠났다는 말.

나는… 나는… 네 자리에 하루만이라도 서 있고 싶어.

전송버튼을 누르려다 그만두었다. 그녀를 위로하기는커녕 무슨 말을 썼는지 정돈되지 않아서였다. 내용에 비해 소요된 시간이 길었다는 것도 보내지 못하는 이유가 되었다. 초윤도 친정에 가면 이혼녀가 있다. 제부와 이혼하고 친정으로 온 동생이 친정엄마의 안방으로 들어갔다.

세 가지 소재가 아니면 드라마를 만들지 못하는 딜레마에 빠져 있다. 불륜 드라마가 아니면, 배신당한 주인공이 불치의 병에 걸리거나 복수하는 드라마, 풋내나는 열아홉 순정 드라마가 그 셋의 범주였다. 실제로 두 남자를 혼란스럽게 했던 여배우가 드라마에서 세 번째 결혼을 시도하는 드라마였다.

역사물을 다룬 대하드라마도 있었다. 아침에도 드라마 저녁에도 드라마, 한낮의 재방송 드라마, 드라마 천국에 사는 것임에는 틀림이 없다.

주부의 가슴에 불온한 기운을 불어넣는 것도 드라마의 몫이 됐다. 남편을 뜯어보게 하고 비교하게 하고, 드라마로 끌어들여 분노를 일으키고 우울하게 하고, 욕설을 내뱉게 하고, 불륜의 여자를 부러워하게 하고, 불륜을 저지르는 남자가 멋진 신사가 되고, 성공한 남자이며 돈도 많은 남자. 화가 치솟는 것은 불륜이 아름답게 포장된다는 것이었다.

그녀의 남편은 그녀가 가장 가깝다고 말했던 그녀의 친구와 불륜에 빠졌다. 초윤을 비롯한 그녀 주변의 모든 사람이 아는 사실을 그녀만 반년 동안 몰랐다. 친구들 사이에서, 직장에서, 아파트에서 모두 아는 사실을 그녀만 몰랐다. 그녀에게 누구도 말해주지 못했다. 입방아를 놓다가 그녀가 나타나면 입을 다물었다. 그녀가 지나가면 뒷모습에 연민과 동정의 시선이 닿았다. 그녀는 자신도 모르게 바보가 되었다. 그녀의 친정오빠의 아내, 올케가 찾아와서 사나흘 고민한 표정으로 사실을 말했다. 그녀는 올케의 말을 믿지 않았다. 올케보다 더 차분한 말로 달래서 돌려보냈다. 올케가 돌아가고 그녀는 평정심을 잃었다. 반년 동안 그녀에게 쏟아지던 시선의 의미를 알게 되었다.

그녀는 이혼을 결심했다. 남편이 불륜을 저질렀다는 사실보다 반년 동안 자신만 몰랐다는 모욕감과 불륜 상대가 어제도 찾아와 웃으며 차를 마셨던 친구였다는 배신감 때문에 도저히 용서할 수 없었다.

남편에게 이혼을 통보했다. 남편은 간통을 인정했다. 그렇다고 이혼에 응하지는 않았다. 남자가 한 여자와 살면서 외간 여자 한 번쯤 생각할 수도 있는 게 아니냐며 항변했다. 남자의 외도는 공중변소에서 소변보는 것쯤의 욕구 해소다. 만약 유부녀가 그랬다면 심각한 불륜이다. 그녀의 남편이 이중 잣대를 들고 궤변을 늘어놓았다. 아이들을 생각해서 이혼을 주저하는 약간의 마음이 여자에게서 싹 달아났다. 남편은 세상 남자들과는 다를 것이라는 여자의 믿음도 싹 달아났다.

"마누라가 자궁 속에 외간 남자의 정액을 담아놓고…."

여자가 어금니를 물고 거친 숨을 뱉었다.

"집안을 활보하다 학교에서 돌아온 아이를 안아주고 퇴근한 남편과 침대에서 잠을 자는 것이…."

남편이 여자의 시선에 찔려 마른침을 꼴깍 삼켰다.

"너 같으면 가능한 일이냐?"

여자가 손가락으로 남편의 이마를 떠밀었다. 그날 남편이 이혼서류에 도장을 찍었다.

프로그램은 시청자의 연령을 명확하게 구분하였다. 다섯 시부터는 스무 살까지를 위한 쇼와 가요가 주요를 이루었다. 초등학생은 물론 중학생과 고등학생이 사교육과 야간자율학습에 묶여 있음을 간과한 편성이었다. 여덟 시부터는 중년의 프로그램이었다. 종편채널이 생겨나고서 막가파식 프로그램이 생겨났다. 증명되지도 않은 것을 개그와 입담으로 무차별 쏟아냈다. 공통적으로 프로그램은 인간을 조종하는 로봇의 역할에 충실했다.

기남이 아홉 시 뉴스를 보는 동안 초윤은 설거지와 세안을 하고 보습 크림을 발랐다.

욕실 배수가 시원스럽지 않았다. 양치를 하고 입을 게워낸 하얀 물이 세면대에서 게으른 구렁이로 똬리를 틀었다가 사라졌다.

아홉 시 뉴스가 끝났다. 기남이 침대로 어정어정 걸어왔다. 초윤은 이마까지 덮은 이불을 손아귀에 쥐었다. 기남이 이불을 걷어냈다. 드러난 가슴과 배꼽 언저리와 허벅지에서 여유로움이 보였다. 기남은 콩새를 떠올렸다. 벼락이 치고 돌풍이 불어 나뭇가지가 부러지는 숲의 콩새, 깜빡이지 못하는 눈동자, 공포를 잔뜩 물고 있는 콩새를 떠올렸다.

"요즘 말이 없어졌어?"

기남이 곁에 누웠다. 살집이 여유로워진 만큼 감각이 둔해진 것일까? 욕실을 차례로 쓰고 먼저 변기에 앉았던 자의 냄새를 맡아야 했고, 어쩌다 칫솔도 섞어 쓰고, 벗은 몸을 아무런 느낌 없이 바라보고, 방관하며 섞으며 살아 놓고서 처음의 그 느낌을 기대하는 것은 누가 들어도 참 웃기는 얘기였다. 서로 익숙해지는 만큼 서로가 잃는 것도 있어야 했다.

초윤은 잠자리에서 기남의 얼굴을 바라본 기억이 없음을 깨달았다. 이십 년이나 몸을 섞으면서 기남의 표정을 응시한 기억이 없었다. 벌겋게 상기된 얼굴이었을까? 몸 어딘가 아픈 표정으로 땀을 이마에 송골송골 맺고 있었을까? 아이스크림을 먹는 소년처럼 행복한 얼굴이었을까? 입술을 하얗게 말리며 무엇인가를 갈구하고 있었을까? 그것도 아니면 초윤처럼 눈을 감았을까? 어쨌든 서로를 바라보지 않으려 철저히 외면하는 행위임은 틀림이 없었다. 각자의 가파른 언덕길을 바삐 달린 행위에 불과했다.

고등학교 야간자율학습으로 저녁마다 자영의 빈방이 허전해진 초여름, 기남이 근처 공원에 가자고 했다. 저녁 설거지를 마치고 여덟 시가 되었다. 어두워진 놀이터에서 아이들이 우글거렸다. 아파트와 산과의 경계 자투리에 공원이 있고 등산로와 연결되었다. 산은 나지막했다. 아이는 놀이터에서 놀았고, 어른은 등산로에서 삼삼오오 자리를 깔고 음식을 먹었다. 밤이 되면 돗자리 여인이 슬금슬금 나타났다.

돌돌 말린 돗자리 가방과 얼음물을 넣은 보온병도 마련했다. 짙게 우거진 숲으로 어둠이 몰려와 진을 치고 있었다. 가로등이 엉겨 붙는 어둠을 뿌리치려 눈을 부릅뜨고 있었다. 놀이터에서 머뭇거리다 등산로로 걸음을 옮겼다. 어둠에 묻힌 숲에서 시원한 바람이 불어 나왔다. 등산로 곳곳에 돗자리를 깔아 놓고 삼삼오오 모여 앉아 잡담을 나누거나 술을 마시고 있었다.

어둠이 웅크린 숲에서 인기척이 났다. 남자와 여자가 어둠에서 걸어 나오는 소리였다. 남자는 빈손이었는데 여자는 돗자리 가방과 보온물통을 들고 있었다.

"등산객을 상대로 매춘하는 아줌마야."

기남이 초윤의 귓속에 속삭였다. 남자가 여자에게 손을 들어 보이고 등산로를 내려갔다. 여자는 벤치에 자리를 잡았다. 여자는 올라오는 남자에게 말을 걸었다. 남자만 알아들을 수 있는 낮은 목소리였다. 아저씨, 커피 마시고 가요. 아저씨 이리와 봐. 여자가 계속해서 지나는 남자들에게 말을 걸었다. 그런 여자가 한둘이 아니었다. 똑같이 돗자리와 보온물통을 들고 있었다. 돗자리와 보온 물통을 든 여자는 다 그런 여자로 보였다. 초윤은 기남이 들고 있는 돗자리와 자신이 든 보온 물통을 보면서 후후후 웃었다. 기남이 돗자리만 초윤에게 넘겨준다면 영락없이 그런 여자로 오해받기 십상이었다.

"잠깐 들고 있어 봐."

기남이 돗자리를 초윤에게 다짜고짜 쥐여 주고 여자에게로 갔다. 여자는 사십은 돼 보였다. 여자와 몇 마디 주고받는 기남이 초윤을 바라보면서 웃었다. 초윤은 돗자리와 보온물통을 들고 물러났다. 여자의 눈에 자신을 감추고 싶었다. 기남을 위해서가 아니라 자신을 위해서였다. 기남은 여자가 따라 주는 커피를 마시면서 계속 얘기했다. 나무 밑으로 몸을 숨긴 초윤을 건네 보며 기남이 크게 웃기까지 했다. 기남이 커피를 여자에게 건네주었다. 여자가 일어서 어둠 속으로 걸어 들어갔다. 기남이 초윤이 있는 쪽으로 돌아섰다. 초윤은 컴컴한 나무 아래에 쪼그리고 앉아 있었다. 초윤을 살피던 기남이 방금 여자가 들어간 어둠 속으로 걸어 들어갔다. 초윤이 깜짝 놀라 일어서며 소리 지르려다, 마침 한 무리 일행이 시끌벅적 내려오고 있어 입을 다물었다. 일행이 우르르 내려갔을 때는 여자도, 기남도 없었다. 초윤이 아뜩해지는 현기증으로 자리에 주저앉았다. 초윤의 손에 돗자리와 보온물통이 들렸다. 눈물이 왈칵 올라왔다.

남자가 다가왔다. 앉아 있는 초윤을 잠깐 응시했다. 남자가 초윤의 팔을 잡았다.

"난 아니에요."

초윤이 떨리는 목소리로 대항했다.

"잠깐이면 돼요."

남자가 말했다. 일정한 거리로 진을 치고 있던 여자가 초윤을 바라보았다. 기남이 들어간 숲을 보았다. 기척 없는 어둠이 함정처럼 입을 벌리고 있었다.

초윤은 남자가 이끄는 데로 등산로에서 내려왔다. 남자는 잡았던 팔을 놓고 앞서 내려가기 시작했다. 초윤은 귀신에 홀린 사람처럼 남자를 따라 걸음을 옮겼다. 남자는 초윤을 등산로 시작점에 있는 모텔로 데려갔다. 침대가 놓여 있었고, 화장대가 있었고, 둥근 탁자와 의자 두 개가 있었다. 초윤은 약에 취한 사람처럼 의자에 망연히 앉아 있었다. 기남이 여자를 따라 걸어 들어간 그 어둠이 환영처럼 초윤을 휩싸고 있었다. 남자가 셔츠를 벗어 옷걸이에 걸었다. 바지도 벗어 셔츠와 나란히 걸었다.

"다른 여자들과는 다른 아름다움이 보였어요."

남자가 마주 앉으며 웃었다. 초윤은 그저 남자만 응시했다. 남자가 양말을 벗으며 초윤도 함께 벗어줄 것을 바라는 시선을 보냈다. 초윤이 마술에 걸린 사람처럼 돌아앉아 블라우스 단추를 열었다. 남자가 초윤을 일으켜 가슴에 안고 옷을 하나씩 벗겼다. 치마가 바닥에 떨어졌다. 남자의 가슴에 안긴 채 발목에 걸린 치마를 방구석으로 밀었다. 자신의 물건이 아닌 것처럼 발로 차버렸다. 남자가 초윤을 침대에 조심스럽게 눕혔다. 남자가 초윤의 브래지어와 팬티와 양말을 차례로 벗겼다. 남자가 몸을 포개와서 목덜미와 젖가슴과 그리고 입술에 입을 맞추어 왔다. 배꼽 근처와 살 가까이까지 아주 정성스럽게 입을 맞췄다. 외간 남자에게 벌거벗은 채로 수치심을 느꼈지만, 몸에서 일어나는 열기를 느꼈다. 몸이 뜨거워지고 있었다. 남자가 알몸의 초윤을 내려다보면서 옷을 모두 벗었다. 초윤은 남자의 그것을 보았다. 구릿빛으로 탄탄하게 부풀었다. 초윤은 눈 감고 기남을 잠시 생각했다. 남자가 탄탄하게 부푼 남성을 앞세워 침대로 왔다. 남자가 초윤의 다리를 두 손으로 벌리고 몸을 포개왔다.

초윤이 등산로 입구로 나왔다. 기남이 카페에서 기다리고 있었다.

"미안해."

초윤이 카페로 들어가 자리에 앉자 기남이 말했다. 초윤은 대꾸하지 않았다. 말을 꺼내면 평소와 다른 변색된 음색이 나올까 두려웠다.

"호기심 때문에 따라 가봤어. 십 분쯤 여자와 얘기하고 나와 보니 당신이 없어졌더군. 등산로 꼭대기까지 갔는데도 당신이 없었어. 오해하고 있을까 봐, 얼른 당신하고 만나려고 했는데. 벌써 오십 분이나 지났어."

기남이 변명했다. 초윤은 입을 열지 않았다. 입을 열면 남자와 엉겨붙어 지르던 신음이 나올 것 같았다.

"정말 미안해."

초윤이 편안하게 웃어 주었다. 기남의 당황스러워하던 표정이 풀렸다.

"당신이 이해할 줄 알았어."

기남이 초윤의 손을 잡았다.

"내가 사랑하는 건 당신뿐이야."

기남이 말했다. 초윤의 몸에서 남자와 달구었던 쾌락의 잔재가 파삭파삭 튀었다.

"뭐 좀 마시자."

기남이 웨이터를 불러 냉커피를 주문했다.

"당신은 뭐 마실래?"

기남이 물었다.

"아까 한 잔 마셨어요."

초윤이 작은 소리로 말했다. 초윤의 손에는 돗자리와 얼음물이 들어 있는 보온병이 들려 있었다. 남자가 넣어준 만원 지폐 다섯 장이 주머니에 들어 있었다.

자영이 기숙사에서 왔다. 축제라서 강의가 없다고 했다. 축제에 참가하지 않고 집에 온 딸에게 반가운 마음도 있었지만, 학우들과 어울리지 못하는 외톨이가 아닌지 염려되었다.

정오에 예고 없이 배달된 소포, 초윤은 배달된 소포처럼 딸을 바라보았다. 주문하지 않았지만, 곧 배달될 것이라는 예감이 이미 있었던 우편물처럼 자영이 현관에서 환하게 웃었다. 초윤은 반가움도 냉랭함도 아닌, 멀뚱한 시선으로 자영을 바라보았다.

굽이 높고 표면이 반질반질 코팅된 우윳빛 구두를 벗고 걸어왔다. 아프리카 오지를 석 달쯤 다녀온 표정과 동작으로 초윤을 포옹했다. 초윤은 딸의 목덜미에서 금색의 체인 목걸이를 보았다. 어떤 종류의 샴푸와 향수를 사용하는지 짧은 호흡으로 냄새를 맡았다.

언제나 그랬던 것처럼 자영이 초윤의 시선을 받으며 스커트와 블라우스를 벗고, 면바지와 헐렁한 셔츠를 입었다. 오월 볕의 호박 덩굴손처럼 빠르게 성숙이 진행되었음이 목격되었다. 교실과 교과서와 평가문항에서 벗어난 자영의 변화는 경사가 급한 계곡물처럼 빠르고 명쾌했다. 좁은 틈으로 굽이치다가 너럭바위를 만나고 낮은 바닥을 쓸고 수심 깊은 용소를 지나서 강의 본류와 합류하듯 성인이 되어가는 중이었다.

이성 친구가 생겼을까? 소포 포장을 벗기듯 요모조모 뜯어보았다. 공장에서 출시된 상품의 오류를 검사하듯 조심스럽게 바라보았다. 고등학교 삼 년 동안 억제되었던 성숙 호르몬이 터진 봇물처럼 자영을 변모시켰다.

"바다에 가고 싶어. 출석거리는 파도가 보고 싶어. 파도는 왜 하얗지? 바다는 푸른데 파도는 왜 하얀 모자를 쓰고 있을까?"

자영의 눈빛에서 바닷바람이 불어왔다. 짠 냄새가 버석거렸다.

초윤이 자영의 눈동자를 보았다. 초윤의 시선에 자영이 표정을 요리조리 바꾸었다. 표정에 따라 시선을 어디에 두고 있어야 매력이 있어 보이는지와 그때마다 어떻게 미소를 지어야 하는지 터득하는 중이었다.

손가락에 커플 반지가 있는지 보았다. 옷깃을 여며주며 체취를 또 맡았다. 눈동자의 깊이가 분명히 달라졌다. 고등학생의 굴레에서 대학생의 마당으로 옮겨간 자영에게 변화가 있음은 분명했다. 이성 친구가 생겼다는 확신은 찾지 못했다.

"바다 가자니까?"

자영이 초윤의 시선을 잡아 쥐었다.

"그래. 갯바위 보러 가자."

초윤이 흔쾌히 동의했다. 자영은 창이 긴 하얀 모자를 쓰고 파도가 보고 싶다고 중얼거렸다. 초윤은 갯바위에서 수평선으로 조물조물 내려앉는 햇살을 생각했다.

"넌 아이를 늦게 낳아야 한다?"

초윤이 뜬금없이 말했다.

"내가 아이를 낳아?"

자영이 화들짝 놀랐다.

바다와 아이, 파도와 아이, 갯바위와 아이, 해류에 춤을 추는 미역과 아이, 자영의 얼굴에 묘한 웃음이 번졌다. 초윤이 자영의 손을 쥐었다.

"스물넷에 날 낳았다니 도저히 이해할 수 없어. 스물넷은 아이를 낳을 만큼 세상을 알지 못하잖아?"

자영이 입술을 삐죽였다. 자영과 초윤이 뒤바뀐 느낌이 들었다.

"그러니까 너는 서른은 되어 아이를 낳았으면 좋겠다."

초윤이 손아귀에 힘을 주었다. 꼭 그렇게 하라는 압박이었다.

"아이… 같은 거 낳지 않아."

자영이 손을 빼냈다.

"아이 같은 거?"

초윤의 눈이 동그랗게 떠졌다.

"대학 가더니… 변했구나? 왜 그런 생각을 했니?"

초윤이 뻗었던 다리를 오므려 바르게 앉았다. 딸에게 해야 할 말의 무게를 얹기 위해 엄숙한 표정도 지었다.

"나는 엄마에게 뭐야? 아빠에게는 나는 어떤 존재야?"

고등학교를 졸업하고 대학생이 된다는 것이 부모로부터 한 걸음 벗어난다는 것은 예감했다. 대학생이 된 지 두 달이 지났다. 고등학교 교과서에서 벗어난 생각의 변화가 이렇게 바삐 진행되었단 말인가? 스무 살의 딸에게 변화를 안겨 준 사람이 누구일까?

"아빠나 엄마는 너에게 어떤 존재가 아니야."

초윤은 딸의 변화 속도를 조절해주어야 한다는 조급함에 사로잡혔다.

"존재가 아니라고?"

자영이 모유를 주던 초윤의 가슴과 주름이 생긴 목을 바라보았다.

"난 너를 낳아준 엄마고, 아빠는 너를 이 세상에 태어나게 하신 분이야."

초윤은 차분한 목소리로 조합한 말이 서툴고 어줍다는 것을 금방 깨달았다. 서툴고 어줍은 화술, 초윤이 세상을 살아온 방식이라는 서글픈 생각이 빠르게 스쳐 갔다.

"나란 존재, 엄마와 아빠를 묶어주는 역할, 운동화를 살 때 켤레가 섞이지 않도록 묶어둔 끈, 한 짝만 살 수 없도록 운동화를 묶어 놓은 끈이 나란 존재야."

기남과 초윤을 완성시켜주기 위해 존재해 주고 있다는 논리가 아닌가?

"너… 남자 친구 생겼니?"

자영이 배달된 소포처럼 현관에 섰을 때 가슴에 고였던 말을 꺼냈다.

"남자 친구 사귈 수 있는 나이라고 생각해? 갑자기 남자친구를 왜 물었어?"

지문과 문항의 굴레에서 벗어난 생각의 틀이 오각형으로 변할 줄 초윤은 예감하지 못했다. 자영이 오각형의 내각을 조절하면서 생각의 틀을 다양하게 적용하고 있음이 분명했다. 틀의 내각을 날카로운 예각으로 접다가 외곬의 돌발적인 성격으로 변하는 것은 아닌가? 자영이 위태롭게 보였다.

"아빠와 엄마는 서로에게 배반하는 생각이나 어긋나는 강요에 익숙해졌어. 감정이 상하고 자존심이 구겨지는 일이 생겨도 무관심한 상대가 되었어."

자영이 잠시 말을 끊었다. 무관심이란 단어를 선택한 자책 때문이었다. 무관심해졌다고 서로 사랑하지 않는 것은 아니라고 변명했다. 서로에게 생채기를 만들지 않는 삶의 방식을 터득해놓고 무관심으로 가장하고 있다고 변명에 대한 변명을 덧붙였다. 그렇다고 젊은 시절의 관심과 연민과 동정이 없어진 것은 아니라고 했다. 다만, 이런 감정은 오래된 볼트의 조임처럼 닳고 헐거워지고 느슨해짐은 누구나 같다고 말했다. 그렇기 때문에 다투거나 심지어 이별할 열정이 소진되었다고 거침없이 말했다. 자영에게 최근에 강의했던 교수는 노년일 것이며, 남성이 닳아서 중성으로 변모했을 것이라고 초윤은 추정했다.

"황혼 이혼이 늘고 있는 거 알고 있지?"

초윤이 자영의 논리에 빗장을 질렀다.

"무관심 때문에 이혼하는 것이 아니야. 돌이킬 수 없을 만큼의 틈이 생기면 바위가 갈라져야 하는 것처럼 각자 돌아가야 할 곳으로 홀로서기를 하고 있기 때문이야."

"돌아가야 할 곳으로 홀로서기를 한다고?"

초윤이 반문했다.

"태어날 때도 혼자였잖아?"

자영의 논리가 흔들렸다. 이성 친구 며칠 사귄 감정의 그물로 이십 년 부부의 삶을 포획하려는 자영의 얼굴이 붉어졌다.

"황혼기에 연애하는 노인도 많아."

네 할머니처럼. 말끝에 덧붙이려다 거두었다. 노모가 경로당에서 영감과 정분이 난 사실을 자영은 어떻게 받아들일까?

"인생은 나팔꽃이래."

자영이 피식 겸연쩍게 웃었다. 인생을 통달한 듯 인생을 다 살아본 듯 말했다는 것이 미안하고 겸연쩍었다. 미안함과 겸연쩍음을 씻어낼 말이나 제스처는 쉽지 않았다. 첫 장만 얼핏 보고 책을 덮어버리는 것처럼 얼른 지우고 싶은 상황, 초윤이 웃음으로 '그것은 아니다'라는 암시를 주었다. 자영은 당황스러웠고 겸연쩍었다. 그때마다 피식 웃었던 것이 습관이 되었다.

"나팔꽃을 보기나 했니?"

초윤은 나팔꽃 얘기를 들어줌으로써 자영의 흠집이 생긴 마음의 언저리를 토닥였다.

"트럼본처럼 생긴 꽃 아냐?"

자영이 머뭇거림 없이 대답했다.

"나팔꽃이 빠악빠악 트럼본 소리라도 낸다니?"

자영이 나팔처럼 생긴 꽃이라고 대답했다든가, 꽃잎이 나팔처럼 생겼다라고 대답했다면 초윤은 더 묻지 않았을 것이며, 자영은 흠집이 난 마음의 언저리를 조금은 더 안고 있어야 했다.

원래 해는 일곱 자매였다. 그 해들은 각각 자신의 영역을 나스렸다. 막내 해는 게으른 마을을 맡았다. 그래서 매일 막내 해가 그 마을을 지나면 사람들이 자고 있어서 무척이나 심심해했다. 그래서 그것을 본 나머지 언니 해들이 나팔꽃씨와 병아리를 주었다. 동물과 식물인 이 둘을 잘 키우면 사람들이 아침에 일찍 일어날 것이라고 말했다. 막내 해는 기뻐서 열심히 키웠다. 씨는 자라서 여러 송이의 나팔꽃을 피웠고, 병아리는 자라서 닭이 되었다. 새벽마다 닭이 홰를 치면서 '꼬끼오' 울었다. 닭의 울음소리에 놀란 나팔꽃은 나팔소리를 냈다. 이미 게으름이 몸에 밴 사람들은 너무나 짜증이 났다. 아침마다 잠을 깨우는 소리를 찾아 나섰다. 닭을 찾아낸 사람들은 닭을 두들겨 패기 시작했다. 너무나 많이 맞은 닭은 온통 몸 주위에 알록달록한 멍 자국이 생겨났다. 닭이 게으른 사람들에게 두들겨 맞아 피부가 오돌오돌해지는 것을 목격한 나팔꽃은 겁이 덜컥 났다. 아침마다 나팔소리를 낸다면 자신도 두들겨 맞아 우그러지고 찌그러질 것만 같았다. 나팔꽃은 맞기 싫어서 매일 새벽에만 나팔꽃을 피워 나팔소리를 내고 해만 뜨면 사람들이 알아차리지 못하게 꽃을 접었다.

"인생이 나팔꽃과 같다는 생각은 불행한 인생을 지칭하는 것이란다."

초윤이 조용하고 자근자근하게 말했다. 자영이 고개를 끄덕였다.

"나팔꽃은 새벽이나 햇빛이 잘 비치지 않는 그늘에서만 꽃잎을 펼쳐, 오후가 되면 꽃잎이 시들고 말아."

초윤이 자영의 어깨에 손을 얹었다.

"그늘에서만 사는 인생이 되지 마."

사흘은 짧았다. 자영이 친구를 만난다며 하루를 소진했다. 이튿날 초
윤은 자영과 바다로 가는 차를 탈 생각이었다. 아침 식탁에서 전화를
받은 자영이 방으로 가서 통화했다. 기남과 초윤은 수저를 놓고 자영의
통화가 끝나기를 기다렸다. 십분 후 통화가 끝나고 자영이 식탁으로 왔
다. 자영은 아침을 먹지 않았다. 기남과 초윤이 식은 아침을 먹는 동안
샤워를 했다. 초윤이 설거지를 하는 동안 화장을 하고, 텔레비전 리모
컨을 쥐고 있는 기남에게 돈을 얻어 외출했다.

초윤은 자영이 오전에 돌아올 것이라는 믿음을 갖고 기다렸다. 오후
세시에 전화가 왔다. 점심은 먹었으니 걱정하지 말라고 했다. 저녁을
먹고 들어올 것이라며 밤에 영화관을 갈 것인지는 아직 불확실하다고
했다.

아침에 일어나서 자영이 돌아왔음을 알았다. 곤하게 잠든 자영을 깨
워 몇 시에 들어왔는지, 새벽까지 누구와 무엇을 하였는지 캐물어야 했
다. 기남이 그러지 말라고 만류했다. 대학생이고 자신은 자신이 책임지
는 나이가 되었다는 이유였다. 여섯 달 전 고등학생이었다면 자영을 몰
아세울 기남이었다.

자영을 깨우지 않고 아침을 먹었다. 기남이 버스로 출근했다. 초윤은
자영과 바다에 갔다 올 요량이었다. 아홉 시가 넘어도 자영은 일어나지
않았다. 도대체 몇 시에 들어온 것일까? 몹시 궁금했다. 자영이 방에서
나오기를 기다렸다.

아홉 시 반이 되어서 자영이 일어났다. 휴대폰 벨 소리에 깨어 헝클어진 머리칼을 뒤집어쓰고 거실로 나왔다.

"선배도 잘 들어갔지?"

자영을 깨운 것은 새벽까지 같이 있었던 선배였다. 자영이 초윤 앞에서 서성거리면서 통화했다.

자영이 바빠졌다. 머리를 감고 샤워를 하면 뽀얗고 말끔해져 예쁠 텐데. 욕실에 들어가기 전에 거울에 섰다. 어깨로 늘어진 머리를 손으로 묶어 올리고 눈을 똥그랗게 치켜뜨고 립스틱을 바른 것처럼 입술을 포갰다. 보조개가 생기도록 광대뼈에 힘을 주었다.

초윤은 자영이 바다에 갈 것이라고 믿었다. 자영은 씻는 시간도 길었고 화장하는 시간도 길었다. 초윤은 자영이 변화를 묵묵하게 바라보았다.

"엄마. 나와 시간 같이 보낼 수 있지?"

열 시가 되어서 자영이 말했다.

"어느 바다로 갈까?"

초윤은 어제부터 입에 담고 있던 말을 토했다.

"바다?"

자영이 바지를 끌어올리다가 멈췄다.

"그래. 바다에 가자."

"바다엘 가? 엄마하고?"

자영이 마저 입지 못한 바지를 어정어정 끌고 왔다. 스타킹과 다름없는 청바지가 허벅지를 조였다.

"남해는 멀고 서해로 갈래? 아빠가 차 두고 출근하셨어."

"안 돼. 바다는 너무 멀어."

자영이 돌아서서 바지를 끌어올렸다. 엉덩이를 탱탱하게 조이는 바지가 초윤은 마음에 들지 않았다. 걸음을 옮길 때마다 엉덩이가 씰룩였다. 접착제로 헝겊을 몸에 도배한 것처럼 허벅지와 샅에 달라붙었다. 종일 걸어 다니면 사타구니 피부가 벗겨지고, 심지어 질에 염증이 생길 수도 있을 텐데. 초윤은 걱정이 되었지만, 외출에 달뜬 자영의 기분을 훼손하고 싶지 않았다.

"바다에 가자고 네가 먼저 말했잖아?"

초윤은 자영과 바다에 가고 싶었다.

"선배가 아파트 입구에 와 있어. 선배랑 가고 싶은 곳으로 엄마는 운전하면 돼."

자영이 베란다로 나가 손을 흔들었다. 선배는 남학생이었고, 병역의무를 마친 복학생으로 이 학년이었다.

초윤이 시동을 걸자 자영이 복학생을 손짓하여 불렀다. 복학생이 걸어와 초윤에게 넙죽 인사했다. 자영이 복학생의 손을 덥석 잡아 뒷좌석으로 밀어 넣었다.

"오늘의 기사님, 경치 좋고 점심 맛있는 곳으로 출발."

자영이 복학생 옆에 앉았다.

"오월은 그곳이 어디든 아름답고 황홀해."

마치 오십 년쯤은 살아본 듯 복학생이 말했다. 아름답고 황홀해? 스물다섯 살 정도인 저 녀석이 감히 말해도 되는가? 초윤은 주행기어로 전환하면서 심하게 불쾌해졌다. 자영이 복학생의 오른손을 가져다 두 손바닥에 넣었다. 아름답고 황홀하다는 말은 자영에게 한 말이었다. 초윤은 자영의 요구로 경치 좋고 점심 맛있는 곳으로 운전이나 해야 하는 기사가 되었다. 점심시간이 되려면 두 시간은 더 있어야 했다. 두 시간 동안 자영이 말한 경치 좋은 곳이 선뜻 떠오르지 않았다. 자영의 경치 좋은 곳, 복학생의 아름답고 황홀한 곳으로 가기 위해서 도심을 벗어나야 했다. 신호등에 멈추어 룸미러로 바라본 자영의 두 손에 복학생의 손이 여전히 쥐어져 있었다. 복학생의 시선이 닿는 곳에 자영의 시선도 따라다녔다. 복학생에게 자영이 환하게 웃었고, 복학생은 룸미러에 비치는 초윤의 시선을 의도적으로 피했다. 초윤의 차 안에서 초윤이 운전하면서 오월의 청춘 남녀에게 초윤은 이물질이 되었다는 기분이 들었다. 기분이 씁쓸해졌다. 경치 좋은 곳이 아니라 초윤이 가고 싶었던 곳으로 행로를 바꾸었다. 결혼하기 전의 기억이 아슴아슴 살아 있는 곳으로 갔다.

강물이 굽이치는 둑 아래 공터에 주차했다. 유원지도 아니고, 계곡도 아닌 강둑 아래 주차된 차에서 자영이 생뚱맞다는 표정을 지었다. 초윤이 시동을 끄고 차에서 내렸다. 자영이 복학생의 손을 잡고 둑으로 올라갔다.

초윤은 손수건을 꺼내 바닥에 깔았다. 그날 기억에 없던 것들이 선명하게 보였다. 질경이가 널따랗고 두텁게 잎을 키웠고 제비꽃잎 색깔이 고왔다. 자영과 복학생이 둑을 따라 걸어갔다. 이인삼각의 걸음으로 천천히 멀어졌다.

초윤이 결혼 전에 왔던 그날은 가을이었다. 강둑으로 오기 전에 용곤과 공원에서 만났다. 가을 단풍이 산등성에서 차츰차츰 내려왔다. 벌판으로도 가을이 기미가 닿았다. 하늘도 자고 나면 한 뼘씩 높아졌다. 어두우면 별은 더욱 선명했다. 공원에서 가을의 별자리를 바라보았다. 별자리를 보는 기준은 언제나 북두칠성이었다. 북쪽 하늘에 북두칠성이 가까스로 걸쳐 있고, 이디오피아 강가의 카시오페이아자리, 케페우스자리, 안드로메다자리가 북쪽 하늘 복판에 보석처럼 걸렸다. 페르세우스자리도 북동쪽 하늘에서 안드로메다를 겨냥한 채 은근하게 추파를 던졌다. 처녀자리와 천칭자리는 서쪽 하늘로 밀려나 있어 보이지 않았다. 남동쪽에 고래자리, 물고기자리, 돌고래자리, 물병자리가 보였다.

공원이 내려다보이는 커피숍에서 용곤과 만났다. 여름 볕을 받아낸 용곤의 얼굴이 좀 검어서 건강하다는 느낌을 주었다. 기남과 만나고 있으면서 기남을 아는 용곤과 커피숍에서의 만남은 밤송이를 겨드랑이에 낀 것처럼 깔끄러웠다. 용곤은 기남과 초윤이 사귀고 있음을 알고도 커피숍에 왔다.

"나이가 어떻게 되죠?"

초윤이 용곤의 나이를 물었다. 초윤과 용곤은 기남에게 학번으로 삼년 후배였다. 같은 학번이니 동갑일 것이라는 것을 알고도 물었다. 깔끄러운 분위기를 깨려는 유머였다.

"제 나이요?"

용곤이 놀라는 표정으로 되물었다. 정말 나이를 모르느냐며 시큰둥한 표정으로 변했다.

"그럼 여기 누구 또 있나요?"

초윤의 반문에 용곤의 눈이 동그랗게 커졌다.

"우리 같은 학번 아닌가요?"

용곤도 되물었다. 되묻고 되묻는 말의 타래를 초윤이 시작했다.

"전공이 무엇이라고 하셨죠?"

초윤의 물음에 용곤이 입을 다물고 허허 웃었다. 용곤의 전공은 한국화였다.

"이러지 말고 야외로 옮깁시다."

용곤이 하얀 이를 드러내고 웃었다. 여름 볕에 그을린 얼굴색을 가르고 드러낸 치아가 하얗게 도드라졌다. 기남에게서 보지 못한 건강한 모습이었다. 날은 맑지 않았다. 비가 오고야 말 날씨였다. 그렇다고 야외로의 행보를 주저할 기분이 아녔다.

"황산벌? 아님, 한산도나 행주산성?"

용곤이 행선지를 나열했다. 황산벌은 들판이고 한산도는 강변일 것이며, 행주산성은 절을 끼고 있는 산성을 말하고 있음을 초윤이 가늠했다.

"한산도요."

초윤이 강변으로 가자고 했다.

"강물이 굽이치는 둑으로 갑시다."

용곤이 주차장에 세워둔 포니로 앞서 걸어갔다. 승용차를 소유함으로써 기남과의 만남에서 누릴 수 없는 호사를 용곤은 갖추었다. 강을 향해 도심을 벗어나는데 빗방울이 떨어졌다. 강이 굽이치는 둑에 차를 세웠다. 강물이 한눈에 들어왔다. 강의 중간에 미루나무 섬이 보였다.

"빗물이 떨어지는 강을 보고 있으면 속이 후련해져요. 내 몸에 생긴 일상의 잡스러운 것들이 강물로 침잠하는 후련함이 생기거든요?"

초윤의 목소리가 비에 젖었다.

"강물은 위대한 해결사입니다."

용곤도 커피숍과는 달리 목소리가 저음으로 가라앉았다.

"위대한 해결사요?"

"세상의 어지러운 것들을 모두 포용합니다."

빗줄기가 굵어졌다. 포니 유리에 떨어진 빗방울이 흩어졌다가 매끄러운 면을 타고 줄기로 흘렀다. 용곤이 윈도 브러시를 작동시켰다. 브러시가 지나간 자리에 잠깐의 선명이 살아났다. 용곤이 브러시의 작동을 중단시켰다. 갇혔다는 느낌이 생겼다.

"흐르는 물에 갇히고 말았네요."

뿌옇게 혼탁해지는 미루나무를 보면서 초윤이 말했다.

"캔버스를 생각하고 있었어요. 가끔씩 강이나 산, 하늘이 캔버스였으면 하는 생각을 해요."

"한국화를 전공하시니 보이는 현상에 각별하시네요?"

"꿈이랄까? 계획이라고 해도 좋고…, 희망도 그럴싸하고, 또…, 어쨌든 그런 것들을 마구 그리고 싶을 때가 있어요."

"그리면 될 게 아닙니까? 한국화를 전공하시면서 그리고 싶은 충동을 외면하지는 않겠지요?"

초윤이 용곤의 옆모습을 흘끔거렸다. 용곤은 유리로 흘러내리는 빗물에 시선을 고정했다.

"푸른 하늘에다 해류를 타는 미역 줄기를 그리고 싶거든요? 그러면서 깊은 해저에 육십 층 빌딩을 그리려고 무진 애를 쓰곤 해요."

용곤이 우산을 펴서 둑으로 올라갔다. 초윤이 우산의 품으로 들어갔다.

"강둑에 나와 그림을 그린 적이 많았어요. 한 번도 입선은 못 했지요. 하지만 나만의 그림은 실컷 그렸어요."

"작품이 꽤 많겠네요?"

초윤은 한국화가 나란히 포개져 있을 용곤의 화실을 상상했다.

"작품다운 작품이 없습니다. 내 맘 속에… 내 안에 잠긴 게 없어서인가 봐요. 빈 밭에 잡초만 우거지고 금송 한 그루 키워 놓지 못한 탓이겠지요."

비가 가늘어졌다. 수면에 수만 개 수놓아지던 동심원들이 점점 작아졌다. 바람이 그것마저도 없애면서 수면을 뱀의 비늘로 쓸었다. 용곤이 우산을 접었다.

"어딘지 모르게 얽매인 사람 같아 보이지 않아요? 빈 밭에 금송 하나 없으면서도 무엇인가에 얽매여 있다는 느낌을 떨칠 수 없어요."

용곤이 우산 꼭지를 젖은 바닥에 콕콕 질렀다. 비는 완전히 멎었다. 비안개가 강 건너 산으로 하얗게 오르는 중이었다.

"사랑을 해보세요. 뜨거운 불씨가 활활 타올라서 주체할 수 없는 광기로 그림을 그려보세요."

초윤은 무안해진 표정으로 용곤을 빤히 바라보았다.

"뜨거운 사랑을 지필 불씨가 내 가슴에 있기나 할까요?"

용곤이 미루나무 섬 쪽으로 돌아섰다.

"뜨거운 사랑을 나눈 적도 없는데 불씨가 없겠어요?"

초윤이 호호호 웃었다. 비안개에 휘말리는 미루나무가 그녀를 선명한 그림으로 서도록 밑그림이 되었다.

"아예 없다면 어떡하죠?"

용곤이 돌아섰다. 조바심 가득한 표정으로 초윤을 바라보았다. 초윤은 용곤의 얼굴에 들어찬 조바심의 정체가 조금은 가늠이 되었기 때문에 대꾸하지 않았다.

"사람의 마음을 움직일 수 있는 그림을 그릴 수 있으면 좋을 텐데."

용곤이 하얀 이를 드러내고 웃었다. 어줍어진 분위기를 벗어나려는 의도로 초윤은 해석했다.

어둠이 내려앉고 앉았다. 강 건너 산에서 미루나무로 어둠이 엉기었다. 자신이 아름답다는 자만 때문에 포세이돈에게 노여움을 받아 외동딸 안드로메다를 고래 괴물 티아마트에게 제물로 바쳐야 했던 왕비 카시오페이아에 얽힌 별자리 설화를 용곤에게 말하고픈 충동이 생겼다. 안드로메다 공주가 된 심정으로 용곤을 앞에 세워놓고 페르세우스가 구출해서 백년가약을 맺는 얘기를 페르세우스가 된 가슴으로 말해 주고 싶은 각본이 머릿속에 맴돌았다. 별이 나타나기에는 더없는 밑그림이었으나 별은 보이지 않았다.

"오늘은 강둑에 있던 순간에 그림을 그리고픈 충동이 생겼어요."

강둑을 떠나면서 용곤이 말했다.

"별이 보였으면 좋았을 텐데."

초윤이 중얼거리듯 응수했다.

"하늘이 칠흑인데 반짝거리는 보석이 없어요. 금송 한 그루 심어 놓지 못한 제 가슴처럼."

용곤의 푸념 섞어 화답했다. 초윤은 어젯밤에 보았던 별자리를 생각했다. 칠흑 하늘에 별 무리가 차례로 점등되는 상상이 생겼다.

정오가 되어서 자영과 복학생이 초윤에게 걸어왔다. 점심 먹을 식당으로 운전하면서 초윤은 용곤이 했던 말을 생각했다. 빈 밭에 잡초만 우거지고 금송 한 그루 키워 놓지 못한 탓이겠지요.

자영이 일정을 바꾸어 기숙사로 갔다.

서릿발처럼 성글고 서툴게 세상을 겪고 있는 것일까? 물동이를 이고 외나무다리를 건너오는 것처럼 위태롭다는 불안을 남기고 돌아갔다.

바다에 가지 못했다.

여름이 오기 전에 바다에 갈 것이라고 위안했다. 위안이 싹을 틔우고 잎을 열면 나팔꽃이 트럼본 가락을 빠악빠악 연주할 그날.

꼭 바다에 가야겠다.

벼린 칼날과 고등어

청량음료를 청산가리처럼 기피하는 남자. 기남은 언뜻 보면 따뜻하고 온화한 성격이라는 믿음을 쉽게 주었다. 회사에서의 모습이었다. 정작 가까이 있는 초윤에게는 무관심하고 냉소적인 면을 잘 드러냈다. 햄버거나 치킨을 멀리하며 비지장을 좋아하고, 술은 가리지 않았다. 성인병과 비만에 좋지 않다며 탄산음료와 인스턴트 식품을 싫어했다. 하지만 한정이 없는 술 때문에 그 노력은 허사였다. 거실에 앉아 소주병 마개를 열면 반병쯤 마시고 마개를 덮었는데 체중이 늘면서 한 병을 모두 비우고도 부족하게 주량이 늘었다. 열두 시에 잠이 들었다가 여섯 시에 일어나 고혈압 알약 두 알, 코라플러스정과 아스트릭스캅셀 100mg을 복용했다.

기남의 탈모는 삼십 대에 시작하고 완성되었다. 시부는 삼십 대 초반에 인생의 징검돌에서 실족하였다고 했다. 시부의 생전 사진에서 탈모는 보이지 않았다. 반들반들 빠진 것도 아니고 정수리를 중심축으로 찻잔 접시를 엎어놓은 원형탈모로 변했다. 외모가 보통사람의 범주에서 벗어난다는 것은 단순히 겉모습만 외돌아지는 것이 아니었다. 외모로 포장된 기남의 감정과 사상도 덩달아 변질된다는 것을 초윤은 깨달았다. 포장지가 빛이 바래 너덜너덜해지듯 사람의 감정도 묵으면 닳거나 쇠잔해지는 것일까? 어쨌든 기남의 머리칼은 낡은 오라기처럼 풀려나갔다. 정수리 주변에 반질반질한 속살이 드러났다. 탈모가 진행되면서 기남의 행동방식도 느릿한 속도로 변했다. 성격이 점차 둔감해졌다. 주변 상황에 대한 무관심과 멀어진 이웃으로서의 구경꾼을 자처하면서 삶의 촉수까지 무디어져 갔다. 무디어진다는 것은 곧 상실이었다. 거미줄처럼 정돈되어 있어야 할 주변과의 관계가 끊어지고 있었는데, 더욱 우려가 되는 것은 그러한 사실을 알면서도 방관하고 있다는 사실이었다. 거미줄의 동심원을 붙들고 있는 방사선이 삭아 끊어지듯 주변과 이탈되고 있었는데, 치명적인 것은 자신이 관계의 중심에 있다는 착각이었다. 방관과 착각으로 자신의 가치를 상실하고 있었다. 기남의 종착점이 삶의 경계선 밖으로 점점 조준되고 있음을 초윤은 깨달았다. 도구가 점차 낡아지듯이 사람도 사람이 쓰는 도구와 다를 수 없는 존재였다. 낡아지는 것은 곧 보수적임을 여실히 드러냈다. 기남은 선거 때마다 가장 보수적인 후보에게 표를 던지겠다고 노골적으로 말했다. 보수는 곧 안정이라는 것이 기남의 논리였다. 보수가 아닌 모든 것들은 혼란과 불안정으로 뭉뚱그려 단정되었다. 초윤에게도 은근히 강요했다. 변화를 청산가리처럼 기피하게 하는 낡음의 위력, 기남에게서 일어나고 있는 육체적 정신적 낡음의 끝은 무덤이며, 그 캄캄한 속은 변화가 있을 수 없는 영원한

안정일 터였다.

휴일 거리는 한산했다. 이른 시간에 한산한 거리에 서 있는 느낌은 나쁘지 않았다. 복잡하게 얽히던 군중이 밀물처럼 빠져나간 벌판에서의 호젓함이랄까? 새벽 추수가 끝난 논에 서 있는 허수아비의 기분이 이런 것일까? 손에 쥔 것이 없어도 가슴에 무엇인가 가득 부풀었다.

기남을 기다리는 차가 있었다. 기남을 발견한 차가 스르르 굴러 와 멈췄다. 트렁크가 열렸다. 기남이 배낭과 스틱을 트렁크에 넣었다. 기남을 앞좌석에 넣고 출발한 운전자는 여자였다. 여자는 등산복장이 아니었다. 기남이 여자의 복장과 어울리지 않는 등산 모자를 벗었다. 그녀는 기남과 같은 부서의 과장이었다. 정지 신호등에 정차했을 때 기남과 과장이 악수했다.

"거기로 갈까요?"

과장이 가방에서 선글라스를 꺼냈다.

작년 겨울, 십이월 이십칠일. 대천 어시장을 둘러보다가 좌판에 앉아 간자미회를 주문했다. 열한 명의 여행자에게 간자미회 두 마리는 부족했다. 광어회가 추가되고 술판이 길어졌다. 빈 소주병이 늘어났다. 사장의 둘째 아들인 부장의 말이 느릿느릿해지더니 어눌해졌다. 기남은 추가된 소주 두 병이 소진될 시간을 어림했다. 부장의 어눌함이 심해지는 상황에서 누구도 함부로 소주잔을 들지 않았다. 부장이 장악한 상황을 깨뜨릴 수 없었다. 술에 취한 부장이 잔을 들지 않았다. 자랑과 무용담과 잔소리가 주절주절 계속되었다. 적어도 삼십 분은 부장의 주정을 들어야 할 것이라고 기남은 가늠했다. 직책은 아래지만 부장보다 세 살이 많은 기남이 자리에서 일어났다.

약국 골목으로 들어갔다.

"과장님."

기남이 돌아보니 맞은편에 앉았던 과장이 따라왔다.

"어디 가세요?"

그녀는 기남보다 여덟 살 아래인 사십 중반이었으며 직책은 기남과 같았다. 김을 파는 골목으로 들어갔다. 점원이 갓 구운 김 쪼가리를 건넸다.

"굽지 않은 김을 사세요."

과장의 말이 옳았다. 소금이 덧칠해진 김은 혈압이 높은 기남에게 맞지 않았다.

백육십 정도의 신장, 몸집이 연한 부두를 닮아 밉지 않게 부풀어 서글서글한 웃음을 달고 있는 중년이었다. 부장이 술판을 끝낼 때까지 기남과 과장은 시장을 돌아보았다. 기남이 말을 건넬 때마다 웃는 과장은 나이에 걸맞지 않게 귀여웠다. 과장은 열일곱 살에 입사했다. 생산직의 최고 경력자가 되면서 관리직으로 특채되었다. 남편은 송전탑 철재를 연결하는 리벳 기술자로 그 분야의 전문가로 인정받았다. 한국전력에서 발주하는 송전탑 공사장은 주로 지방 소도시 산간이었다. 남해안 원자력 발전소에서 중부내륙으로 전력을 송전하는 철탑 공사가 십 년째 진행되었다. 오 년 만에 끝났어야 할 공사가 지역주민과 시민단체의 농성으로 공사기간이 엿가락처럼 늘어났다. 남편이 밀양 송전탑 공사장으로 간 지 칠 년이 되었다. 부장과 일행이 걸어 나올 골목이 보이는 방파제로 왔다. 붉은 햇덩이가 수평선에다 머리를 풀었다. 하루를 건너온 고단한 몸을 누이는 중이었다.

"아침에 붉어서 떠오른 저것이 또 저렇게 붉은 채 본래의 모습으로 돌아가죠. 방금 뽑아낸 달걀처럼 김이 모락모락 나는 느낌이 들지 않아요? 이승이 저승에게 넘겨주는 선물 같기도 해요. 내일 아침이면 저승이 이승에게 돌려주겠지만."

과장이 기남의 어깨에 머리를 얹었다. 기남이 부장과 일행이 곧 걸어 나올 골목을 바라보았다.

"저승에서 햇덩이를 말끔히 닦아서 이승으로 되돌려 주고…, 이승은 햇덩이를 하루 종일 더럽혀서 저승에 넘겨주고…."

과장이 기남의 옆구리로 팔을 비집어 넣었다.

기남의 기다림이 끝났다. 기다림이 누구도 오지 말라는 소망으로 바뀌었다. 기남은 엄마가 생겼음을 선생님께 말하고 싶었다. 새엄마를 고개 너머로 데리고 갈 어느 사람도 외딴집에 오지 말라고 잠들기 전에 빌었다.

당목천이 아닌 하얀 손수건을 다림질하여 가슴에 달아주는. 태화반점에서 처음 만난 새엄마. 선생님께 말하고 싶었다. 잠들기 전에 이불을 뒤집어쓰고 결심했다. 날이 밝고 고개 넘어 선생님 앞에 서면 입이 열리지 않았다. 며칠 밤 결심만 했다.

"돈을 좀 벌어야 하겠다."

아침 밥상에서 아버지가 말했다.

"고단하겠지만 공일에는 기남이 보러 집에 오세요."

간밤에 결론을 낸 듯 엄마가 아버지의 말을 받았다. 아버지가 집에서 나갔다. 기남이 앓기 시작했다. 아버지가 없는 외딴집 응달에서 온몸에 오한이 났다. 이불을 뒤집어쓴 몸에 한기가 계속 돌았다. 엄마가 밤 늦도록 아궁이에 불을 지폈다. 방바닥이 끓었다. 아랫목에서 이불이 눅는 냄새가 방안에 들어찼다. 기남은 추워서 몸을 떨었다.

이튿날 마당에서 몇 걸음 걷다가 쓰러졌다. 일어나려 허우적거리다 포기하고 드러누웠다. 깨어나니 엄마 손에 약봉지가 들려있었다. 정신을 잃고 있는 동안 엄마가 고개를 넘어갔다 돌아왔다. 약을 먹고 기운이 돌았다. 골짜기로 걸어갔다. 여린 볕이 드는 바위에 앉았다가 집으로 왔다.

"홍역이구나."

엄마가 기겁했다. 얼굴에 발진이 돋았다. 저녁에는 발진이 손등과 발등까지 내려왔다. 열꽃이 좀처럼 떨어져 나가지 않았다. 닷새 동안 홍역과 싸웠다. 열꽃이 없어지고서 마당에 나와 고개를 올려다보았다. 고속도로에 차가 다니고 있을까? 선생님이 보고 싶었다. 골짜기 물로 걸어갔다. 물에 손을 적셨다. 시원했다. 비누를 풀어 얼굴을 닦았다. 저녁에 열이 다시 올랐다. 홍역이 완전히 물러가지 않았다. 찬물에 손을 넣었다고 엄마가 마구 나무랐다. 열꽃이 온몸으로 번졌다. 사흘 동안 솜이불을 뒤집어쓰고 땀을 쏟았다.

"꼭 외딴집에 살아야 하니?"

열흘 동안 앓고 교실에 나타난 기남에게 선생님이 한숨을 놓았다. 선생님의 눈에서 연민의 빛이 보였다. 기남이 눈물을 글썽였다. 선생님과 마주 서 있을 힘이 없었다. 턱까지 숨을 채우며 고개를 넘어와서 다리가 떨렸다.

"아버지 좀 만나야 하겠다."

선생님이 말했다. 아버지는 집을 떠나 있었다. 기남은 엄마를 생각하면서 선생님을 정면으로 보았다. 엄마라면 선생님과 만나도 된다고 생각했다. 엄마가 있다는 자신감이 생겼다.

과장이 대천으로 차를 몰았다. 기남은 겨울 대천에서의 과장을 떠올렸다.

안면도 꽃지 해변에서 낙조를 보고 대천으로 가서 여장을 풀고 청해 식당으로 회를 먹으러 가기 전에도 과장은 그냥 직장 동료인 사십 중반의 아줌마였다. 백육십 정도의 신장에 몸집이 연한 두부처럼 밉지 않게 부풀어 서글서글한 웃음을 늘 달고 있는 그녀가 달팽이처럼 어느덧 기남에게 들어왔다.

내가 미쳤어.

기남이 도리질했다. 도리질하는 순간에도 과장의 웃음이 종료되지 않는 영화의 스크린처럼 펼쳐졌다. 사장의 둘째 아들인 부장 탓에 감정의 막이 일시적으로 엷어진 것이야. 업무에는 뺀질거리면서 제 몫 챙기기는 일등인 조직폭력배 같은 부장을 바라보는 과장의 눈빛에 짜증이 난 것뿐이다. 세상의 여자들은 투박하고 난폭해 보이는 남자를 더 좋아하는 것일까? 온순하고 착하고 부드러운 가슴을 소유한 남자가 주목을 받던 시대가 정보화 물결에 떠밀려 간 것일까? 가족에게는 자상하고 이웃에게는 따듯한 사람으로 인정을 받는 남자를 남편으로 받아들인 여자들이 사십 대가 되면 돌연 거칠고 볼썽사나운 짓거리를 일삼는 사내에게 눈길을 돌리는 이유는 무엇일까?

이차로 간 노래방에서 나훈아의 노래 공을 부르면서 살다 보면 알게 된다는 둥, 너나 나나 미련하다는 둥, 부장에게 결코 어울리지 않는 폼을 잡을 때, 과장의 놀라고 신기해하고 감탄도 하는 눈빛, 맥주 캔을 손아귀에다 휴지처럼 구겨서 바닥에 패대기치고 싶었던 그 분노와 짜증과 우울을 과장은 알기나 할까?

질투일까? 미쳤어? 그녀에게 질투를 하게? 과장을 마음에 품고 있거나 짝사랑의 열병을 앓아야 되는데, 과장에게 사랑의 감정을 가졌다고는 결코 말할 수 없으니 질투는 절대 아니야. 그런데 함께 차를 타고 오면서 과장이 대천항에서 산 바지락 박스를 들어주려 내민 부장의 딴딴하고 우람한 엉덩이에 불쾌감이 확 치민 것은 또 무슨 변덕이랴? 과장도 부장의 탄탄한 하체를 곁눈질로 바라보는지 얼른 살피던 모습이란. 혹시 과장과 부장이 서로 좋아하는 사이가 아닐까?

그날 숙소의 잠자리도 그만하면 깨끗했다. 한 상에 십이만 원이나 하는 모듬회도 먹었다. 노래방에서 노래도 실컷 불렀다. 부장이 늘 빼앗아 부르던 십팔 번 노래도 기남이 선수를 쳐 기분 좋게 불렀다. 이차로 단란주점 하와이에서 맥주 한 박스를 비웠다. 그런데 즐거워야 할 여행의 후감이 생굴을 먹다 껍질을 버석 씹은 것처럼 찜찜했다.

순간적인 감정의 변덕이겠지. 중년에 올 수 있는 자기상실감의 한줄기겠지. 중얼거리며 자기최면을 걸어도 부장이 괘씸했다. 과장이 얄미웠다. 그런데 꽃지에서 과장과 나란히 서서 바닷바람을 맞던 가슴이 여전히 허전했다.

가슴이 서늘해졌다가 잊어버리겠지. 얼음덩어리를 꿀떡 삼킨 식도 끝이 맹렬하게 차갑다가 오히려 명쾌하게 기분이 좋아지는 것처럼 잊어지겠지. 소주 반병 정도는 마시고 온 초윤의 발간 알몸을 안고 나면 오늘 자정도 넘기지 못하고 과장의 존재는 소멸될 것이야.

이런! 과장과 화간을 꿈꾸어 온 것은 아닐까? 연한 두부처럼 밉지 않게 부푼 과장의 육체에다 욕정을 품고 있었던 것은 아닐까? 같은 사무실에 근무하면서 메신저로 보낸, 인터넷에서 건져 올린 유머 나부랭이들, 메신저를 열고 키득키득 웃던 모습을 성적 감흥의 동조자로 착각한 것은 아닐까?

얼기설기 성글게 엮은 그물에도 걸려들 행동들이 낯 뜨겁게 회상됨은 무슨 달변으로 변명을 할 수 있을까? 메신저로 동의 없이 날린 저급 유머, 인터넷 사이트에서 건져 올린 아가씨와 대머리 아저씨의 해프닝, 아들의 면회를 갔다가 평생 씻지 못할 사건에 휘말린 어머니의 사연, 인터넷에서 건져 올린 사연을 메신저로 보내고서 과장의 반응을 몰래 훔쳐 보던, 스토커로 몰려도 항변하지 못할 행동의 재생이 귓불까지 화끈거렸다. 특히, 과장은 대머리 아저씨와 버스 좌석에 앉은 아가씨와의 사연에 허리를 비틀고 키득키득 웃었다.

"…더운 여름이었어요. 장소는 서울 시내 일반 버스. 그날 따라 왜 그리 더운지, 빈 좌석은 없고 선 사람도 없고. 그러다 멈춘 정거장에서 하얀 원피스를 시원하게 차려입은 단정하게 생긴 아가씨가 타네요. 차는 출발하고. 하필 그 아가씨가 좌석이 없어 서 있는 자리에 배 나온 중년의 남자가 앉았는데, 그 남자는 고개를 뒤로 까딱까딱하며 낮잠을 즐기던 상황. 밖에서 더웠던지 그 아가씨가 백에서 하얀 손수건을 꺼내어 땀을 닦다가 그만 손수건을 놓칩니다. 그런데 하필 손수건이 그 남자의 거시기 부분 위로 정확히 떨어지고 마는 겁니다. 차 안의 몇몇 승객들은 무료를 달랠 겸 아가씨를 보고 있던 차라, 그 상황을 주시하고, 그 아가씨는 처음에는 별생각 없이 수건을 집으려다 누군가가 킥킥거리는 소리에, '어마!!' 소리를 지르더니 손을 도로 회수하네요. 하나둘씩 킬킬거리는데 얼굴이 빨개진 아가씨가 손수건을 집으려다 말고, 손이 거기까지 가다가 놀래서 돌아오고, 차 안은 웃음바다가 되니, 소란한 소리에 눈을 뜬 그 남자가 잠이 덜 깬 채로 왜 이리 웃나 두리번거리다 바지 위에 있는 손수건을 보더니 '어흠!' 하며 바지 지퍼를 열고 속으로 쑥 집어넣어 버리네요. 잠결에 자기 팬티가 나온 줄 안 모양입니다. 차 안은 웃음바다가 되고 다른 나이 든 남자가 그 남자를 깨워서 손수건을 찾아주었지만, 그 아가씨 얼굴이 홍당무가 된 채 그만 버스를 내리고 맙니다…."

노래 주점에서 나온 일행이 갈 곳은 숙소였다. 과장이 먼저 숙소로 걸어갔다. 남자 동료들도 짠 모래가 박힌 보도블록에 취기를 탁탁 털었다. 진드기처럼 달라붙은 취기를 털었다. 기남도 몸을 후르르 털었다. 뇌리에 온통 들붙은 과장의 존재가 병에 든 술처럼 출렁거렸다. 좌초된

범선처럼 떠밀려오는 허전함에 또 몸을 떨었다. 기남은 일부러 걸음을 늦추었다. 걸음의 방향도 바꾸었다. 다섯 걸음쯤 일행과는 반대로 걸어가 해수욕장 콘크리트 제방에 엉덩이를 얹었다. 밤바다는 시커먼 함정이었다. 엉덩이를 흔들고 목소리로 재주를 부리면서 과장의 관심을 송두리째 뺏어가던 부장의 구린내 진동하는 아가리처럼 밤바다가 시커먼 구멍처럼 벌려 있었다. 자세히 바라보니 밤바다도 부장처럼 노래를 부르고 있었다. 탄탄한 엉덩이를 흔들 듯 몸을 흔들었다. 부장을 바라보는 과장의 입술처럼 젖은 바다가 신음을 토했다.

기남은 아주 중요한 사실을 망각했다. 냉골의 콘크리트 난간에 엉덩이를 얹고 있음을, 캄캄한 겨울 바닷바람에 뚫린 가슴의 아련한 통증을, 니코틴이 누렇게 쩐 부장의 아가리 같은 저 밤바다에 묶여 있음을 숙소로 들어간 과장은 까마득히 모르고 있다는 것을 깨달았다. 대천까지 오느라 겹겹이 쌓인 피로와 단란주점에서 마시고 노래를 부르느라 더욱 노곤해진 과장이 이불에 얌전히 잠들었다는 것을 깨달았다. 조개구이를 팔기 위해 상가마다 휘황하게 밝힌 형광 불빛 때문에 가슴은 더 캄캄해졌다.

지네 발이 닿는 소름이 선인장 가시처럼 돋았다. 갈매기가 하얗게 언똥을 정수리에다 내갈기듯. 급강하하는 기온에 서릿발이 우두둑 일어서듯 머리에 얼음덩이가 빼곡히 들어찼다. 기남의 몸을 순식간에 냉동시키는 물음은 기남이 기남에게 묻는 물음이었다. 숙소로 자러 들어간 과장은 기남에게 과연 무엇일까? 기남은 과장에게 무엇인가?

기남은 과장에게 결국 맹물 같은 존재일 것이라는, 맹물보다 더 명징

한 답. 결국, 맹물이 되고 마는 물음을 지워야 했는데, 물음을 지운다는 것은 변덕이나 변절이나 자기 편의적인 생각의 전환이라는 아픔을 감수해야 했다. 맹물에 소금도 넣고 고추장과 다진 마늘을 첨가하듯 맹물이 아닌 억지 생성물을 만든다 해도 자신을 덧칠하는 비겁함을 인정해야 했다.

척추까지 냉골이 타고 오른 콘크리트 제방에 앉아 생각해낸 몸의 토막 내기. 기남에게 아무것도 아닌, 과장을 숙소에 보내놓고 가슴 아파하는 자신을 합리화하기 위한 수단으로 기남의 몸을 고등어처럼 토막 내기로 했다. 토막 난 몸에 토막 난 영혼을 담기로 했다. 고등어를 도마에 놓고 벼린 칼날로 토막을 내듯 기남의 몸을 토막 내어 또 다른 기남인 위선의 기남을 만들고, 그 토막에 또 다른 기남의 영혼을 심는다면 자기 편의적이라는 비난과 위선을 위한 덧칠이라는 비겁함을 모면하는 수단은 될 수 있었다. 토막을 낸 고등어의 토막마다 나름의 삶을 주는 것이다. 초윤을 위한 토막, 자영에게는 아버지의 토막, 숙소로 자러 들어간 과장의 토막과 또 만나고 부딪히고 언성을 높이고 감사해야 하는 순간변화가 아주 빠른 토막, 숙소로 자러 들어간 과장의 토막.

토막이 벌떡 일어나 콘크리트 난간에 서서 검은 바다로 오줌을 갈겼다. 덜 삭은 술 냄새와 숙취 해소용 드링크 냄새가 무럭무럭 피었다. 데워진 물을 배수한 보일러몸통처럼 후루루 떠는 기남의 토막에 깊은 우울증이 들어찼다. 과장이 자러 들어간 숙소가 벼린 칼이 되어 가슴을 쿡쿡 찔렀다.

외딴집에 봄이 왔다. 엄마가 향기나는 비누를 사왔다. 기남은 비누 냄새를 맡으면 선생님을 떠올렸다. 비누로 닦은 얼굴에서 냄새가 남아 있음을 알았다. 기남은 향기로운 비누를 먹어보고 싶었다.

외딴집에도 고개 넘어 읍내로만 고스란히 내려앉던 온기가 넘어왔다. 골짜기는 작년과 변한 것이 없었다. 외딴집은 작년과 달랐다. 돈 벌러 대처에 나간 아버지 대신에 엄마가 들어왔다. 아버지와의 침묵이 응고되었던 외딴집에 엄마가 봄꽃처럼 아침마다 웃었다. 오리나무가 눈을 뜨고 잎을 바삐 틔워내려 째액째액 숨을 몰아쉬었다. 산 등허리까지 조팝꽃이 하얗게 번졌다.

토요일 학교에서 돌아와 보니 아버지가 와 있었다. 집안에 온기가 감돌았다. 아버지가 사 들고 온 닭이 익으면서 냄새를 집안 가득 채웠다. 아버지가 엄마에게 돈을 한 뭉치 주었다. 아버지의 밝은 표정에 피곤과 고달픔이 버짐처럼 피었다.

일요일 아버지는 석양을 쫓아서 고개 넘어 일터로 갔다. 아버지가 일하는 곳은 큰 다리를 놓는 공사장이었다. 월요일 학교에서 돌아온 기남에게 엄마가 방수 가방을 주었다. 책을 담아서 골짜기 물로 갔다. 정말 방수 가방인지 시험하고 싶었다. 신발을 넣고 시험을 했다. 물이 들어오지 않았다. 확신이 서지 않아 책을 가방에 넣고 물에 담근 다음에 골짜기 중턱까지 달려갔다 와서 보니 완벽한 방수 가방이었다. 학교 가다가 갑자기 쏟아지는 비에 책이 젖는 일은 없을 것이라는 기쁨이 생겼다.

아버지가 외딴집으로 되돌아왔다. 방수 가방을 사주도록 엄마에게 돈을 주고 간 지 사흘 만에 아버지가 돌아왔다. 아버지가 방에 누워 있었고, 엄마는 무슨 약초인가를 돌멩이로 짓찧고 있었다. 공사장에서 크게 다쳐 집으로 돌아온 것이었다. 아버지가 숨을 바삐 몰아쉬었다. 짓찧어 짠 검푸른 약물을 목으로 넘기지 못하고 울컥울컥 토해냈다. 누운 가슴이 급하게 씨근덕거렸다. 웃옷을 풀어헤친 아버지 가슴에 시퍼렇게 죽은 멍이 생겼다. 다리 상판 비계 작업을 하다가 가슴팍을 바닥에 찧으며 떨어진 것이었다. 가쁜 숨으로 피를 토했다. 황사 바람이 산허리를 감아쥐었다. 조팝꽃이 창백하게 피었다. 엄마가 웃음을 잃었다. 봄이 완연한데 집이 추웠다. 계곡물이 섬뜩한 소리로 밤새 흘렀다.

기남이 고개에서 내려다보는 학교가 멀게만 보였다. 고개에서 오래 앉아 있는 버릇이 짧은 시일에 생겼다. 고속도로에 숫자를 잊지 않을 만큼의 차가 다녔다. 기남은 바닥에다 두 개의 원을 그려놓고 부산 쪽에서 차가 나타나면 왼쪽 원에 돌을 넣었다. 서울 쪽 원과 부산 쪽 원에 돌이 같아지기를 기다리면서 돌을 넣었다. 좀처럼 같아지지 않았다.

그날도 돌멩이가 같아지지 않았다. 원에 돌이 수북이 쌓였다. 운동장에 뛰어놀던 아이들이 보이지 않았다. 시작종이 울려서 교실로 모두 들어간 것이었다. 기남은 학교가 끝날 무렵의 점심때까지 돌멩이를 원에 넣기로 했다. 학교에 가지 않는 날이 생겼다. 외딴집에서 읍내로 향하는 길목을 지키듯 앉아 있는 날이 생겼다.

"학교에 가기 싫으니?"

뒤에서 엄마의 소리가 들렸다. 결석한 지 여러 날이 지난 때였다. 돌을 양손에 쥐고 고속도로를 주시하고 있는 뒤에서 엄마가 숨을 고르며 서 있었다.

"학교에 어째 안 갔니?"

엄마가 물었다. 부산 쪽에서 차가 한 대 나타났다. 쥐고 있던 돌멩이를 왼쪽 원에 넣었다. 엄마가 곁에 앉았다. 고개를 바삐 오르느라 돋은 땀으로 엄마의 이마가 젖었다. 기남은 엄마의 손을 보았다. 엄마의 보퉁이가 없었다.

"학교에 가자."

엄마가 소매를 잡아당겼다. 기남이 버티며 원에 돌멩이를 넣었다.

"그럼 읍내로 함께 가자."

엄마가 일어섰다. 기남은 앉아 있기를 고집했다. 엄마가 읍내로 내려갔다. 기남은 갑자기 몸이 작아지는 것을 느꼈다. 엄마의 발걸음이 비틀거렸다. 점점 읍내로 희미해지는 엄마를 바라보던 기남이 왈칵 울음을 토했다. 엄마는 울음을 알아듣지 못할 만큼 아래로 내려갔다. 기남이 엉엉 소리 내어 울었다. 울고 있는 사이 고속도로에 몇 대의 차가 지나갔다.

대천 여행에서 목격한 과장의 습관이 기남에게 전이되었다. 과장은 바닷가인 서산이 고향이라 회를 자주 먹을 수 있는 환경에서 성장했다. 머리와 지느러미를 떼어내고 껍데기까지 벗겨서 접시에 썰어놓은 회를 보고서 과장은 횟감 고기를 알아맞혔다. 회를 입에 넣고 씹었을 때의 느낌까지 과장 나름대로 정립하고 있었는데 회를 먹는 방법은 같았다. 기남은 초장에 회를 푹 찔렀다가 달착지근한 맛으로 먹어왔다. 사실 회의 고유한 맛보다는 초장 맛으로 회를 먹어왔다. 그런데 과장이 보여준

회를 먹는 방법은 달랐다. 회의 중간 부분에 녹색 겨자를 콩알의 사 분의 일 정도 문질러 발랐다. 겨자가 보이지 않게 젓가락으로 회를 접었다. 접힌 끝 부분에 간장을 슬쩍 묻혀 입안에 넣었다. 기남도 그렇게 먹게 되었다.

여행이 끝나고 두 달이 지났다.

전체 직원의 회식이 있었다. 여섯 시에 삼겹살과 소주로 시작해서 노래방에 갔다. 물론, 부장이 나훈아의 노래 공을 공들여 불렀다. 부장이 그 불량하고도 딴딴한 몸으로 노래를 불렀는데 과장의 반응이 시큰둥했다. 기남은 부장에게 시큰둥한 반응을 보이는 과장에게 흡족한 시선을 가끔 던졌다. 모임이 끝나고 근처 횟집에서 기남과 과장이 만났다. 몸이 납작해서 코도 납작한 광어가 회의 양이 많았다. 기남은 과장의 회 먹는 방식을 알기 때문에 양이 많은 광어회를 주문했다. 푸른 겨자를 좀 넉넉하게 달라고 했다. 입구가 트인 방에서 둘이 마주 앉았다. 열한 시가 넘었다. 종업원이 퇴근 시간을 기다리며 시계를 흘끔거렸다. 하품을 주먹으로 막으면서 초점 흐린 시선으로 기남과 과장을 바라보았다. 과장이 상에 놓인 대나무 젓가락을 만지작거렸다. 기남은 과장의 부자연스러움을 덜어내기 위해 안 해도 되는 말을 끌러 냈다. 과장을 좋아한다는 말을 꼭 해야 한다고 결심했다. 결심을 놓지 않으려고 소주도 천천히 잔을 잘라 마셨다. 좀처럼 취하지 않았다. 취하지 않았기 때문에 결국은 말하지 못했다. 자리를 마쳤을 때 정신이 말똥했다. 빈 술병을 보았다. 혀가 꼬이고 시선이 흐릿하던 만큼의 소주를 마셨다. 과장을 집 가까이 바래다주었다. 과장도 술기운이 얼굴에 벌겋게 올랐다.

휘청거린 몸으로 히죽 웃었다. 술에 취한 과장의 모습이 더없이 아름다웠다. 술에 흐트러진 모습이 아름답게 보였다.

아버지 숨소리가 점점 불규칙해졌다. 학교에 가지 않는 날이 잦아졌다. 담임은 외딴집으로 가정방문 오지 않았다. 결석하고 등교하면 종아리를 때리면서 이유를 물었다. 기남은 대답하지 않았다. 아픈 표정이나 엄살도 없이 매질을 참아내는 기남에게 담임은 매질하는 관심도 거두었다. 결석을 해도 맞지 않았다. 결석 사유를 묻지도 않았다. 고개에 앉아 원을 그려 돌을 넣는 일도 하지 않았다.

아버지가 배추를 심기에는 이른 여름의 바람 없는 한낮에 씨를 뿌렸다. 잎사귀를 곤두세우는 배추 이랑 잡초를 뽑다가 잦은 기침으로 자지러지곤 했다.

"고속도로에 차가 좀 늘었니? 고속버스도 지나가든?"

학교에서 돌아오는 기남에게 아버지가 물었다. 가슴에서 쇳소리가 딸려 나왔다.

"똑같아요."

아버지가 고개를 넘지 못할 것이라는 생각 때문이었을까? 기남은 아버지가 요구하는 변화에 대한 답변을 회피했다. 기남은 아버지에게 새로운 사실들을 알려주지 않았다. 읍내에서 일어나는 어떤 일을 목격했다 해도 말하지 않았다. 아버지가 회복불능의 영역으로 야금야금 들어갔다. 기남은 변화를 무서워했다. 외딴집에서 아버지와 엄마가 한 묶음의 정물로 영원하기를 간절히 바랐다.

학교에서 배운 내용이 무엇인지, 담임이 무슨 말을 했는지, 태화반점을 지날 때 짜장면 냄새가 어땠는지, 질문이 기남에게 쏟아졌다. 암담한 상황에 진저리를 치는 아버지에게 기남은 몰라요, 아니요라고 건성으로 대답했다.

배추가 실하게 속을 채웠다. 바람도 매서운 기를 품었다. 골짜기에서 가끔씩 치달아오는 바람이 목덜미를 선득하게 했다.

"오늘은 학교에 가지 마라."

엄마가 그렇게 말하지 않았어도 기남은 학교에 갈 맘이 없었다. 모처럼 가을볕이 좋았다.

"아버지와 읍내에 가야겠다."

아버지가 저런 몸으로 읍내를 간다? 아버지를 보면서 엄마의 말을 기남이 중얼거리는데 어른 셋이 고개에서 내려왔다. 날 읍내에 데려다줘. 어젯밤 잠드는 기남의 귓전으로 아버지의 끓는 소리가 들렸다. 아버지가 이불에 돌돌 말려 마루로 나왔다. 아버지는 밤사이에 더욱 초췌해졌다. 아침 햇살이 아버지의 배추로 내려앉았다. 아버지가 잦은 기침으로 가꾼 배추 밑동이 잘렸다. 속이 찬 배추가 이랑에 눕혀졌다. 어른이 배추를 담은 지게를 짊어졌다. 어른 한 사람은 이불에 돌돌 말린 아버지를 짊어졌다. 엄마가 앞장서고 배추와 아버지의 지게가 고개로 올라갔다. 고개에 세운 지게에서 아버지가 눈을 떴다. 차가 고속도로에 오고 갔다. 훨씬 많은 숫자의 차가 오갔고, 간간이 고속버스도 보였다.

"읍내에서 살자."

아버지가 힘겹게 말했다.

배추가 시장 바닥에 쌓였다. 아버지도 팔려가는 배추 더미 옆에 앉았다. 아버지는 눈을 뜰 기력도 없어 보였다. 사람들이 배추를 만져보다가 아버지를 흘끗거리고 주저 없이 사갔다.

"여봐요. 기남이 아버지."

엄마가 마지막 배추를 팔고 아버지를 흔들었다. 아버지가 눈을 떴다. 아버지의 모습은 아침과 또 달랐다. 얼굴에 어둔 그림자가 내려앉았다.

"배추를 다 팔았어요. 여기 돈 좀 보세요."

엄마가 돈뭉치를 아버지 눈앞에 흔들고 손아귀에 쥐여주었다. 아버지가 고개를 끄덕이고 눈을 감았다. 태화반점 작은방에 아버지가 옮겨졌다.

"짜장면 먹어라."

엄마가 기남에게 짜장면을 주었다. 기남이 짜장면을 반쯤 먹었을 때.

"기남아. 아버지 좀 보아야겠다."

엄마가 방으로 급히 불러들였다.

"기남이 아버지. 기남이가 여기 왔어요."

엄마가 아버지를 흔들었다. 아버지가 간신히 눈을 뜨고 기남을 바라보았다.

"고…개… 넘…지…말…고… 읍…내…에…서… 살…아…라."

기남은 약간이라도 당김의 변화가 있으면 끊어질 여뀌 줄기를 쥐고 있는 심정으로 아버지의 말을 들었다. 아버지가 엄마를 보았다. 엄마가 웃으면서 고개를 끄덕였다. 아버지가 쥐고 있던 이승의 끈을 놓았다. 기남은 쥐고 있던 여뀌 줄기가 툭 끊어지는 소리를 아련하게 들었다.

2부

시간이 응고되면 무슨 맛일까

내 안의 함성에 귀 기울여

조팝꽃 잔인한 향기

수평선으로 저물다

사랑하는 것의 껍데기를 비웃다

나무꾼 숲에 달기가 살았다

햇살의 허리를 비틀다

시간이 응고되면 무슨 맛일까

　두려움이나 무섬증에 느닷없이 휩싸인다는 생각의 모태는 무엇일까? 화들짝 놀라며 예고 없이 나타나는 회오리 같은 존재일까? 이미 잠복되어 있는 것인데 노출될 시점이 다가옴으로써 저절로 들추어지는 것일까? 곧 두려워질 것이라는 예감이 생겼다. 무엇 때문에 두려워질 것인지 모르지만, 어쨌든 두려움에 휩싸일 것이라는 예감을 떨쳐낼 수 없었다. 그러면서 몸속 어딘가에서 이물질이 들어차는 느낌이 생겼다. 검정콩만 한 이물질이 스펀지처럼 느리게 부풀었다. 가랑비가 정수리에서 정강이를 적시듯 이물질이 몸 전체로 번졌다.

　"우리… 한 번쯤은 만날… 수 있잖아?"

　전화 목소리는 남자였다.

　익숙하지 않은, 경험하지 않은 음색에 초윤은 대답하지 못했다. 말을 씹고 또 씹으면서 망설인 남정네의 목소리에서 낯선 냄새가 풍겨왔다. 우리? 초윤은 중얼거리면서, 우리란 단어를 쓸 수 있는 남자를 생각했다. 그럴 만한 남자가 생각나지 않았다. 한 번쯤은 만날 수 있는 관계의 남자는 더욱 생각나지 않았다.

한낮의 아파트는 으늑했다. 맨발로 베란다에서 몇 대 남지 않은 차의 정수리를 바라보았다. 회전하는 원판이 스물네 조각으로 나뉘어 돌고 돌아서 어제의 그 원판의 시간이 오늘 또 돌아왔다. 지루하고 더디게 도는 분침을 떠밀며 냉장고도 열어보고 텔레비전 채널을 돌렸다.

빈 어항이 눈에 들어왔다. 흰줄망둑어가 살았던 모래가 하얗게 말랐다.

한 번쯤은 만날 수 있잖아?

뜬금없이 뱉어 놓은 남자의 말이 어항에서 모래알로 흩날렸다. 현무암의 숭숭한 구멍으로 뽀글거리는 기포에 입질하며 유영하다 멈춘 흰줄망둑어 무리. 생각이 비등하는 모래알로 흩어졌다.

초윤이 머뭇거리는 사이 정적이 흘렀다. 숨소리를 애써 낮추며 입술을 깨무는 느낌이 전해왔다. 그러니까 남자는 꽤 긴 시간 망설였고 막상 전화를 걸어놓고는 또 망설이고 있었다. 초윤도 남자에게 전염되어 망설였다. 사실 딱히 할 말이 없었다. 기억세포에서 우리 한 번쯤은 만나도 괜찮은 남자의 존재를 찾지 못한 까닭이었다.

"이…십… 년 전의 조팝꽃 향을 설마… 잊지는 않았…."

조팝꽃 향? 이십 년 전? 남자에게서 띄엄띄엄 건네온 단어가 송곳날로 기억세포를 후볐다. 세포가 열리고 기억이 꿀벌처럼 왕왕 날아올랐다. 초윤은 전화를 걸어놓고 뜸을 들인 남자를 알아차렸다. 남자의 음색도 완전하게는 아니지만 기억해냈다. 이십 년 전 이십 대의 음색이 사십 대 중반의 음색과 똑같을 수는 없었다. 흰줄망둑어가 없는 어항으로 머뭇거리던 남자의 말, 느릿함이 빠르게 조합되었다. 우리… 한 번쯤은 만날 수 있다는 단정을 먼저 해버린 남자는 용곤이었다.

용곤이 이십 년 전이라고 말했지만, 정확하게는 이십오 년 전이 옳았다. 이십오 년 전 모습이 정지된 영상으로 떠올랐다. 한 번쯤은 만나자는 의도를 주관적으로 판단할 수 없었다. 초윤은 여전히 입을 다물었다. 전화가 끊겼다.

전화벨이 울렸다. 액정에 나타난 발신자는 산으로 간 기남이었다. 등산로 입구에 도착했으며, 예상보다 등산객이 한가하며, 햇살이 하얗게 닿는 모두부를 보고서 초윤과 동행하지 않음이 후회된다고 말했다.

두부를 좋아하게 된 식습관은 기남에게서 비롯되었다. 영원히 불변할 줄 알았던 습성이 변했다. 변화는 볕에 놓아둔 플라스틱 책받침과 같았다. 자신의 의지와는 관계없이 볕에 양에 따라 늘어지기도 하고 딱딱하게 굳어버리기도 했다. 자신이 변화되고 있음을 알면서도 무기력을 가장하여 적응하였는데 반발의 의지가 없는 것은 아니었다. 반발이 가져오는 것은 순간의 작은 얼음뿐이었고 결말은 커다란 손실임을 친정엄마의 삶에서 터득하였다.

기남의 음색에서 초윤과 산행에 동행하지 못해 무척 아쉬워하고 있음이 묻어났다. 초윤은 상수리나무 우거진 잎에 멍든 햇살이 기남의 가슴을 적셔서 애잔한 본성이 드러났다고 판단했다. 용곤의 일방적인 통화로 흩어진 생각이 결집되었다. 머리가 맑아졌다.

용곤과의 통화가 왜 두려움이나 무섬증을 상상하게 했을까? 의문이 생겼다. 이어 두려움과 무섬증의 실체가 궁금했다. 두려움도 무섬증도 명확히 알지 못하면서 그 느낌을 상상했다. 초윤은 한심하고 엉뚱하고 소모적인 상상이라고 자책했다. 상상의 마무리를 시도했다. 가슴이 부정맥으로 불규칙하게 떨렸다. 떨림은 펌프가 되어 머릿속과 가슴에 이물질을 만들었다. 근거도 이유도 없는 괜한 두려움이 또 생겼다. 두려움은 서릿발 같은 소름을 동반했다. 상상에 의한 생체변화였다. 변화는 치명적이거나 오래가지 않았다. 언젠가는 반드시 맞닥뜨릴 것이라는 불길한 예감을 낳았다.

전화벨이 또 울렸다.

"이십 년만이야. 한 번쯤은 만날… 수 있잖아?"

만나야 하는 당위성은 이십 년만이기 때문이고, 만남의 정도는 한 번쯤임을 용곤이 재차 말했다.

"이십오 년이나 만나지 않았는데 한 번쯤의 만남이 필요 있을까?"

이십오 년을 이십 년으로 오산함은 초윤을 생각하는 진정성의 결여였다. 이십오 년 만에 나타나서는 고작 한 번쯤의 만남을 제의하다니.

"이십 년이나 만나지 못했는데 오늘은 꼭 만나고 싶어."

용곤은 이십 년 동안 곱씹기라도 한 것처럼 이십오 년을 거부하고 이십 년을 고집했다. 초윤이 그러자고 아주 쉽게 말했다. 용곤이 시각과 장소를 말했다. 장소는 아파트에서 가까운 거리였다. 초윤은 그곳을 알고 있다고 대답했다. 만남의 장소에 나가겠다는 대답이 되었다. 용곤이 삼십 분 후인 열 시에 만나자고 했다. 삼십 분은 촉박했다. 만남의 시각을 오전이 아닌 오후로 요구했다. 시각의 변경을 요청했으니 용곤은 초윤과의 만남에 대한 확신을 가졌을 터였다. 기남이 두부모에 쏟아지는 햇살을 바라보다 발걸음을 돌릴 가능성을 염두에 두었다. 등산을 지속한다면 오후 다섯 시는 넘어야 돌아올 터였다. 때문에 이십오 년 만의 만남 시각은 오후 두 시가 적당했다. 기남도 초윤만큼 용곤을 잘 알았다. 용곤이 열두 시로 수정을 요구했다. 점심을 같이 먹자는 의도를 초윤이 거절했다. 두툼해진 허리의 살집을 손아귀에 쥐고서 통화를 마쳤다.

성격이나 습관이 일단 굳어지면 죽을 때까지 절대 불변인 줄 알았다. 기남에게 화석화되었다고 믿었던 것들이 가변성 물질로 변하고 있음을 초윤은 감지했다. 볕이 잘 드는 창턱에 얹어두고서 몇 달을 잊고 있었던 신문처럼 어느 날 변색해 있음을 알았다. 목소리부터 변했다. 급하게 터져 나왔다가 싱겁게 끝을 얼버무리는 충청도 억양의 높이가 하향 평준화되어 얼핏 들으면 배터리가 방전되는 녹음기 소리 같았다. 희망과 열정과 미움과 환멸이 반죽되어 삶의 의미를 통달한 늙은 광대가 되는 것은 아닐까 염려되었다.

손바닥에 얹어 무게나 질감을 만지작거려 볼 수도 없고, 누군가에게 표현했다 해도 뒷맛이 개운치 않을 것 같은 사랑의 실체. 죽기 전에 꼭 한번은 만난다는 저승사자처럼 죽음에 임박해서 경험하거나 어쩌면 이미 경험을 했는데, 깨닫지 못한 것이라고 초윤은 마음의 가닥을 잡았다. 혹시 기남과의 사랑이 있었다면, 그 흔적을 찾아 집안 어디엔가 잃어버린 바늘을 찾듯 돋보기를 들이댄다면, 기남의 '점점 말이 없어짐' 외에는 존재하지 않았다고 판단했다. 밥을 먹으면서, 텔레비전을 보면서, 심지어 침대에서 초윤의 의도와 행동에 빗장을 걸던 '말의 점점 없어짐'이 초윤을 배려하고 자유를 주는 것이요, 그것이 곧 사랑이 아닐까?

이십 년을 살았는데 기억할 만한 기남의 말이 없었다는 것은 어떻게 받아들여야 할까? 기남과 초윤 사이에 나누었던 말들을 이리저리 둥글려보고 뒤집어 보고 매만져도 특별나게 기억나는 단어가 없었다. 함께 살고 있기 때문에 자신의 편의를 위해 상대방에게 권고한 말을 빼고 나면 기남과 초윤은 벙어리로 산 것이나 다름없었다. 서로 의식하지 않았는데 같은 곳에 시선을 보냈던 기억은 더러 있었다.

기남이 정상에 올랐다며 전화했다. 저녁에 골뱅이 소면 무침을 매콤하게 먹고 싶다고 했다. 조금씩 햇살이 강렬해지고 있어서 생미역을 무치고 오이냉채도 만들었는데 골뱅이 소면 무침이 먹고 싶다? 정상에 올랐으니 도시락을 펼쳐 놓고 젓가락을 들었을 터였다.

몸 어딘가에 슬픔의 샘물이나 기쁨의 나팔꽃이 존재하고 있는 것일까? 햇살조차 깜짝 놀라 두 조각으로 찢어질 듯 시퍼렇게 벼린 칼날. 극도의 공포에 흠씬 젖으면 어떤 느낌이 생길까? 아파트가 지면에서 예각으로 기울고 도로가 승천하는, 용의 몸통으로 꿈틀 일어나는 상황을 목격한다면 또 어떤 느낌이 생길까? 평범하고 지루하고 숨 막히게 고요한 아파트에 묻혀 있는 지루함을 으깨어 버릴 만큼의 섬뜩한 느낌은 과연 어떤 맛일까? 이십 년의 시간이 익혀낸 세월의 향기는 어떤 느낌일까? 생각이 꼬리를 물었다. 꼬리가 물린 생각은 상상으로 변했고, 상상은 상상의 꼬리를 물었다. 생각과 상상이 물레로 빙글빙글 돌았다.

인터넷도 뒤지고 요리책도 뒤적거려 나름대로 솜씨를 냈다. 베란다로 가서 기남이 들어오는 것이 목격되면 냉장고에 넣어두었던 생미역무침과 오이냉채를 식탁에 놓을 참이었다. 기남은 식탁에 차려놓은 음식을 보고 타박해본 적이 없다. 초윤의 음식 솜씨가 썩 좋은 것도 아니었고, 식단을 짜서 끼니마다 계획적인 식탁을 차리는 것도 아니었으며, 온전히 초윤의 판단으로 식탁이 차려졌다.

밥과 반찬의 구색이 어색하게 차려지는 날도 많았다. 아침에 먹다 남은 조기구이와 점심에 남은 소면사리를 육수에 말아, 국수와 조기구이라는 전혀 어울릴 수 없는 식단이 차려지는 날도 있었다. 기남은 식탁이 차려지면 어정어정 걸어와 군소리 없이 그릇을 비웠다. 좋게 보면 음식을 가리지 않는 무던한 성격이라고 할 수 있었는데, 어떤 날은 여물을 끝까지 먹어치우는 미련한 소를 연상케 했다.

마트에서 골뱅이 캔과 오이와 쑥갓과 참기름을 샀다. 상가의 일 층에는 미용실, 세탁소, 문구점, 치킨호프, 비디오대여점이, 이 층에는 피아노학원과 소아과의원이 간판을 걸었다.

마트에서 나와 다섯 걸음 걸었을 때 슬리퍼를 끌고 왔음을 알았다. 슬리퍼는 베란다에서 신던 것이었다. 베란다 물청소하면서 현관에 옮겨놓은 것이었다. 갑자기 슬리퍼가 부담스러웠다. 욕실 변기에 걸터앉았다가 생각 없이 걸어 나온 철딱서니 없는 주부로 보일까? 낯이 화끈거리며 부끄러워졌다. 슬리퍼에 시선을 주는 사람은 없었다. 실내에서나 신어야 하는 슬리퍼를 끌고 나왔다는 스스로의 부끄러움에 보폭이 주춤거려졌다. 운동화를 신은 것처럼 가장하며 태연하게 걸었다. 슬리퍼로 집중된 신경 때문에 발걸음이 흔들렸다. 자세히 보니 슬리퍼는 제 짝이 아니었다. 오른발에는 베란다용 슬리퍼가 신겨졌고, 왼발에는 낡아서 구석에 밀쳐둔 거실슬리퍼가 신겨져 있었다. 베란다 슬리퍼는 엷은 분홍색이었고, 거실슬리퍼는 하늘색이었다. 낡고 색이 엷어져서 같은 색깔로 보였다.

아파트에 가까워지자 미용실이 보였고, 이어 세탁소도 보였다. 세탁소 여자가 미용실에 와 있었고, 세탁소에는 문구점 총각이 놀러 와 잡담을 주고받는 모습이 보였다. 미용실에 온 세탁소 여자는 미용의자에 앉았고, 총각이 베실베실 웃으면서 무슨 말인가를 하고 있었고, 마흔 중반은 돼 보이는 세탁소 남자가 담배를 빨아들이고 뱉기를 반복했다. 미용실 내부가 보이기 시작하면서 세탁소 내부까지 드러나는 오 미터를 걸어가는 동안 엿보인 풍경이었다.

미용실 정면을 지나면서 바라본 세탁소 아줌마는 미용의자에 앉아 수명이 다한 형광등이 까막까막 명멸하는 것처럼 눈을 빠르게 깜빡거렸다. 문구점 총각이 헤실헤실 웃으며 무슨 말인가를 계속했고, 세탁소 남자의 담배는 필터에 근접하게 타들어 갔다.

미용실과 세탁소의 경계점을 지나가는 순간. 세탁소의 문이 초윤의 가슴을 칠 듯 급박하게 열렸다. 깜짝 놀라 주춤하는 사이 세탁소 남자의 거친 숨소리가 스쳐 지나갔고, 초윤의 가슴을 칠 듯 열렸던 세탁소

문이 닫히는 똑같은 시간에 미용실 문이 거칠게 열렸다. 기우뚱 넘어지는 몸을 가누면서 바라본 세탁소 여자는 콘크리트에 던져진 야구공처럼 미용의자에서 튕겨 나왔다. 두어 걸음 물러서다가 세탁소 남자에게 머리칼이 잡혔고, 미용실에 있던 또 다른 두 명의 여자는 뒷문으로 달아났다.

세탁소 여자가 머리채를 잡혀 끌려나왔다. 황급히 물러서는 초윤의 슬리퍼가 벗겨졌다. 발을 내밀어 슬리퍼를 신으면서 바라본 문구점 총각은 헤실헤실 웃던 웃음이 급작스레 굳어지고 얼굴색이 까맣게 죽었다. 미용실 뒷문으로 달아났던 여자가 용수철처럼 퉁겨져 나왔다. 치킨을 튀기던 남자는 집게를 들고 나왔고 여자는 치킨 종이상자를 들고 나왔다. 비디오를 고르던 사십 대 남자가 나왔고 카운터를 지키던 아르바이트 학생도 나왔다.

세탁소 남자가 세탁소 여자의 뺨을 후려쳤다. 세탁소 여자의 고개가 거칠게 젖혀졌다. 용수철처럼 곧바로 고개를 돌려 세탁소 남자를 노려보았다.

"이년이? 어따 눈깔을 부릅뜨고 지랄이야?"

황소 눈깔로 치켜뜬 세탁소 남자가 세탁소 여자의 머리채를 잡았고, 정말로 눈 깜짝할 사이에 여자가 길바닥에 패대기를 당했다. 거친 길바닥에 얼굴을 박은 세탁소 여자의 입술이 터졌다. 입술에 피가 번졌다.

문구점 총각의 얼굴이 창백하게 굳었다. 세탁소에서 나와 문구점으로 쏘옥 들어갔다. 입술이 터진 세탁소 여자는 울지도 않았고 괴성도 지르지 않았다. 죽창 같은 시선으로 세탁소 남자를 노려보았다. 쓰러진 몸을 지탱하려 바닥에 짚은 손이 낙지발처럼 꿈틀거렸다. 손가락이 오므라들면서 호두알처럼 뭉쳤다. 주먹을 쥔 손등에 힘줄이 돋고 부들부들 떨렸다. 빠르게 도는 영사기 필름처럼 세탁소 여자의 눈동자가 돌았다. 그러다가 필름이 툭 끊어진 듯 표정이 굳었다.

세탁소 여자의 콧구멍에서 피식 바람이 빠져나왔다. 눈물이 그렁하고 입술에 핏물이 번진 얼굴에 웃음이 피었다. 세탁소 남자의 자존심을 송두리째 흔드는 비웃음이었다. 야생 곰처럼 몸이 커다랗고 거친 세탁소 남자에 비하면 세탁소 여자는 다람쥐처럼 척추를 오므리는 습성이 있어 작아 보였다. 세탁소 여자를 동글게 말아 쥐면 세탁소 남자가 멀리 던져버릴 공처럼 체구의 차이가 컸다.

"곰 같은 덩치랑 살을 맞대고 밤마다 어떻게 살았을까?"

미용실 여자가 낮게 말했다.

"큰 바위 밑에 사는 가재가 안전하게 산다잖아?"

치킨점 남자가 낮게 맞장구를 쳤다. 더러는 킥킥 웃었고 일부는 얼굴을 발갛게 붉혔다. 세탁소 남자의 시선이 문구점 총각에게 향했다. 문구점 총각이 몸을 파르르 떨었다.

"보약 먹고 기운 좀 생기면 술이나 처먹고 여편네나 패는 그 잘난 주먹으로 나를 죽여라."

세탁소 남자의 시선을 잡아채며 세탁소 여자가 소리 질렀다. 세탁소 남자는 문구점 총각의 멱살을 잡아서 세탁소 여자에다 패대기를 칠 기세였다. 세탁소 여자의 눈동자가 빠르게 돌았다. 세탁소 남자의 주먹이 부르르 떨었다. 주먹이 향한 곳은 세탁소 여자가 아니라 문구점이었다.

"차라리 맞아 죽는 게 사는 것보다 낮다. 때려라. 때려."

다급해진 세탁소 여자가 소리를 바락 질렀다. 세탁소 남자가 어금니를 물었다. 세탁소 여자가 세탁소 남자의 종아리를 움켜잡았다. 세탁소 남자의 발이 문구점으로 걸음을 딛자 세탁소 여자가 끌려갔다. 세탁소 남자의 얼굴에 혈기가 넘쳤다.

초윤은 물론 치킨점 부부와 미용실에서 잡담을 떨던 여인들과 걸음을 멈춘 행인의 시선은 교미하는 잠자리처럼 엉겨 붙은 세탁소 부부와 오금을 바들바들 떨고 있는 문구점 총각 사이를 바삐 오갔다. 초윤은 실내화를 신고 나왔음을 잊었고, 치킨점 부부는 기름 솥에서 닭이 시커멓게 타고 있는 것을 잊었고, 미용사는 가위와 빗을 손에 쥐고 있는지도 몰랐고, 수건을 머리에 두른 여인은 파마 약을 씻어낼 시간이 지나가고 있음을 까마득히 잊었다.

세탁소 남자가 한걸음 옮기자 문구점 총각이 뒷걸음쳤다. 세탁소 여자의 애절한 눈빛이 문구점 총각에게 향했다. 문구점 총각이 세탁소 여자의 애절한 눈빛을 읽었다. 세탁소 남자가 문턱에 오른발을 얹는 순간 문구점 총각이 뒷문으로 황급하게 달아났다. 문구점 문을 채 닫지도 못하고 줄행랑쳤다. 황당해진 사람은 천원 지폐를 들고 문구점으로 들어가려던 초등학교 일 학년쯤의 남자 어린이였다. 사냥감을 시야에서 잃어버린 곰처럼 세탁소 남자가 우우~ 괴성을 질렀다.

"병신 같은 인간아. 자식같이 새파란 놈에게 마누라를 뺏긴 주제에 할 줄 아는 것은 주먹질뿐이지?"

"오냐. 네년 입으로 말 한번 잘했다? 놀아날 사내가 없어서 자식 같은 놈하고 붙었냐?"

"부부가 뭐냐? 송편 살에 알밤이 쏙 들어가듯 찰떡궁합이 부부 사랑
이라 하더라. 뭐를 알기나 하고 이십 년이나 내 몸에다 찝쩍거렸느냐?"

귀를 물로 씻어야 할 악담이 부부 사이에 대본을 읽듯 빠르게 오갔
다. 세탁소 남자는 문구점 총각이 달아난 골목을 바라보았다. 과녁이
갑자기 없어진 화살이 하강곡선을 그리듯 세탁소 남자의 화기가 가라
앉았다. 멱살을 잡아 패대기를 쳤지만, 결국 둘은 부부였다. 둘러싼 구
경꾼을 머쓱한 눈초리로 응시하다가 세탁소로 들어갔다. 치킨점 남자
는 싱겁다는 표정을 감추지 못했고, 세탁소 여자는 문구점 총각이 달
아난 골목을 바라보았다. 세탁소 남자가 세탁소 여자의 뒷덜미를 바라
보며 담배를 뻑뻑 빨았다.

"부부가 뭐여? 사랑이 뭐여?"

"머리 맞대고 앉아 양파 껍질을 까도 손발이 척척 맞으면 그것이 사
랑이고 부부가 아닌가?"

미용실 아줌마가 모두 들으란 듯 크게 말했다. 그녀는 사십을 겨우
넘긴 몸에 도톰하게 살이 올랐다. 입술도 두툼했고 눈자위도 검었다.
눈이 커서 겁이 많아 보였다. 손목에 고무줄을 감은 것처럼 주름이 졌
고 손가락이 뭉툭했다. 그래서 한눈에 보아도 성격이 무던하다는 짐작
을 낳게 했다. 그녀의 손에는 바닥을 쓸던 빗자루가 들려 있었는데, 그
런 사실도 잊은 듯 보였다.

"조개껍데기처럼 서로 딱 들어맞는 부부란 세상에 없어. 이빨 달린
물고기에게 조갯살을 뜯기지 않으려고 서로서로 앙다물고 사는 거야."

초윤만 들으란 듯 치킨집 남자가 조용하게 말했다. 대로에서 펼쳐진 세탁소 부부의 험악한 상황을 보는 모두가 부부 사랑의 달인이 된 것처럼 한마디씩 던졌다. 파마 약을 바르고 수건을 두른 여인이 머리를 손가락으로 긁었다. 미용실 여자가 파마 약을 씻어낼 시간이 훌쩍 지나가고 있음을 깨닫고도 느긋하게 여인을 미용실로 잡아끌었다.

오이를 채 썰고 골뱅이 캔을 땄다. 골뱅이를 데치며 쑥갓을 다듬었다. 골뱅이를 건져내어 냉장고에 넣었다. 고춧가루와 참기름과 마늘 다짐과 깨소금으로 양념장을 만들었다. 기남이 산에서 돌아오면 삶아 무칠 소면도 꺼내놓았다. 오후 다섯 시쯤이면 기남이 돌아올 터였다.

한낮의 아파트 베란다는 으늑했다. 고무나무가 도톰한 잎을 쳐든 베란다 의자에 앉으면 숲에 들어와 있다는 느낌이 들었다. 등산화를 신고 등산조끼를 입고 불긋한 등산 모자를 쓴 사람들이 이사 가는 개미행렬로 북적이는 등산로를 벗어난 그 으늑함이 좋았다.

세탁소 여자가 울부짖던 상가건물과 진입로와 놀이터 모래와 그네와 측백나무와 주차된 차들이 호수에 가라앉은 수몰도시가 되었다. 바람이 측백나무 잎을 흔들면 도화지가 물속에 잠기는 것처럼 어지럼증이 돋았다.

부정한 아내와 아내에게 속고 살아온 남편, 누구에게 연민의 정을 느껴야 옳은가? 하얗게 거품을 문 세탁소 남자가 불쌍하거나 안쓰럽다는 감정은 도토리 알 만큼도 없다. 자식 같은 젊은 사내와의 부정을 고래고래 소리까지 지르며 악을 쓰는 세탁소 여자가 오히려 안쓰러워지는 연유는 무엇일까?

용곤과 만나기로 한 두 시가 저벅저벅 걸어왔다.

몸에서 음식냄새가 났다. 골뱅이 무침을 만들었던 부엌에도 냄새가 났다. 안방으로 들어와도 그 냄새는 여전했다. 골뱅이와 오이와 쑥갓과 당근을 고추장에 버무리던 소매에 양념이 묻었는지 살폈다. 양념은 묻지 않았다. 다진 마늘 냄새와 시큼한 식초 냄새가 났다. 손목에서 양념 냄새가 났다.

치마와 셔츠를 벗고 욕실로 들어갔다. 거울을 보다가 안방으로 갔다. 팬티와 브래지어를 벗어서 침대에 놓았다. 알몸으로 거실을 횡단하여 욕실로 들어갔다. 이십오 년 만에 만나는 용곤은 어떤 모습일까? 귓불이 발갛게 익었다.

샴푸로 머리를 감았다. 후로랄 향의 보디클린저로 전신에 거품을 냈다. 피부를 문지르는 감촉이 새로웠다. 샤워기로 몸을 씻었다. 샤워기에서 쏟아지는 물줄기의 감촉 또한 새로운 느낌이었다. 알몸에 실크 자락을 감고 바람이 간간이 부는 언덕에 선 느낌이 몸으로 퍼졌다.

용곤이 이십 년 만에 나타난 연유는 무엇인가? 어떤 표정으로 첫마디를 건네 올까? 생각이 주마등처럼 머릿속에서 회전했다. 갖가지 생각이 의문부호를 달고 생겨났다. 대답도 결론도 없는, 그저 일상의 행위처럼 옷을 갈아입고 화장했다. 립스틱을 바르는데 입술에 핏물을 흘리며 남편에게 맞서던 세탁소 여자의 모습이 어른거렸다. 용곤을 만나는 데 기남의 존재는 걸림돌이 되지 않았다.

강과 도로가 보이는 창가에서 용곤이 일어나 물었다.

"내 모습 변하지 않았지?"

초윤이 용곤의 첫 물음을 부정하고 피식 웃었다.

"변하지 않는 것은 없어."

기남과 마주앉았을 때와는 다른 느낌, 검댕이가 새까맣게 그을린 솥 뚜껑만 한 손바닥을 가슴에 짚은 압박감. 압박감이 무너지면 엷은 떨림을 동반하는 설렘과 흥분이 가슴에 팽배해질 것 같았다. 초윤이 발끝에 힘을 모았다. 용곤이 알아채지 못하게 자신을 옭아맸다. 입안이 하얗게 말랐다. 바스락 부서지는 뻥튀기 과자처럼 가슴이 부풀었다.

"이십 년이 더 넘었어. 우리가 서로를 잊고 살았던 시간이 벌써."

용곤이 이십 년 만에 다시 만난 감회를 쓸쓸한 웃음으로 흘렸다.

'우리?' 초윤이 속으로 중얼거리며 피식 웃었다.

초윤과 용곤은 입학 동기였다. 기남이 군 복무를 하는 동안 초윤의 주변에서 집요하게 서성거렸다. 갓 스물의 초윤에게 마음을 빼앗긴 용곤은 선배인 기남을 밀쳐내고 초윤을 평생의 반려자로 소유하고 싶다고 말했다.

아스팔트 바닥에 떨어뜨린 백합처럼 초윤은 캠퍼스에서 도드라진 존재였다. 스쳐 지나가는 남학생의 영혼을 십 초 동안 아뜩하게 만드는 마약가루와 같았다. 용곤의 집요한 구애에 초윤이 격하게 흔들린 순간도 있었다. 용곤은 초윤의 마음을 온전하게 사로잡지 못했다. 기남이 제대 복학하여 용곤과 초윤과 클래스메이트가 되면서 묘한 삼각관계가 시작되었다.

기남이 캠퍼스로 돌아오자 초윤의 행동에 변화가 생겼다. 초윤이 의도한 변화였다. 용곤에게 닫혔던 마음을 조금씩 열었다. 용곤을 주변에 맴돌게 하려는 술수였다. 기남과 용곤 사이에서 초윤은 외줄 타기를 했다. 나이를 더 먹었고 군 복무도 마친 기남은 초윤의 줄타기에 개의치 않았다. 느긋하고 여유로운 태도로 취직 공부에 몰두했다. 초윤은 그런 기남이 불만스러웠다. 카페 구석진 자리에서 기남과 술에 취하고 싶었다. 배낭여행도 가고 싶었다. 찬바람이 문풍지를 흔들고 쥐 오줌이 천장에 지도를 그린 허름한 방에서 벽에 등을 기대고 밤을 지내고 싶었다. 입맞춤을 해온다면 허락하고 싶었고, 더한 것을 원한다면 기꺼이 응할 준비가 되었다. 여자로서 낯 뜨거운 유혹이었다. 사랑의 깊이를 알고 싶은 갈증이기도 했다. 기남은 초윤의 갈증을 외면했다.

기남의 무관심은 초윤을 옭아매는 힘이 되었다. 유혹과 무관심의 관계가 눈에 보였기 때문에 용곤은 초윤 주변에서 벗어나지 못했다. 졸업이 다가왔다. 싫든 좋든 학교를 떠나야 할 시기가 왔다. 초윤과 기남과 용곤의 묘한 삼각관계도 종지부를 찍어야 했다. 국방의 의무를 마친 기남은 취직이 됐다. 물론, 국방의 의무가 없는 초윤도 취직했다. 용곤은 군에 입대해야 했다.

용곤은 아주 중요한 시기의 인생 항해에서 오류를 범했다. 재학 중에 군 복무를 마치고 복학했어야 했다. 초윤의 주변을 어정거리다가 졸업을 맞고 말았다. 그렇다고 어정거리던 바를 얻은 것도 아니었다. 용곤이 군에 있는 동안 기남이 초윤과 결혼했다.

"나, 정말 변했어?"

용곤이 손바닥을 가슴에 대고 물었다. 초윤 주변을 서성거리던 이십 년 전과 조금의 변화도 없다는, 초윤을 향한 구애가 손톱만큼도 손상되지 않았다는 항변으로 보였다. 용곤의 끈적거리는 시선을 아주 간단하게 꺾으며 초윤이 싱겁게 웃었다.

이십 대의 감정을 사십 대가 되어 재현한다는 것은 무리였다. 십 킬로그램쯤은 부풀어 보인다. 막걸리를 섞어서 아랫목에 익혔다가 쪄낸 술방. 턱살이 늘어져 도톰하게 굵어진 용곤의 목덜미를 노골적으로 응시하면서 초윤이 또 웃었다. 용곤이 창에 머리를 기댔다. 실망하는 빛이 역력했다. 나이가 들면서 느슨해지는 열정만큼 늘어나는 몸집을 달가워하는 남자는 없을 터였다. 컨베이어 벨트를 지나며 부품이 조립되는 전자제품처럼 차들이 강변도로에 실려 다녔다. 은빛 풍선을 든 아이와 둔치를 걷는 어른도 보였다.

"조팝꽃 동산 잊지 않았지?"

자두 빛깔 립스틱을 바른 초윤의 입술에 시선을 던지며 용곤이 눈웃음을 흘렸다.

용곤의 관심은 초윤의 입술에 칠해진 립스틱의 색깔이나 브랜드가 아니었다. 자신의 입술을 자귀 날로 만들어 초윤의 입술을 물어뜯듯 잡아당긴다면 무슨 맛이 날까? 피가 터지지 않을 만큼만 빨아본다면 무슨 맛이 입안에 가득 채워질까? 용곤의 입술이 하얗게 말랐다. 입안에서 갈증이 돋고 있음이었다.

"치매가 오지 않고서야 잊지 않았지."

조팝나무 얘기만 들어도 조팝나무를 생각만 해도 조팝꽃 향이 콧속에서 아득해지는 환각에 휩싸였다. 철분 결핍성 환자처럼 갑자기 어지러워지고 세상이 빙글빙글 돌았다. 독한 담배를 폐부 깊숙하게 빨아들였을 때 하늘이 돌고 나무도 돌고 땅까지 매달려 돌며 울렁거리던 어지럼증이 돋았다.

"그때의 그 황홀함 잊지 못하고 있어."

용곤의 눈동자가 반들거렸다. 같은 노래도 다른 느낌으로 들릴 수 있는 것처럼 조팝꽃도 다른 향기를 냈다. 원래 같은 향기지만.

"그렇게나 황홀했었니?"

초윤이 무미건조하게 되물었다.

"조팝꽃 향과 오월의 봄 햇살에 취하기도 했지만 느낌이 아직도 손바닥에 덩어리로 남아 있어."

용곤이 손바닥을 펼쳐 보였다. 여린 묘목처럼 부드러우면서도 우악스럽던 그 손이 아니었다. 초윤이 용곤의 손바닥을 가볍게 치고 피식 웃었다.

"그 느낌 지금 재생할 수 있어?"

용곤이 이십오 년 전의 초윤을 상기하며 물었다. 기남과는 오 년 전부터 섹스리스 부부가 되었다는 거짓 선언을 해볼까? 용곤의 반응이 어떤 표정으로 나타날까? 초윤은 짓궂은 상상을 했다.

"조금은…. 변하지 않는 것은 없다고 했잖아. 그리고 나는 남편과 일주일에 적어도 두 번은 관계를 해. 그 많은 관계마다의 느낌을 어떻게 기억하니?"

초윤이 목소리를 높였다. 그리고 주변을 둘러보았다. 둘을 응시하는 시선은 없었다.

"첫 경험이었잖아?"

"그래, 나쁜 놈아."

"그런데 조금밖에 기억나지 않는다고?"

"남편과의 수많은 관계 일부분에 불과해."

대화가 빠르게 이어졌다. 용곤의 의도가 드러났다. 기남이 군대에 가 있는 동안 초윤에게 집요하게 서성거리며 달구던 열기를 품고 왔다.

"라텍스 콘돔으로 씌워진 성기, 피임약, 시험관에서 배양되는 아기들, 성을 바꾸는 전환수술, 비아그라, 섹스는 이제 조물주의 손아귀를 벗어났어. 섹스는 생식만을 위한 의미에서 벗어났어."

용곤이 이글거리는 덩어리를 토하며 자폭하듯 말했다. 욕정을 노골적으로 구걸했다. 중년이 되면 뻔뻔스러워져도 용서가 되는 것인가? 나이를 먹어 데면스러워졌다 해도, 감정과 윤리의식이 세파에 닳았다 해도 선배 부인의 면전에서 욕정을 구걸할 수 있을까? 설렘과 부끄럼이 엉긴 감정을 가슴에 다독거리던 초윤은 불쾌감을 느꼈다.

"이만 가볼게."

초윤이 일어났다. 용곤도 당황하여 일어났다.

"저녁 같이 먹을 수 없어?"

용곤이 따라나왔다. 기남이 군대에 가 있는 동안 집요하게 따라붙던 모습이 보였다.

"저녁 같이 먹고 싶어."

아니, 조팝꽃 더미에서의 그 황홀함을 다시 느끼고 싶어. 용곤의 눈빛이 노골적으로 이글거렸다.

"변하지 않는 것은 없어."

초윤의 표정이 싸늘하게 변했다. 너는 내게서 그 황홀함을 다시 느낄 수 없어. 초윤이 덧붙여 말하려다 그만두었다.

"변하지 않았음을 증명하고 싶어."

용곤이 초윤의 손목을 잡았다. 이글거리는 욕정의 열기가 손목에 닿았다.

"느낌이 어때? 조팝꽃 더미에서 잡았던 느낌이 아직 살아 있다고 거짓말하지는 못하겠지?"

용곤이 손목을 놓았다.

"변한 것이 없다고 아무리 우겨도 이십 대로 돌아갈 수 없어"

초윤이 빠른 걸음으로 나왔다. 용곤이 뛰어나왔다.

"이십 대만이 세상의 중심에 서 있는 게 아냐. 미스보다는 미시가 거리에서 더 육감적인 몸짓으로 활보하는 세상이라는 거 몰라?"

용곤이 아이의 손을 잡고 지나가는 미시에게 손짓했다. 미시가 잡고 있던 아이의 손을 놓았다.

"저 미시에게나 가 봐."

초윤이 돌아섰다. 다섯 걸음 걸어가서 뒤를 돌아보았다. 정말로 용곤이 미시가 걸어간 방향으로 걸어가고 있었다. 가슴에서 무엇인가 와르르 무너지는, 공들여 조립해 놓은 장난감 블록이 와르르 무너지는 소리가 났다.

코이는 작은 어항에 넣어두면 손가락 크기로 자란다. 아주 커다란 수족관이나 연못에 넣어두면 적어도 어른 손만큼은 자란다. 강물에 방류하면 유치원 아이만큼 몸집을 키운다. 숨 쉬고 활동하는 공간의 크기에 따라 조무래기가 될 수도 있고, 대어가 되기도 한다. 코이를 두 마리 샀다.

한바탕 소란했던 세탁소가 고요했다. 여전히 문이 열려 있는 세탁소에 남자가 다림질하고 있었고, 여자는 더 안쪽에 앉아 바느질하고 있었다. 문구점도 열려 있었고, 총각도 어린 손님에게 물건을 파는 중이었다. 미용실에도 머리를 손질하러 온 여인들이 자리를 채웠다.

등산 가방을 메고 나갔던 기남의 차가 진입로에 나타났다. 주차장을 바라보던 초윤이 소스라치게 놀라 주먹으로 입을 막았다. 차에서 내린 사람은 기남 혼자가 아니었다. 위에서 내려다본 몸집으로 보아 두 시간 전에 헤어진 용곤이었다.

기남이 근무하는 지점과 용곤이 근무하는 지점의 모기업이 같다는 사실이 드러났다. 머리칼이 술술 빠진 자리에 새로운 머리칼이 돋아나는 것처럼 세상의 소소한 사실들이 도처에서 비밀리 생성되었다가 아무것도 아닌 존재로 공개되고, 더러는 소멸되는 것처럼 기남과 용곤이 아파트에 들어오는 동안 나눈 몇 마디가 같은 그룹의 계열사에 근무하고 있다는 사실을 드러냈다. 기남은 지점장이 되지 못하였고, 그러기 때문에 명퇴압박에 시달리는 중이었고, 용곤은 지점장이 되었기 때문에 명퇴압박에서 다소 느긋한 상황이었다.

이십오 년이 지나서 둘이 갑자기 만나게 된 계기가 초윤은 궁금하였다. 초윤이 술상을 차리는 동안 기남이 좀 흥분된 어조로 말해주었다. 산 정상에서 초윤이 마련해준 도시락을 먹고 하산하는 중에 전화가 왔는데 뜻밖에도 용곤이었다고 말했다. 전화번호를 어떻게 알았느냐고 기남이 용곤에게 고개를 돌려 물었다. 용곤이 그저 빙그레 웃었다. 초윤의 얼굴이 발갛게 달았다. 낮에 기남 모르게 만났을 때 용곤이 연락처를 물었고 초윤이 대답해 주었다. 두 시간 전의 불과 삼십 초 동안 생긴 일이 황당하게 다가올 줄을 초윤은 예감하지 못했다.

계열사지만 상사가 되어 나타난 용곤에게 반갑고 잘된 일이라는 말을 기남이 세 번이나 반복했다. 속에 감춘 어색하고 불편한 심정이 드러날까 반복하여 겉을 포장하고 있음을 초윤은 감지했다. 송곳날로 콕 찌르면 주저앉을 길거리 풍선광고처럼 몸집이 커진 기남과 젊었던 시절 몸매를 유지하고 있는 용곤이 술잔을 주고받았다.

술잔이 빨리 오고 갔다. 서로에게 할 말이 별로 없으므로 말문이 막히면 잔을 비우고 권했다. 효모로 발효시킨 빵을 연상하게 하는 기남을 바라보는 용곤의 시선에 자만이 실렸다. 술잔이 돌면서 초윤은 평정심을 찾았다.

자정이 훨씬 지난 침대에서 생각에 취했다. 더덕 즙이 녹아 맛이 강해진 약술을 거푸 마신 듯 몽롱했다. 머릿속에서 생각이 우글거렸다. 체액이 머리로 집중된 것일까? 신경세포의 촉수가 북진하는 탱크의 포신처럼 일제히 머리로 방향을 돌렸다. 잠든 기남의 숨소리를 들으며 약술을 생각했다. 남자에게 효능이 탁월한 약초는 무엇이 있을까? 술에 잠겼을 때 성분이 우러나 효능을 내는 약초는 무엇이 있을까? 고양이 걸음으로 안방에서 나왔다.

　새벽 세시. 외발로 멈춘 고양이 시선으로 거실에 들어찬 어둠을 응시했다. 청각은 안방으로 집중되었다. 기남의 곤한 숨소리가 규칙적으로 들렸다. 규칙적인 숨소리는 선잠이 아닌 깊은 잠을 의미했다. 돌발적인 초윤의 이탈을 알아챌 수 없는 숨소리였다. 거실의 어둠이 협곡을 지나는 안개처럼 서서히 짙어졌다가 희미해졌다. 소리 나지 않게 방문을 열었다. 컴퓨터 스위치를 먼저 누르고 문을 닫았다. 그리고 조명등을 켰다. 방이 환해졌다. 외발의 고양이 시선은 더 필요하지 않았다. 심야의 불이 켜진 공간, 작고 환하여서 온몸에 벅차오르는 아늑함, 작은 공간의 환한 빛이 외부로 노출되지 않음으로 가슴 떨리는 은밀함. 초윤은 마우스를 횡과 종으로 움직이고 키보드에 검색어를 입력했다. 남자에게 좋다는 약술은 쉽게 검색되었다. 세상 일이 인터넷 검색처럼 쉽다면 얼마나 좋을까?

　마우스로 갈무리하여　글 파일로 작성했다. 그리고 인쇄했다. 프린터가 용지를 밀어내는 동안 문에 귀를 기울였다. 기남의 기척이 없다. 인쇄된 종이를 세 번 접었다. 컴퓨터를 끄고 조명등도 껐다. 작고 환하던 방에 짙은 어둠이 삽시간에 들어찼다. 싱크대 서랍을 열고 사용하지 않는 그릇 사이에 종이를 숨겼다. 안방으로 돌아갔다. 기남은 여전히 깊은 잠에 빠졌다. 얕은 코를 아주 규칙적으로 골고 있는 것이 그 증거였다. 계곡물이 강물 줄기의 옆구리를 찢으며 합류하듯 이불을 들어 기남의 옆에 누웠다. 기남이 몸통을 꿈틀거리며 얕은 코골이를 멈췄다. 초윤은 비밀스럽고 부끄러운 행위를 고스란히 가슴에 얹고서 숨소리를 낮췄다. 무후주, 측천무후, 하수오, 녹용, 인삼, 그리고… 비수리로도 불리는 야관문, 밤에 닫힌 문을 여는 약초. 싱크대 그릇에 감추어둔 것들을 차례로 되뇌었다. 그러다가 잠들었다.

내 안의 함성에 귀 기울여

영산홍 꽃망울로 비가 살갑게 내렸다. 비안개가 산 이마를 하얗게 적셨다. 산 잔등이 잉태한 멧돼지의 거친 숨을 쌔액쌔액 쏟아냈다. 나무가 놀라 연초록 잎을 다투어 틔웠다. 소란한 들판에서 빛을 먹는 아우성이 들려왔다. 초윤이 베란다에 맨발로 나가 들판에서 들려오는 와글거림에 귀를 열었다.

'숨을 쉬어. 공기를 마셔. 가슴을 열고 폐부가 알알하도록 봄을 마셔. 새싹이 움트는 함성을 들어 봐. 당신의 몸에서 나는 소리를 가만가만 들어 봐. 몸이 원하고 있는 소리를….'

초윤은 코끝으로 스치는 조팝꽃 향을 아뜩하게 맡았다. 네 몸에 움트는 함성에 귀를 기울여 봐. 비틀거리는 몸을 들녘에 방목하고 싶었다.

고모가 왔다.

기남이 뚱뚱한 몸을 일으켜 고모를 맞이했다. 고모가 두 팔로 기남의 목덜미를 감아 포옹했다. 기남이 엉거주춤하게 고모의 품에 안겼다.

"조카며느리야, 고맙다. 조카가 듬직하니 참 좋다."

노모가 해야 했을 칭찬을 고모가 대신했다.

"고모님. 듬직한 게 아니라 뚱뚱한 거예요."

살코기가 몇 근이나 될까 어림하는 도살업자처럼 초윤이 기남의 등짝을 손바닥으로 문질렀다.

"남자는 퉁퉁해야 있어 보이는 게야."

고모가 기남의 목덜미에 감은 팔을 당겨 몸을 밀착시켰다.

"그러고 계시니까 고모님과 조카가 아니라 어머님과 아들 같아 보여요?"

고모의 품에서 엉거주춤하게 난처해진 기남에게 초윤이 키득키득 웃었다.

"정말 그렇게 보이니?"

고모가 반색하며 팔을 풀더니 눈시울에 젖은 물기를 주먹으로 훔쳤다. 초윤이 돌발 상황에 잠깐 아연했다. 기남은 초윤의 시선을 피할 뿐 의아해하지 않았다. 노모와 기남이 모자지만 닮은 모습을 찾기 어려웠다. 시누이 선남은 노모를 복사해 놓은 것처럼 닮았다. 이 세상에 없는 시부를 보지 못했으므로 기남이 아버지를 닮고 태어난 것이라 짐작했다. 시부 사진이 한 장도 남아있지 않았다. 기남의 외모에서 시부의 생전 모습을 역으로 추정하기도 했다.

"듬직한 우리 조카."

고모가 기남을 또 포옹했다. 내막을 모르는 사람은 고모와 기남이 모자라고 말할 수도 있겠다는 생각이 들었다. 둘을 요모조모 뜯어보니 정말 어머니와 아들처럼 닮은꼴이 확연했다.

"머리칼이 덤불로 거칠게 늙어서 성한 이빨 다 망가져도 영감이 좋긴 좋은가 보더라?"

초윤이 묻지 않았어도 고모는 집에 들어서면서 노모가 경로당으로 영감을 만나러 간 사실부터 말할 참이었다. 노모와 동행하지 못하였다는 뜻의 전달도 있었지만, 영감과의 연애에 빠진 노모를 시샘하는 투도 엿보였다.

고모는 거실과 안방의 이곳저곳을 살폈다. 자신이 해야 할 말의 정도를 가늠하는 것처럼 보였다. 텔레비전 사이즈와 벽에 걸린 그림과 식탁의 재질과 장식장의 찻잔, 베란다를 통해 본 밖의 풍경으로 삶의 수준을 측정하고, 그것에 적당한 대화의 방식을 정리하는 것처럼 보였다.

기남이 고모를 보았으니 늦추고 있던 외출을 해야겠다고 일어섰다. 고모가 엘리베이터를 함께 타고 일 층까지 내려가서 기남을 배웅했다.

초윤은 중국풍의 찻잔에 보이차를 내놓았다. 추운 나라 캐나다에서 왔기 때문에 맛이 강한 종류보다는 독특하고 부드러운 향의 차를 내놓았다. 마주 앉으면서 시선이 부딪혔다. 짧은 순간이지만 시선에 묻어나는 감정은 서로 달랐다. 초윤은 노모에 대한 고모의 편력을 오래도록 들어야겠다는 의도를 나타냈다. 고모는 초윤의 은밀한 의도에 부응하듯 노모의 묵혀있던 얘기를 거실바닥에 질펀하게 쏟아놓을 눈치였다. 아마도 노모의 삶에 이끼처럼 슬어있던 것들, 그다지 바람직하지 못한 것들만 선별하여 털어놓을 것이라는 직감이 묻어났다. 그러자 처음 들어설 때 와락 느꼈던 고모에 대한 낯섦이 누그러졌다. 노모가 영감과 망측하게도 느지막한 연애를 하고 있다는 것이 고모를 자극했다고 초윤은 믿었다. 그러고 보면 일면 부지였던 초윤과 고모는 노모의 황혼 연애 행각에 등을 돌린 동료가 되었다.

"캐나다라면 여기보다 개방적인데 고모님은 혼자 되시고 남자가 없었나요?"

초윤은 '혼자 되시고'라는 말을 던져 놓고 당황했다. 사실 고모에 대해 아는 것이 없었다. 느닷없이 나타난 고모를 노모의 분신으로 보았다. 나이도 같았고 체구도 비슷했다. 똥글똥글한 눈동자에서 나오는 좀 질겨 보이는 시선도 닮았다. 캐나다에서 왔기 때문에 고모는 옷맵시나 피부와 표정이 도시에서 생활한 사람처럼 보였다. 고모부가 살아있는지 자식은 몇이나 있으며 캐나다에서 누구와 살고 있는지 전혀 알지도 못하면서 '혼자 되시고'라는 단어를 사용했다.

"깜장 고무신같이 새까맣고 피부가 그을려서 인물이며, 학식이며, 교양이며 어느 것 하나 마땅히 없는 네 시어머니도 남정네가 있는데 내게는 없을 줄 알았냐?"

고모는 화통했다. 급하고 직설적인 성격은 노모와 같았다. 그러나 그 방향이 달랐다. 노모는 자신의 의중을 곧 상대방 과녁에 명중시켜서 뽑히지 않을 만큼 깊숙이 박아야 하는 직성을 품었다. 초윤이 거부하거나 반박하거나 건성으로 흘려듣는 태도를 보이면 토라져서 수삼 일 내로 보복을 가해왔다. 노모의 집에 오라는 선언을 한다든가 예고 없는 방문의 수단으로 보복의 일차적인 서막을 열었다. 면전에 앉혀놓고 이미 지나간 일들을 조목조목 들추어 나무라고, 토라지고, 짜증을 내고, 일찍 서방을 잃은 탓이라며 자학을 하며 며느리를 곤란한 구석에 몰아넣었다. 아들인 기남에게는 그러지 않았다. 노모의 의도였다.

고모는 캐나다에서 살아 선지 원래 성격이 그래선지 조급한 것은 사실이었다. 조급함에 있어서 명분이나 사리가 분명한 것인지는 간파하지 못했다.

"고모님이 어엿하게 계시는데 아범도 그렇고, 저도 모르고 있었네요? 알고 있었더라면 연락도 드리고 찾아뵈었을 수도 있었을 텐데."

고모의 존재를 모르고 있음에 송구하다는 마음을 우회적으로 표현했지만, 고모의 존재를 모르고 있어야 하는 원인이 무엇인가를 묻는 말이었다. 고모의 존재를 알고 있으면서 숨긴 사람은 노모임이 분명했다. 기남도 알고 있으면서 감추었을 여지가 조금은 있었다. 그런데 기남이 캐나다에서 고모가 온다는 말을 듣고서 고개를 갸웃거렸다. 기남이 고모의 존재를 모르고 있다는 쪽에 비중을 두었다.

"내가 조카 내외 면전에 나타나면 똥 벼락을 뒤집어쓸까 무서워 그런 것이지."

초윤의 궁금증을 해소할 수 있는, 노모의 편력에 대한 서광이 비치는 대답이었다. 던진 미끼를 덥석 물었을 때 재빨리 잡아채 끌어올려야 했다.

"설마 어머님께서 그런 생각을 하셨을까요?"

그렇다고 감춘 의도를 뻔뻔하게 노출할 수는 없었다. 노모를 두둔하면서 고모의 속을 살짝 긁었다. 고모가 눈자위를 드러내고 멀뚱멀뚱 바라보았다. 미끼를 물었으되 여차하면 뱉어버릴지도 모른다는 조바심이 생겼다.

"똥 벼락을 뒤집어쓸 분이 아니지요? 그렇죠?"

초윤이 미끼를 다시 던졌다.

"네 시어머니의 과거를 알아서 좋을 것이 무엇이 있겠느냐?"

고모는 노모처럼 다짜고짜 성격이 급한 사람이 아니었다. 초윤은 시어머니의 과거라는 말을 도출시킨 것에 일단 만족했다.

"고모님이 이렇게 어엿하게 계신데 저나 아범이나 모르고 살았으니, 송구스러워 그런 거지요."

고모가 대답을 미루었다.

"조카랑 결혼한 지 몇 해나 되었지?"

"대학교 입학해서 기숙사에 가 있는 딸이 스무 살이니 스무 해나 지났네요? 혹시 고모님 우리 결혼도 모르고 계셨던 거 아니겠지요?"

고모는 결혼식에 오지 않았다. 자영이 스무 살이 되도록 고모의 존재를 알지 못했다.

"정말로 네 시어미란 양반이 나에 대해 한마디도 없었냐?"

고모가 노모에 대한 불쾌감을 품었다. 결혼식에 오지 못한 책임의 소재를 분명하게 하기 위해서라도 고모는 노모에 관한 얘기를 끌러놔야 하는 상황이 되었다.

"정정하시고 세련되시고 멋진 고모님이 살아계셨는데, 이십 년이나 넘게 모르고 있었다니 송구하고 서운해요."

고모와 노모는 시소를 타고 있는 상황이 되었다. 고모를 부추기면 노모는 내려앉아야 했다.

"괘씸한 노인네, 멀쩡하게 살아있는 사람을 죽은 송장으로 만들어?"

고모의 얼굴에 노기가 퍼졌다.

"그러실 만한 사연이 있었겠지요?"

노모를 두둔하여 고모의 자존심을 건드렸다.

"염치없고 파렴치하기는 해도 사연은 사연이지."

고모가 어금니를 깨물었다. 이 시점에서 입을 닫을 것인지, 왕창 쏟아낼 것인지 갈림에서의 순간적인 고뇌였다.

"애 아빠나 저도 나잇살이 중년을 넘었는데 가족 사이에 있었던 일을 알고 있어야 혹여 나중에 무슨 일이 생기면 대처를 할 수 있잖아요?"

초윤은 고모의 혀와 입술에 바를 윤활유가 필요했다. 냉장고에서 막걸리를 가져왔다. 속이 허연 사기대접을 일부러 찻장 안쪽에서 꺼내와 콸콸 소리 나게 채웠다.

"막걸리를 내가 좋아한다는 것을 알고 있을 텐데, 간장 종지 한잔도 주지 않더라?"

고모가 엄지손가락을 막걸리에 찔러서 잔을 들었다. 초윤은 김치와 풋고추와 쌈장을 안주로 내놓았다. 젊었을 때 한국에서의 막걸리 기억을 일깨우려는 의도였다. 작은 가슴으로 할딱거려서 겨우 대접의 반을 비웠다. 술을 넘기는 목울대도 노쇠한 늙은이였다. 노모는 대접에 양주를 가득 따라주면 한 번에 모두 마시고 주름이 짜르르한 얼굴을 후루루 털었다. 식도에 가시 갈퀴가 넘어간 듯 거위 목을 쭈욱 빼기도 했다. 고모가 깔끔하고 젊은 티가 났지만, 노모는 쇠줄처럼 질겼다. 막걸리 몇 모금에 참꽃을 짓이겨 즙을 덧바른 것처럼 고모의 눈자위가 붉어졌다.

"영감을 시부로 받아들일 작정은 되었느냐?"

고모가 말의 방향을 틀었다.

"며느리도 자식인데 부모님이 하시는 일을 거역할 수 있겠어요?"

초윤은 고분함과 차분함과 다정한 미소를 잃지 않았다. 고모가 표정을 약간 찡그렸다.

"조카도 조카댁과 한마음이냐?"

초윤은 바로 대답하지 않았다.

"내가 당연한 것을 물었구나. 영감을 조카댁이 시부로 받아들인다면 조카야 넙죽 절이라도 하며 고마워해야지."

고모의 볼이 발그레했다. 가슴에서 치받은 숨이 목젖에서 턱 소리를 내기도 했다. 고모가 대접에 남은 막걸리를 마저 마셨다. 초윤이 막걸리를 또 가득 채웠다. 고모가 또 엄지손가락을 찔러 막걸리를 세 모금 마셨다. 풋고추를 쌈장에 찔러 으드득 깨물었다. 눈가에서 시작된 참꽃빛깔이 볼에서 언덕처럼 뭉쳤다. 목덜미도 붉어졌다. 초윤은 일부러 시선을 베란다 밖으로 돌렸다. 고모가 내쉬는 숨에서 벌써 삭는 술 냄새가 났다. 고모는 술을 좋아는 하지만 많이 마시지 못했다. 드러누우면 딱 좋은 얼굴을 하고서 꼿꼿한 자세를 유지했다. 고모의 속에서 무엇인가 마구 엉키고 있음을 초윤은 넉넉히 감지했다.

배추가 시장에서 모두 팔린 가을날, 아버지가 간신히 붙들고 있던 이승의 끈을 놓았다. 기남은 엄마와 태화반점에 머무를 명목이 없었다. 엄마가 역 광장의 방이 딸린 상가에서 식당을 시작했다. 기남은 늦은 시간까지 광장에서 노는 시간이 많았다.

봄 소풍을 갔다 온 날, 문틈으로 밀려들어 오는 담배 연기와 여울 물살 소리와도 같은 술주정 소리를 아득히 밀어내며 잠에 **빠졌다**. 얼마나 잤을까? 목이 말랐다. 기남이 깨어보니 엄마가 방에 없었다. 기차 쇠바퀴 소리가 들려왔다가 멀어졌다. 기남이 부엌으로 나갔다.

"기차에 올라타면 만사가 다 형통이구만? 쇳덩어리 기차 바퀴가 고장 날 일도 없고."

기남이 바가지에 물을 떠서 문을 비긋이 열었다. 무연탄 하차장에서 시커먼 탄을 퍼 내리던 대한통운 잡부 김씨가 막걸릿잔을 들고 엄마와 마주 앉았다.

"밤이 깊었어요. 그만 들어가세요. 아주머니가 잠도 못 주무시고 기다리실 텐데."

엄마가 말끝에 한숨을 얹었다.

"고집부리지 마. 어금니 꽉 깨물고 팔자를 고치자고. 죽은 사람은 죽은 사람이고, 젊은 자네는 살아갈 생각을 해야지?"

엄마가 삐져나오는 하품을 주먹으로 막았다. 엄마를 망에 담아갈 듯 바라보던 김씨가 옆으로 옮겨 앉았다.

"어서 들어가세요. 문 닫을 시간 지났어요."

김씨가 일어서는 엄마 손을 쥐었다. 엄마가 손을 빼내려 비틀었다. 김씨가 더욱 세게 쥐었다. 엄마가 손을 잡힌 채 엉거주춤 섰다.

"둘이 기차를 타자고. 서울도 좋고, 부산도 좋아. 자네가 좋다는 데로 갈 테니까."

김씨가 엄마를 와락 껴안았다. 의자가 콘크리트 바닥에서 삐그덕 밀렸다. 기남이 눈을 감았다. 조용해져 눈을 떴을 때 엄마가 김씨의 팔을 뿌리치고 뒤로 물러났다.

"너무하시네요. 혼자 산다고 그러시면 혼자 된 사람은 어떻게 살라고. 정말 너무하셔요."

엄마가 문을 와락 열었다. 김씨가 나가고 기남이 방에 들어와 잠자리에 누웠다.

엄마가 들어오지 않았다. 기남은 말짱해지는 정신을 공작새 꽁지처럼 벌렸다. 엄마가 들어오지 않는 궁금증이 식당으로 뻗었다. 한참 후 엄마가 들어왔다. 가는 한숨을 쏟아내며 기남 곁에 누웠다. 금방 마신 술냄새가 났다.

광장에서 놀다 들어올 때면 식당의 엄마를 엿보는 버릇이 생겼다. 기차가 싫어졌다. 섬뜩하게 가슴을 후비며 가까워졌다가 칼을 쑥 뽑아가듯 멀어지는 소리에 귀를 막는 버릇이 생겼다. 쇠바퀴 끼익음과 술주정과 웃음을 곧잘 흘리는 엄마에게 기가 질렸다.

아침에 일어나 조바심으로 바라본 엄마는 어제처럼 음식을 만들고 술을 날라주고 설거지를 하는 행동을 반복했다. 날마다 바라보았지만 약간의 변화 조짐도 보이지 않았다. 기적이 빼액 울면 기남은 하던 일을 멈추고 엄마에게 뛰어갔다. 오래된 예배당 건물 창유리가 떠올랐다. 거미줄과 먼지가 뒤덮인 유리가 예고 없이 와지끈 깨지는 예감을 키웠다. 예감은 기남을 조바심의 구덩이로 날마다 함몰시켰다.

오월, 교실에서 낡은 예배당 건물을 떠올리고 오월의 호사한 풍경에 넋을 놓았다. 폭포 같은 빛의 내려앉음과 교정을 새빨갛게 달구는 박태기 꽃에 넋을 놓던 중 문득 외딴집이 그리웠다. 아련하게 찬기를 머금고 흘러오는 계곡물. 산바람에 여린 꽃잎을 파르르 떨고 있을 참꽃이 떠올랐다.

말쑥한 양복의 남자가 국밥을 먹고 있었다. 처음 보는 남자였다. 가방을 방에 두고 광장에 나갔다가 돌아온 사이에 남자는 식당에 없었다. 무연탄을 퍼 내리던 대한통운 잡부들이 여럿 몰려왔다 나간 후 국밥을 먹던 남자가 들어왔다.

남자가 근처 지리를 물었다. 사나흘쯤 머리를 식히며 가볼 만한 경치 괜찮은 곳이 어디 있냐고 물었다. 남자가 양주를 좀 내오라고 했다. 엄마가 길 건너 슈퍼에서 양주를 사왔다. 엄마가 안주로 김치와 두부볶음을 내놓았다. 남자가 지갑에서 지폐 열 장을 뽑아 쇠고기를 사오라고 엄마에게 주었다. 쇠고기가 팬에 구워지고 엄마와 남자가 마주앉았다.

기남이 방으로 들어갔다. 엄마가 남자에게 양주를 따라주고 고기를 구웠다. 기남이 숙제를 마친 열 시에 엄마가 방으로 왔다. 술을 마시지 않던 엄마가 양주에 벌겋게 취했다.

"오늘은 재수가 좋다. 삼천 원에 사온 양주를 삼만 원에 팔았다. 맥주만 같이 마셔주면 또 삼만 원을 준단다. 술잔만 붙들고 있다가 삼만 원 받아서 들어올 테니 먼저 자거라."

식당 간판 등이 꺼졌다. 기차가 왔다가 멀어지는 쇳소리가 들렸다. 기남은 자리에 눕지 않았다. 방 가운데 서서 열두 시를 넘겼다. 벽에 등을 기대고 앉아 날이 밝는 것을 목격했다. 엄마가 돌아오지 않았다. 기남이 옷장을 뒤져 돈을 찾았다. 통장과 도장과 현금이 보관된 옷장에서 현금을 들고 대합실로 갔다. 여섯 시, 상행선 기차를 탔다. 피곤이 밀물처럼 몰려왔다. 읍을 벗어나면서 잠들었다. 어느 역인가 정차했을 때 잠에서 깼다. 오줌을 누면서 차창으로 부서지는 햇살에 눈을 찡그렸다. 기차가 서울에 가까워지면서 우리에 갇혔다는 생각이 들었다. 고무줄에 묶여 허공으로 퉁겨질 공깃돌처럼 잠시 후를 예측하기 싫었다. 산을 꿰뚫고 들을 가로질러 달려가는 기차가 곧 기남을 허공으로 퉁겨낼 것이라는 무서움. 기남은 식당에서의 탈출이 아니라 외려 갇히고 있다는 자책에 눈앞이 캄캄했다. 혼자면 자유롭고 편할 것이라는 생각의 괴가 부서졌다.

서울역 광장은 식당이 있는 곳과 비할 수 없이 컸다. 바삐 오가는 사람의 틈에서 기남은 광장에 갇혔음을 깨달았다. 갈 곳이 없었다. 서울역 광장에서 벗어나 인도를 밟는 순간, 식당의 광장과는 영영 멀어질 것이라고 겁이 덜컥 났다. 서울역에 내려 오 분도 못되어 후회하기 시작했다. 주머니의 지폐뭉치를 만지작거리면서 발차 시각표와 표 매입구와 개찰구를 오고 갔다. 서울은 낮보다 밤이 요란했다. 하루 종일 대합실과 광장에서 나가지 못했다. 아침과 점심, 저녁도 먹지 않았다. 배가 고프지 않았다. 주머니에서 지폐를 꺼내면 엄마를 다시 볼 수 없을 것이라는 생각 때문에 아무것도 사지 못했다.

하행선 마지막 열차가 떠났다. 회한의 샘물이 펑펑 솟아났다. 샘물이 온몸을 적셨고 자책에 빠졌다. 엄마의 부정을 단정한 경솔함, 엄마의 행방을 알아보지 않고 지레 가출했음을 자책했다.

새벽 네 시, 조용했던 대합실이 술렁였다. 창구에서 차표 발매가 시작되었다. 기남은 화장실에서 얼굴을 말끔히 씻었다. 줄을 서지 않고도 첫 차표를 샀다. 대합실에서 한숨도 자지 않았다. 기차가 하행선으로 달리면서 정신이 또렷해졌다.

기차에서 내렸을 때 역이 안개에 묻혀 있었다. 개찰구에서 나와 광장으로 걸어갔다. 광장 건물의 윤곽이 희미하게 보였다. 엄마의 식당에 등이 켜져 있었다. 식당 문이 활짝 열려 있었다. 기남은 울컥 쏟아지려는 울음을 참으며 식당으로 천천히 걸어갔다. 백열등이 켜진 식당에 엄마가 앉아 있었다. 기남이 걸음을 멈추었다. 식당과 엄마는 한 폭의 정물화였다. 오래전부터 퇴색이 진행된 그림이었다. 식탁 의자에 돌조각처럼 굳어 앉은 엄마로 백열등의 희미한 빛 알갱이가 내려앉고 있었다.

기남을 발견한 엄마가 식탁에 엎드려 울었다. 어깨를 흔들며 울다가 상체를 일으켜 기남을 확인하고서 얼굴을 손으로 싸매고 애들처럼 엉엉 울었다. 기남이 식당으로 들어갔다. 우는 엄마 곁에 섰다가 방으로 들어갔다. 기남이 나간 후 누웠던 흔적이 보이지 않았다.

고모가 캐나다에서의 겪은 일들을 말했다. 두 시간이나 초윤과 마주 앉아서 어려웠던 일과 그리웠던 것들과 화가 났던 일들을 말했다. 그리고 급기야 캐나다로 가기 전에 노모와의 불편했던 과거를 털어놓았다. 몸에 들어찬 붉은 술기운도 야금야금 토했다. 고모의 붉어졌던 얼굴이 점차 엷어졌다.

고모가 비빔국수를 먹고 나갔다. 뒷모습에서 고모의 어깨가 가벼워 보였는데, 짓눌렀던 것을 토해냈기 때문에 가벼워졌을 것이라는 느낌을 주었다. 고모는 사십 년 가까이 묵혀왔던 응어리를 토해낸 곳에 무엇이라도 다시 채울 수 있는 여생이 있는 것일까?

고모가 나가고 한 시간 후 노모가 왔다. 고모가 앉았던 자리에 앉아서 이곳저곳을 살폈다. 고모의 흔적을 찾고 있음이었다. 노모가 낯설어졌다. 산 너머 풍습이 다르고, 기온이 낮은 곳에 갔다 온 것처럼 다르게 보였다. 고모가 왔다 갔을 뿐인데 노모에 대한 예전의 생각이 엉망으로 뒤틀렸다.

노모와 고모는 사흘 동안 같은 집 같은 방에서 마주 앉아 밥을 먹으면서 서로에게 잔잔한 웃음을 나누면서 오늘의 엇갈림을 적어도 노모가 작정하였고, 고모는 예감하고 있었을 터였다. 고모는 한국에서 마땅히 갈 곳이 없었다. 때문에 벗어놓을 수 없는 내복처럼 노모 곁에 붙어다녀야 했다.

노모는 날마다 경로당에 가야 했다. 영감의 오동통한 손을 맞잡고서 경로당 노인들의 부러운 시선을 받아야 했다. 캐나다에서 온 고모가 걸림돌이었다. 겨울이 긴 캐나다에서 살아온 고모의 피부가 하얗고 윤기가 있어 보였다. 입고 있는 옷으로도 노모는 고모의 세련된 외모를 부러워하지 않을 수 없었다. 조곤조곤 말하는 표정이나 입술 모양도 고모가 더 멋졌다. 말의 내용과 맞물려 돌아가는 톱니처럼 자근자근한 웃음도 부러울 정도로 자연스러웠다. 고모를 영감에게 보이고 싶지 않았다. 고모와 노모와 영감이 한 자리에 있는 상황을 용납할 수 없었다. 그렇다고 영감을 만나기 위해 고모를 사다 놓은 상품 박스처럼 집에 혼자 남겨 둘 수 없었다.

노모와 만나기로 약속이나 한 듯 선남이 왔다.

"고모가 있었다니…. 언니도 여태 모르고 살았어요?"

선남도 고모의 존재를 알지 못했다. 초윤은 대답 대신에 노모의 표정을 재빠르게 훔쳤다. 고모는 기남과 선남에게 오촌 혈육이었다. 결코 짧지 않은 시간이 흘렀음에도 선남은 물론이거니와 기남도 오촌 혈육이 생존함을 알지 못했다. 노모의 입에서 비롯되었어야 할 고모의 존재가 긴 세월 동안 묻혔다. 캐나다에서 고모가 오고서야 천년 고분의 뚜껑이 열린 것처럼 세월의 더께가 덕지덕지 한 노모와 고모와의 얽힌 사연을 초윤은 들었다.

선남은 고모가 알고 있는 노모의 과거 일을 모르고 호들갑을 떨었다. 초윤은 고모가 들려준 사연에 가위눌려 숨조차 고르지 못하는 상황에서 선남의 호들갑을 바라보았고, 노모의 표정을 묵묵하게 지켜보았다. 노모가 어떻게 동요하는지 돋보기를 들이대듯 지켜보았다. 머지않아 드러나는 과거의 사연에 노모가 어떻게 대응하는지를 기록할 파노라마를 차분하고 침착하게 준비했다.

"비행기를 타야 가는 캐나다가 오죽 먼 거리냐? 차라리 모르고 살아야 속 편한 것이 세상에 얼마나 많으냐?"

노모가 나름의 논리로 대답을 회피했다. 노모가 즉흥적으로 짜낸 논리가 거짓임을 선남은 알아챌 수 없었다.

"비행기 타고 지중해랑 북유럽이랑 하와이까지 신혼여행을 가는 시대인데, 캐나다에 살던 아프리카에 살던 고모가 있었으면 말씀을 하셨어야 옳았어요."

선남이 노모에게 항변했다.

"고모는 여행을 간 게 아니다. 눌러살라고 바다를 건너간 사람이다. 캐나다란 땅이 좀 넓으냐? 어디서 어떻게 살고 있는지 알 수 없었다."

선남의 입장에서 노모의 대답은 충분했다. 맞는 말이었다. 노모의 시선이 잠깐 허둥거렸다.

"어디로 간다고 하더냐?"

노모가 고모의 행선지를 물었다.

"어머님을 만난다고 경로당에 가셨는데 가서 모셔올까요?"

초윤이 빙긋 웃었다. 노모가 와 있으니 영감이 경로당에 있다면 고모와 대면할 것이라는 예측이 초윤을 달뜨게 했다. 쥐의 눈에서나 나올 새까만 광채가 노모의 시선에서 반들거렸다.

"전화하세요."

선남이 전화로 부르자고 했다.

"아니다. 내가 갔다 오마."

노모가 부산하게 밖으로 나갔다. 선남은 노모의 부산함에 눈자위를 굴렸다.

노모가 나가고 삼십 분 후에 전화가 왔다. 고모와 경로당에 함께 있으며, 아범이 퇴근하면 선남의 가족도 모두 모여 식당에서 저녁 먹자는 말을 남기고 통화를 끊었다.

선남이 고모에 대해서 더 묻지 않았다. 선남이 돌아갔다. 소파에 앉았다가, 베란다로 나갔다가, 텔레비전을 보다가 진공청소기를 돌리고,

점심에 비빔국수를 만들었던 설거지를 하고, 기남에게 저녁 모임을 통보했던 휴대폰을 만지작거렸다.

　엄마는 광장 식당의 짐을 정리했다. 식당도 값싸게 팔았다. 기남이 학교에서 돌아왔을 때, 짐이라야 리어커 한 대 분량인 것이 건물에서 밀려나 있었다.

"외딴집으로 가자."

기남이 엄마를 빤히 올려다봤다. 엄마의 얼굴이 호수처럼 평온했다.

"기차 소리 너무 지겹다. 외딴집으로 가자"

기남이 고개를 끄덕였다. 엄마와 기남이 살림 보퉁이를 나누어 들었다. 늦은 봄 해가 기우는 고개를 넘으면서 기남은, 팽팽하던 유리를 깬 사람이 누구일까 잠깐 떠올렸다. 이튿날부터 기남과 엄마가 고개를 넘나들기 시작했다. 방금 뽑아낸 달걀 같은 햇덩이를 가슴에 안고 나란히 고개를 넘어갔다. 기남은 중학교로, 엄마는 새 일터인 시장 잡화점으로 헤어졌다가 저무는 해를 등에 업고 고개를 넘어왔다.

　산 그림자에 가린 외딴집은 늘 고요했다. 괴괴하던 옛 음산함이 사라지고 아늑하고 포근한 밤이 왔다. 기남은 유리가 깨지던 그날 밤 엄마의 행적을 묻지 않았고, 엄마도 그날 밤에 대해 한마디도 하지 않았다. 엄마는 기남을, 기남은 엄마를 그윽하게 바라보는 습관이 생겼다.

　학교가 끝난 기남이 잡화점 엄마에게 갔다. 외딴집으로 가야 할 고개로 노을이 걸쳤다. 기남을 기다리곤 하던 엄마가 오늘은 누군가를 기다렸다. 잡화점 주인도 누군가가 와야 할 골목을 바라보았다. 지체하면

해가 져서 캄캄한 밤에 고개를 넘어야 했다.

머리가 하얗고 허리가 굽은 낯선 할머니가 열 살쯤의 여자애 손을 잡고 걸어왔다. 잡화점 주인이 뛰어가서 할멈과 몇 마디 주고받았다. 여자애의 손을 잡화점 주인이 쥐었다. 할멈이 엄마와 기남을 흘끔거리다 등을 돌려 골목에서 바삐 걸어나갔다.

잡화점 주인에게 손을 잡혀 온 여자애가 엄마 앞에 섰다.

"엄마라고 불러라."

학교 옆 중국집 식당 여주인이 기남에게 말했던 것처럼 잡화점 주인이 여자애에게 말했다. 여자애는 골목 끝으로 사라지는 할머니를 보고 눈물을 찔끔 흘렸다. 엄마가 쪼그려 앉아 여자애를 품에 안았다.

"이름이 뭐니?"

엄마가 손을 잡고 물었다. 여자애가 울음을 참느라 입술을 오므렸다.

"지금부터 네 이름은 선남이다. 이선남."

엄마가 여자애를 또 안았다. 여자애가 엄마에 안겨서 울컥울컥 울었다.

"오빠라고 불러라. 기남이 오빠."

울음이 잦아들기를 기다렸다가 엄마가 여자애의 손목을 잡고 골목에서 나왔다. 노을이 걷혀 캄캄해진 고개를 넘어 외딴집으로 왔다. 선남이 밤늦도록 울었다. 엄마도 선남을 안고 같이 울었다. 기남은 잠들지 못하고 눈물로 이불을 적셨다. 이튿날, 엄마와 기남과 선남이 고개를 넘어 읍내로 갔다. 기남은 중학교로 갔고, 선남은 엄마와 초등학교로 갔다. 아침과 저녁에 고개를 넘는 사람은 셋이 되었다. 기남에게 여동생이 생겼다. 아버지 자리에 선남이 들어와 외딴집 식구가 셋이 되었다. 선남의 손을 잡고 왔던 할멈은 누구인지, 선남이 어떻게 해서 식구가 되었는지 기남이 엄마에게 묻지 않았다. 태화반점에서 엄마를 만났고, 잡화점에서 선남을 만났다는 사실만으로도 기남은 기뻤다.

 식당은 경로당에서 멀지 않았다.
 당연히 기남이 식당을 예약했어야 했다. 노모에게서 식당이 예약되었다는 통보가 왔다. 초윤은 식당의 위치를 기남과 선남에게 통보해 주는 역할만 했다. 한정식으로 예약되어 있었고 우려대로 영감과 함께하는 자리였다. 선남 내외가 도착했고 기남도 왔다.
 노모의 영감도 올 것이라고 선남에게 귀띔을 주었다. 선남이 미간을 찌푸렸다. 기남은 영감도 온다는 초윤의 귀띔에 무표정하게 고개를 끄덕였다.
 노모와 고모와 영감이 왔다. 참석자는 일곱이었다. 노모와 영감이 경로당에서 늘 그랬듯이 부부처럼 나란히 앉았다. 영감의 오른쪽에는 노모가, 왼쪽에는 고모가 앉았다. 기남과 초윤이 고모의 맞은편에 선남 내외가 영감과 노모의 맞은편에 앉았다. 영감의 눈치를 살핀 노모가 불편하다는 심기를 끄응 드러냈다. 아버지와 아들의 관계를 용납하지 않겠다는 의도로 비껴 앉았다고 불쾌한 감정이 생긴 거였다.
 "아이고. 제게도 장인 어르신이 생기는 것입니까?"
 후덕한 살집만큼 성격도 둥글둥글한 선남 남편이 너스레를 떨며 영감에게 술잔을 넙죽 내밀었다. 영감의 잔에 술이 부어지는 동안 노모가 흐뭇하게 웃었다.

"세상이 참 요상해졌어. 피 한 방울 나누지 않은 부모 자식이 도처에 생겨나고 있으니."

고모의 시선이 초윤에게 닿았다.

"세상이 요상한 것이 아니라 풍요롭고 기름지게 노년의 세월이 길어져서 그래요. 고…모…님?"

선남 남편이 고모님이라고 불렀다. 침묵이 흘렀고, 머쓱해진 선남 남편이 기남을 바라보았다. 기남은 무표정하게 젓가락으로 음식을 먹었다. 초윤도 고개 숙여 시선의 각도를 낮추었다. 기남이 무표정을 지속하기에 노모의 눈총이 따가웠다. 영감에게 술을 건넸고, 영감도 기남에게 술을 주었다.

영감은 말이 없었다. 이러쿵저러쿵 말을 술술 풀어놓을 수 있는 자리도 아니었다. 고모와 노모에게 얼굴을 돌려가며 허허 웃었다. 구정물을 부어도, 냉수를 부어도, 끓는 물을 부어도 동요하지 않고 허허 미소만 띠고 있을 부처의 흉내로 일관했다.

노모는 영감에게 관심을 주지 않는 아들과 며느리가 목젖에 걸려 표정이 어두웠다. 선남은 기남의 정감 없는 태도가 마뜩하지 않았다. 초윤도 무뚝뚝한 표정으로 일관했다. 처음 만난 고모가 있어 시통스럽게 나서지도 못했다. 선남이 너스레 떠는 남편의 옆구리를 팔꿈치로 찔렀다. 침묵이 깔리고 어색해졌다. 고모를 위한 식사자리를 영감의 자리로 욕심을 낸 노모가 자초한 분위기였다.

고모는 조곤조곤하고 살가운 미소를 섞어 기남의 회사와 선남의 가족에 대해 이것저것 물었다. 선남은 아들의 영어공부에 관해 얘기했고, 고모가 캐나다로 어학연수를 온 어린 학생들의 실패담을 얘기했다. 그러면서 자리가 고모 중심으로 바뀌었다. 선남의 남편이 가장 겸연쩍은 꼴이 되었다. 영감이든 기남이든 술잔을 건네야 넙죽넙죽 받아 마시면서 너스레를 이어갈 수 있지만, 그럴 만한 분위기가 되지 못했다.

영감의 잔에 술이 비면 노모가 따라주었고 영감은 잔을 비웠다. 잔을 비우지 않고 뜸을 들이면 노모가 잔을 영감의 손에 쥐여주었다. 주사기에 든 화학물질을 억지로 삼켜야 하는 실험쥐처럼 영감은 술을 마셨다. 희고 통통한 살이 붉은색으로 변했다. 목덜미와 팔뚝도 손바닥도 얼룩덜룩 반점이 생겼다. 술을 잘 마시지 못하는 체질임이 분명했다.

대화의 향방이 모호해졌다. 기남과 선남에게 처음으로 나타난 고모가 분위기와 대화의 중심에 있어야 했다. 고모는 처음부터 분위기의 중심에 앉기를 자처하지 않았다. 누군가 그 자리에 고모를 밀어 넣어야 했다. 누구도 밀어 넣기를 자처하지 않았다. 예고 없이 나타난 영감의 탓도 있었지만, 의도적으로 영감을 추켜보려는 노모의 어설픈 의도도 고모가 중심에서 일부러 물러나 앉는 이유가 되었다.

선남이 캐나다에서의 삶에 대해 몇 마디 물었다. 고모를 중심에 앉히려는 의도였다. 고모는 간단하고 짤막한 대답으로 선남의 의도를 거부했다. 시선이 영감을 외면하고 고모에게 모이자, 노모의 눈빛이 성난 독사같이 곤두섰다.

고모를 위한 분위기는 시작되지도 않았고 진척도 되지 않았다. 강물에 돌멩이 퐁퐁 가라앉듯 연결되지 않는 말이 어색하고 불규칙하게 이어졌다. 말이 끝나면 어색한 침묵에 가위눌렸다. 분위기가 무르익을 징조도 없었고, 그렇다고 더 이어갈 얘기도 없었다. 누군가 자리를 매듭짓는 말을 해야 했다.

여덟 시가 되었다. 분위기를 훼손한 영감이 결자해지를 결행하는 표정으로 일어났다. 요즘 젊은 것들처럼 호프도 마시고 노래방도 가자고 노모가 영감의 손을 잡았다. 아무도 노모의 말에 동조한다는 뜻을 비치지 않았다. 노모에게 살짝 웃었던 영감의 표정이 딱딱하게 굳어졌다. 노모는 영감을 더 잡지 못했다. 기남이 영감보다 빠른 걸음으로 걸어가 식비를 계산했다.

영감이 갔다. 식비를 지불한 기남이 계산대에서 어정거렸다.

"애비 좀 들어오라 해라."

노모가 기남을 불러들였다.

"음식 다 먹고 계산까지 마쳤는데 또 들어와서 뭐 하게?"

가슴 먹먹한 노모의 말을 선남이 얼렁뚱땅 받아냈다. 어머니와 딸이기 때문에 먹먹한 상황에서 얼렁뚱땅 버무린 대답이 가능했다. 자근자근하고 살가운 며느리보다 무뚝뚝하고 고집스럽고 시퉁스럽기 짝없는 딸이 부모에게는 여간 달착지근할 수밖에 없었다. 며느리가 뒤끝이 야물면 시부모에게는 매몰찬 것이고, 시집간 딸의 오지랖이 아무리 넓다 해도 친정 부모는 다 품어 안을 수 있는 것이다.

선남을 보내고 노모와 초윤이 갈림길까지 묵묵히 걸었다. 노모의 걸음이 빨라졌다. 노모의 가슴에 무엇이 냉랭하게 뭉치고 있음이었다. 초윤은 걸음을 빨리하여 노모와 어깨를 나란히 하려다 그만두었다. 노모의 가슴에 뭉쳐진 것을 풀어보려 무슨 말이라도 건네려는 의도를 거두었다. 본인 스스로 만든 응어리는 본인의 것이고, 본인이 스스로 풀어야 했다.

조팝꽃 잔인한 향기

뜻하지 않게 떠오른 기억이 그리움으로 돌변하는 때가 있다. 몸 어딘가에 퇴적되었던 기억이 칼에 베여 선혈이 솟듯 섬뜩하게 재생될 때가 있다. 기뻤던 순간보다 고통스럽던 기억이 자주 떠오르는 이유는 무엇일까? 초윤은 기억이 되살아날 때마다 꽃의 향기가 코끝으로 스쳤다. 오월 호수 버드나무의 가늘고 긴 줄기에 기억이 주렁주렁 열렸다.

바람이 잔잔한 저수지에 햇살이 맥없이 빠졌다. 햇살이 조용조용 내려앉는 수면을 보면서 자살 충동을 느낀다고 누군가 말했다. 저수지에서 죽은 자의 혼이 회오리로 일어서기도 했다. 마을은 겁에 질려 방문을 닫아걸었다. 괴괴하게 조용해진 마을로 저수지가 어둠을 게워냈다.

탱크를 앞세우고 소총을 난사하며 쳐들어오는 빨갱이보다 물과 불이 더 무섭다고 했다. 물론 총알을 가슴에 맞으면 절명을 할 것이고 다리를 관통했다면 절름발이가 될 것이다. 목숨을 잃는 것보다, 평생을 절름발이로 살아야 하는 것보다 더 무서운 것이 수마와 화마임을 초윤은 일찍 경험했다. 화마는 예고가 없고, 인정도 사정도 없다. 수마는 슬픔의 끝을 보고서야 바닥을 드러냈다. 바닥의 폐허는 오랜 잔영으로 기억에 남았다.

겨울의 끝머리에 아이들이 종종 얼음을 깨고 저수지에 빠졌다. 저수지에 몸을 담고 자랐기 때문에 얼음이 깨졌다고 목숨을 잃는 아이는 없었다. 타 지역에서 이사 온 어른이 나뭇지게를 지고 저수지를 가로지르다가 빠져 죽기는 하였다. 마을 아이들은 저수지 얼음을 헤치며 뭍으로 나오는 법을 누렁콧물이 흐를 적에 터득했다.

저수지에 가두어진 물은 조금도 무섭지 않았다. 열 살에 개헤엄을 치던 물은 스무 살이 넘어 바라보던 그 물이었다. 마흔이 넘어 바라보아도 예전의 물과 다름없었다. 바람이 심하게 부는 날은 기쁨과 슬픔과 고통의 나이테가 동글동글 그려졌다.

저수지 둑 아래 마을과 논이 콘크리트 농로를 경계선으로 분리되었다. 논의 끄트머리에 강의 물줄기가 누웠다. 저수지 둑이 터지면 마을을 먼저 휩쓸고, 집집의 기둥과 담벼락이 떠내려가면서 볏논을 쑥대밭으로 만든 후 강물 줄기와 합류하는 형상이었다. 둑에서 바라본 마을에는 경매장의 참외 상자처럼 반듯반듯 놓인 볏논이 있었고, 야트막한 논둑이 있었고, 강둑 너머에 물줄기가 구렁이 몸통으로 누웠다.

"어둠은 누가 보내?"

둑에서 일몰을 지켜보면 저수지 가운데서 까만 섬으로 어둠이 생겼다. 밤이 되면 저수지가 새까맣게 변했다. 둑을 타넘은 물처럼 마을 고삳으로 어둠이 흘러들었다.

"어둠을 누가 보내누?"

누구도 까만 눈동자에서 반들거리는 궁금증을 풀어주지 못했다.

"어디서 걸어와? 하늘에서? 땅에서?"

"야옹이 발이 달렸지. 아침에는 쥐도 새도 모르게 가버리잖아."

아이들은 둑에 줄지어 오줌을 누었다. 여자애도 둑에서 엉덩이를 드러내놓고 수줍게 오줌을 누었다.

"저수지도 잠이 들었을까?"

"저수지는 잠 없다"

"그럼 낮잠을 자겠네?"

"까까중머리가 시시때때로 오줌을 갈기는데 낮잠을 잘 수 있겠니?"

밤마다 저수지가 풀어내는 어둠을 덮고 어른은 농사일의 고단함을 풀었다. 멱을 감느라 지친 아이들은 꿈에서도 자맥질했다. 어둠은 어디에서 오는 것일까? 누가 보내는 것일까? 또 어디로 가는 것일까? 해가 지면서 논둑에 매어두었던 누렁이가 외양간으로 걸어 들어오는 그 짧은 시간에 어둠은 어느 골목으로 걸어와서 마을과 볏논에 멍석처럼 깔리는 것일까? 햇덩이가 산을 넘는 짧은 시간에 또 어디로 숨는 것일까? 아침에 깨어보면 어둠은 소리 없이 없어졌다. 고양이 발로 도망간 것일까? 땅을 보고 하늘을 쳐다봐도 어둠이 나왔다가 숨을 만한 곳은 저수지밖에 없었다. 할머니 잔기침이 없이는 잠에서 깨어나지 못하는 것처럼 저수지 없이는 하루도 살아갈 수 없을 줄 알았다. 처녀가 되고 엄마가 되고 할머니가 되어도 저수지 둑을 떠나지 못할 줄 알았다.

오월 저수지 동쪽 산자락에 조팝꽃이 하얗게 더미로 피었다. 바람이 수면을 스치면 꽃의 향기가 마을을 쓸었다. 조팝꽃 향이 콧속으로 아득하게 번지는 정오. 사십 대의 초윤 아버지가 징검돌에서 실족했다. 아홉 살과 일곱 살의 딸을 남겨두고 가장인 아버지가 죽었다. 저수지 둑 아래 마을 주택이 철거되었다. 저수지와 강을 조망으로 둔 이십 층 아파트가 건설되었다. 강둑으로 밀려난 주택에 친정엄마가 살고 있다.

친정엄마가 병원에 갔었다는 연락이 왔다.

시내버스의 탑승구가 있는 좌석에 앉은 것이 탈이었다. 버스가 급정거했다. 장터로 가는 나물보퉁이와 탑승구로 곤두박질했다. 육순 노인의 몸에 무슨 힘이 있을까? 노인이 얼마나 험하게 쓰러졌는지 승객 셋이 간신히 끌어냈다. 다행히 머리는 괜찮고 허리와 무릎뼈에 이상이 생겼다. 초윤은 엄마의 기구한 삶의 이력이 치명적인 부상을 모면하게 했다고 생각했다.

엄마는 몸을 고슴도치처럼 둥글게 웅크리는 재주가 있었다. 서른에 과부가 되었다. 밭고랑에서 몸을 끌며 오 년을 살았다. 장터에서 몸을 가장 작고 불쌍하게 만들어 봄나물을 파는 재주도 있었다. 외가에서 노골적으로 개가를 종용했다. 아홉 살과 일곱 살 딸이 있기 때문에 콩나물처럼 삶이 가늘어져도 삶의 희망을 놓지 않았다. 그렇게 키워 시집보낸 둘째 딸이 친정으로 돌아왔다. 맑은 눈알 뙤록이는 자식도 있고 남편이 어엿하게 살아 있는데, 과부가 되어 엄마에게 왔다.

풍선꼬투리가 풀린 것처럼 가슴에서 헛바람이 픽 쏟아졌다. 중년의 나잇살만 안고 사는 줄 알았는데 헛바람도 품고 있었다니. 초윤이 싱겁게 웃었다. '비가 와도 마음은 뽀송뽀송한 하루 되시오.' 기남에게서 메시지를 받았다.

저녁을 먹고 퇴근한다는 본문에 붙어 온 메시지가 초윤을 웃게 했다. 비를 머금은 하늘이 잿빛으로 낮게 내려앉았다. 기남은 초윤이 친정에 와 있는 줄 알지 못했다. 상매가 휴대폰 액정을 흘끔거렸다. 자식을 두고 서방과 이별하고 친정에 와 있으니 삶이 오죽이나 싱거울까? 예고 없이 방문한 초윤에게 달싹 들러붙었다.

"혹시… 언니…."

상매가 의심의 꼬리를 쳐들고 초윤의 표정을 훔쳤다. 초윤의 눈가에 잔주름이 일렁였다. 주름이 드러날까 웃음을 절제해야 하는 나이가 되었다.

"혹시 뭐?"

초윤이 액정을 덮었다.

"그… 오빠랑 또 만나는 거 아냐?"

상매가 엉덩이를 끌고 와 능글맞은 눈빛을 샐쭉 빼 들었다.

"똥개 눈에는 똥만 보인다더니 네가 그렇구나?"

엄마가 핀잔을 던졌다.

"엄마에게 나는 발바닥에 밟히는 먼지만큼도 못하다?"

초윤은 상매의 투정 어린 눈초리가 애처롭다는 것을 느꼈다.

"소박맞고 온 딸년을 둔 부모가 새까맣게 문드러지는 속을 눈곱만큼이나 알면 그나마 다행이지."

엄마의 푸념이 초윤에게 쏟아졌다.

"요즘 세상이 그런 걸 나보고 어떡하란 말이야?"

상매의 악에 받친 목소리가 터져 나왔다.

"이년아. 세상이 어때서? 굶기를 하니? 얼어 죽기를 하니?"

엄마가 주먹으로 가슴팍을 쓸었다.

"요즘 이혼하는 사람이 어디 한둘인 줄 알아? 재숙이 오경이 이혼하고 온 거 못 봤어? 그년들은 자식까지 졸졸 앞세워 왔어. 내 몸 하나만 걸어들어온 거 엄마한테 얼마나 다행인데?"

상매는 엄마와의 말다툼에 이골이 났다.

"이년아. 자식 버리고 온 어미가 벼슬아치라도 되었냐?"

엄마의 손바닥이 상매의 등짝을 때렸다.

"다시 합칠 가능성은 없니?"

초윤이 슬그머니 물었다.

"없어."

상매가 몸에 붙은 벌레를 털어내듯 몸서리를 쳤다.

"네 뱃속으로 내질러놓은 새끼는 어쩔 것이어?"

엄마는 또 속이 콱 막혀 주먹을 들었다.

"몰라."

상매의 눈에 두고 온 자식이 글썽 매달렸다.

"비가 올 것 같구나."

상매의 글썽거림에 엄마가 말을 틀었다. 소박맞고 온 딸이지만, 글썽거리는 모습을 차마 감내하지 못하는 어미의 약한 가슴을 초윤이 곁에서 읽었다. 상매가 밖으로 나갔다.

"빨래만 걷지 말고 비설거지도 해라."

아파트에서는 좀처럼 듣지 못했던, 어렸을 적에 들었던 비설거지란 단어를 초윤이 곱씹었다. 엄마의 얼굴을 훔쳐보았다. 소낙비가 들이치면 맨발로 뛰어나가 마당을 뛰어다니며 비설거지를 하던 날렵한 몸에 나잇살이 군더더기가 되었다. 엄마가 엉덩이를 방바닥에 놓았다. 상매와 토닥거리는 동안에 쪼그리고 앉아있었음을 초윤은 깨닫지 못했다. 상매가 비설거지를 마친 지 오 분도 되지 않아 번개가 번쩍거리고 하늘을 두 동강 내는 천둥도 뒤따라왔다. 들판이 새까맣게 변하고 빗방울이 떨어졌다. 빗소리가 자근거리다가 말발굽 소리로 소란스러워졌다.

상매는 군것질 바구니를 이혼한 남편에게 두고 온 새끼처럼 품에 끼고 다녔다. 땅콩이나 뻥튀기를 바구니에 넣고 먹었다. 텔레비전을 보면서, 창밖을 멍청하니 바라보면서, 또 누구와 마주앉아 얘기하면서 군음식 바구니를 들고 쉴 새 없이 조잔거렸다. 바구니와 입으로 오가는 손이 저절로 움직였다. 백만 번 팔굽혀펴기를 해도 에너지가 남는다는 건전지를 품은 로봇처럼 바구니에 들어가는 손의 움직임이 멈추지 않았다. 멈출 기미도 보이지 않았다. 먹고 또 먹어도 속이 빈 듯 군것질거리를 입에 넣었다. 친정으로 온 지 여덟 달이 되었다. 몸집이 비둘기처럼 되뚱되뚱해졌다.

"군것질 바구니 좀 치워."

초윤이 상매의 옆구리 살을 한 줌 쥐었다.

"서방도 자식도 없는 년이 몸매는 가꿔서 뭐 해?"

비둘기에서 거위가 되어가는 상매의 심정을 초윤이 모르는 것은 아니었다. 날마다 자신도 모르게 빠져나가는 무엇인가를 보충하기 위해서 먹을 것을 입에 달고 사는 상매가 측은했다.

"네가 왜 자식이 없니?"

초윤은 상매의 별거를 납득하지 못했다. 제부에게서 별거의 사유를 찾지 못했다. 아무리 금실이 좋은 부부라도 갈라설 마음으로 한번은 싸운다 했다. 제부와 상매에게 그 위기가 잠깐 왔다고 생각했다. 상매가 친정에 와 있음을 기남에게 알리지 않았다. 상매가 친정으로 들어온 지 한 달이 지나도 돌아가지 않았다. 제부도 상매를 찾으러 오지 않았고 전화도 걸어오지 않았다. 이혼 수속이 끝났다고 엄마가 알려주었다.

초윤이 제부에게 만나자고 했다. 제부는 만나야 할 말도, 해결될 일도 없다고 잘라 말했다. 집과 직장으로 찾아갔다. 제부의 얼굴을 볼 수 있었으나 진지한 대화는 없었다. 착하고 소심하고 사람 좋아 보인다는 평을 듣고 사는 남자가 한번 돌아서면 얼음장보다 더 냉랭하다는 것은 제부를 두고 한 말이었다.

"상매가 만나는 남자 있나요?"

제부가 초윤을 똑바로 바라보며 물었다. 초윤은 거짓말은 하지 말라는 압박으로 느꼈다. 친정에 온 상매가 남자를 만나고 있다는 낌새를 찾지 못했다. 제부가 자신은 여자가 생겼음을 말하기 위해 꺼낸 말이라고 판단했다.

"만나는 여자 생겼어요?"

초윤이 물었다.

"마흔여섯 살인데 아이를 가졌어요."

여자가 생겼느냐는 물음을 기다린 것처럼 제부가 대답했다. 시종 묵묵하던 제부의 표정이 밝아졌다.

"그 나이면 노산인데 출산 경험이 있나요?"

제부의 지금 밝은 표정이 무거워지는 날이 올지도 모른다고 초윤이 생각했다.

"첫 아이입니다."

제부의 목소리에 힘이 실렸다.

"여자가 기뻐하겠네요?"

초윤은 아이가 생긴 기쁨을 제부가 아닌 여자에게 돌렸다.

"세상이 좋아져서 수명도 길어졌어요. 여자 나이 사십 대 후반은 인생의 황금기가 아니라 생명을 낳아 기르기에 적당한 시기라 믿어요."

제부가 자신을 위안하는 말로 자위했다. 엄습할지도 모르는 불행을 떨치려는 믿음을 키워놓고 있었다.

"젊은 엄마는 시부모나 친정부모에게 육아를 맡길 수 있지만, 그 아이의 육아를 위해 황금기의 여유와 풍요를 포기해야 하는 서글픔은 제부의 몫입니다."

초윤이 제부를 빤히 쳐다보며 충고하듯 말했다.

제부와 헤어진 초윤이 상매를 음식점으로 불러냈다. 삼겹살을 구우며 이혼의 사유를 물었다. 상매의 대답은 어이가 없었고 싱거웠다.

"마음의 결정을 내리면 그것을 다시 생각하기 꺼리는 것이 인간이야. 주변이 너무 복잡해져서 세상이 너무 혼란스러워서 동물처럼 단순해

지고 싶은 충동 느껴본 적 없어? 부정도 그렇더라? 처음에는 머리칼을
쥐어뜯으면서 선과 악의 경계에서 사투를 벌이지. 갈림길에 서서 허둥
대기도 하고, 잠자코 앉아 있기도 하고, 한숨도 쉬고 울고 웃고."

상매가 담배를 꺼내 물었다. 초윤은 그렇다고 담배까지 피냐고 말하
려다 그만두었다.

"그러다가 한 발만 내딛으면 선택은 끝이야. 선과 악의 의미가 없어
져. 한 걸음의 선택이 운명의 길이라고 단정을 짓고는 뒤로 돌아보지도
않고 달리기만 하는 거야. 인간이니까. 동물처럼 단순하고 간결한 삶을
선택할 수 있는 능력이 있어 다행이지. 인간은…."

상매가 삼겹살을 뒤집던 집게를 내려놓았다. 삼겹살이 딱딱해지며 타
는 연기를 냈다.

"상대가 누구였니?"

초윤의 물음에 상매가 기묘한 눈초리를 보냈다. 대답을 하면 뒷머리
를 자귀로 찍히듯 엄청난 충격을 받을 것이라는 경고였다. 상매가 입을
다물었다.

"제부는 알고 있니?"

초윤이 찾아갈 때마다 침울하고 무거운 표정으로 눈길을 마주치려
하지 않던 제부를 떠올렸다.

"술주정을 부린 적도 없고, 도박을 해서 월급을 압류당하지도 않았
고, 바람을 피울 성격도 아닌 사람에게 그런 말을 할 수가 없었어. 그
사람은 부정의 범주에 결코 어울리지 않아. 나 스스로 그 사람 삶의 범
주에서 걸어 나오는 것이 옳다고 결단을 내렸어. 가슴살을 찢어내듯 고

통스러웠지만."

상매가 고통으로 뒤척였던 가슴을 문지르듯 까맣게 탄 삼겹살을 집게로 뒤적거렸다. 단 한 번의 부정을 남편이 알까 조바심하다가 양심의 가책에서 스스로 벗어나듯 이혼을 결심한 거였다.

"이혼하기 전에는 몰랐는데 주변을 둘러보니까 세상이 헐거워졌다는 것을 알겠더라? 여기저기서 삐걱거리는 소리가 들려"

상매의 표정이 씁쓸해졌다.

"가정을 지탱해 온 가장이 추락했기 때문이야."

초윤도 씀바귀를 씹은 표정을 지었다.

"가장이 있어야 할 자리로 돌아오면서 생기는 불협화음이야."

"여기저기서 삐걱거리는 소리가 보편화되는 세상이 된다는 말이니?"

"그런 세상이 이미 되었어. 눈앞에 나타난 상황을 받아들이려 하지 않을 뿐이지."

"우리 나이의 형제 자매 중에 혼자가 된 못난이가 하나씩은 있더라고."

초윤이 손가락으로 상매를 가리키며 낄낄 웃었다. 상매도 덩달아 웃었다. 웃음은 멈추었고 침묵이 만들어졌다. 초윤이 기남을 떠올렸다. 결혼할 때는 제법 남자의 몸이었던 남자, 지금은 남자인지 여자인지, 아니면 중성으로 돌연변이가 되었는지 분간이 어렵도록 자신을 방임한 남자, 기남은 가장이 있어야 할 자리를 지키고 있는 것일까?

비가 내리기 시작했다.

초윤이 우산을 펴들고 밖으로 나왔다. 빗속에 들어가니 누군가에 의해 등을 떠밀리는 느낌이 생겼다. 목적지도 독촉도 없는 떠밀림이었다. 마을을 벗어나 신작로를 따라 걷다가 강둑으로 갔다. 수량이 많아진 여울이 큰 소리를 냈다. 맞은편 너른 들녘은 비안개가 하얗게 일어서 있었다. 초윤은 둑에서 내려가 강자갈을 밟았다.

작달비가 강자갈에 후려졌다. 빗방울이 파열하는 강둑이 초록빛 융단으로 일렁거렸다. 융단에 부서지는 작달비가 초윤을 어루만지며 하얗게 일어섰다. 문득 손을 내밀어 빗줄기를 꺾고 싶은 충동에 사로잡혔다. 우산을 쓰고 빗속으로 걸어갔다. 작달비의 우두둑거림이 손바닥으로 전해왔다. 바닥에서 튀어 오른 물방울이 발등을 적셨다. 빗줄기로 손을 내밀었다. 빗줄기는 꺾이지 않았다. 팔을 더 뻗어 손바닥을 쥐락펴락했다. 그래도 빗줄기는 꺾이지 않았다. 옷소매가 젖고 어깨마저 젖었다.

시선을 들어 먼 산을 바라보았다. 산은 비안개에 하얗게 가려있었다. 사람이 보이지 않았다. 벌판은 온통 빗줄기였다. 빗방울에 씻긴 강자갈이 비로소 자신의 색깔을 드러내며 반들반들 깨어났다. 강자갈이 반들거리는 눈빛을 뜨고 시위하는 군중이 되어 웅성거렸다. 강자갈의 함성에 귀를 세웠다. 누가 저들의 함성을 예감할 수 있을까? 강자갈의 함성에 이끌려 천천히 걸어갔다. 반들거리는 눈을 부릅뜨고 외치는 저들에게 동참하며 자그락자그락 강자갈을 밟았다. 우산을 접었다. 작달비가 정수리와 목덜미로 사정없이 떨어졌다.

참회하라. 참회하라. 외침으로 목덜미를 때리는 빗방울. 머리칼이 젖어 얼굴에 달라붙고 목덜미로 쏟아진 빗물이 두 가슴 사이를 지나 샅을 흥건하게 적셨다. 두 팔을 벌렸다. 작달비의 외침에 순종하며 얼굴을 쳐들었다. 빗줄기를 꺾는 것은 바람이었다. 바람이 불고 빗줄기가 허리를 비틀었다. 얼굴로 빗물이 쏟아졌다. 눈을 부릅떴다. 눈동자에도 빗물이 떨어졌다. 눈물을 절절 흘리듯 빗물을 거부하지 않았다. 가슴으로 뭉클하게 솟아오르는 격정을 참지 않았다. 강자갈이 되어 소리 없는 외침을 허공에 뻗어냈다. 강자갈의 외침에 귀를 열고 오랫동안 서 있었는데, 그 외침의 근원은 여울 물살이었다.

작달비가 멈췄다. 구름이 하늘에 더 없었다. 하늘이 비었고 시야가 맑아졌다. 청각도 살아났다. 낮잠에서 깨어난 듯 강물이 갑자기 쿨렁거렸다. 옷이 비에 젖었고 속살도 흥건했다.

스물두 살, 사월. 머리칼로 귀를 덮은 용곤이 초윤의 자취방으로 왔다. 참꽃이 피었던 산자락으로 조팝꽃이 하얗게 덤불을 이루었다. 알견는 새의 날개 깃이 기우뚱했다. 햇빛이 화사해서 문을 열었어도 방안이 컴컴했다.

"너 동물 아냐? 날이 이렇게 좋은데 동굴에서 뭐하니?"

용곤이 문지방에 엉덩이를 얹었다. 여차하면 방으로 들어올 기세였다.

"밀폐된 방에서 너와 있으면 내가 타락해져. 그러니까 나 어디로든 나가야 해."

초윤이 방에서 나왔다. 구두를 신을까 운동화를 신을까, 생각의 갈피에서 주저하는 초윤을 바라보며 용곤이 담벼락에 기댔다.

"산에 가자."

용곤이 운동화를 권했다.

"산에?"

구두코의 먼지를 닦던 초윤이 운동화를 집었다.

"저 조팝꽃 좀 봐."

용곤이 손짓하는 산에 꽃 무덤이 가슴 설레게 어우러졌다.

"정말 하얀 꽃들이 무리를 졌네?"

산자락으로 펼쳐진 봄의 장관에 초윤도 목소리를 비틀었다.

"조팝꽃 숲이야. 저속에 들어가면 아마 기절을 하고 말걸?"

"기절을 해?"

"그래. 향기가 독해서 쓰러지고 말아."

용곤과 초윤은 마술에 걸린 듯 산으로 올라갔다. 용곤의 손에는 샴페인이 들려 있었다. 초윤은 발목까지 오는 통 넓은 치마에다 하얀 운동화를 신었다. 묘에 할미꽃이 고개를 꺾고 있었다. 가까이서 본 조팝꽃 숲은 하얗게 눈이 부셨다. 조팝꽃으로 지붕을 인 집들이 옹기종기 들앉은 마을 같았다. 조팝꽃 더미가 사방을 가려준 곳에 자리를 깔았다. 묏자리였다. 감꽃이 우수수 떨어진 외진 고샅길에 앉은 느낌이 들었다. 향기도 엄청났다. 어느 방향이든 바람이 불어올 적마다 향기가 폐부로 흘러들어 갔다.

"마약을 하면 이런 기분일까?"

초윤이 숨을 연신 들이마셨다. 가슴도 커다랗게 들먹거렸다.

"샴페인 마시자."

용곤이 샴페인을 쳐들었다.

"찬란한 봄을 위해?"

초윤이 종이컵을 들어 올렸다.

"미친년 같은 꽃향기를 위해."

용곤이 샴페인을 터트렸다.

"미친년 같은 꽃향기?"

초윤이 몸을 비틀며 웃었다. 종이컵이 햇빛을 받아 하얗게 빛났다. 바람은 꾸준히 조팝꽃 향기를 묻혀다 줬다. 하늘은 파랗게 멀어졌다. 몸이 땅으로 자꾸 꺼져 들었다. 의식이 희미해지기 시작했다. 초윤이 묘에 상체를 기댔다. 볕이 눈부셔 눈을 감았다. 얼굴이 붉게 달았다.

"기남 선배가 너랑 단둘이는 술을 마시지 말라고 했는데."

기남이 용곤에게 당부한 말을 털어놨다.

"정말 그렇게 말했니?"

초윤이 감았던 눈을 떴다.

"너랑 이렇게 있는 거 알면 광견에 물린 것처럼 날뛸 텐데."

"그래서 뭐라고 대답했어?"

"그저 웃기만 했어."

초윤이 눈을 감았다. 기남의 얼굴이 떠올랐다. 기남과 삼 일째 만나지 못했다. 이틀 후에나 돌아온다고 했다. 용곤이 초윤의 젖가슴에 손을 얹었다. 초윤이 눈을 떴다.

"이건 불가항력으로 맞닥뜨린 상황이야."

용곤이 말하는 순간에 초윤은 가슴의 손을 바라보았다. 용곤이 가슴에 얹었던 손으로 초윤의 목을 감아 안았다. 초윤이 눈을 감으면서 몸을 기댔다.

"너의 바람기에 내가 걸려들었어."

초윤의 목소리가 용곤의 귓불에서 떨었다.

"샴페인 때문이라고 말해."

"아냐. 너의 바람기에 내가 휩쓸린 거야."

용곤이 초윤을 아주 천천히 자신의 몸 위로 끌어올렸다. 초윤의 둥글고 풍부하면서도 단단한 젖가슴이 용곤의 가슴에 포개어졌다.

"조팝꽃 향기에 취했다고 말해."

초윤의 귓불을 깨물었다.

"아…냐. 너의 바…람기에 내…가 몸…을 못 가…누는 거야."

아주 천천히 초윤의 치마를 무릎 위로 걷어 올려 용곤의 하체를 덮게 했다. 초윤의 맨 허벅살이 용곤 바지 위에 올라앉았다. 초윤은 저항도 호응도 안 했다. 용곤이 정성 들여 입을 맞추었다. 조팝꽃 향이 콧속을 아득하게 후볐다. 머릿속이 하얗게 비는 떨림이 온몸에 자지러졌다. 눈을 감았다. 해가 눈자위에 홍등처럼 켜졌다. 홍등이 뎅그렁뎅그렁 흔들렸다. 단발마의 신음을 거칠게 뱉었다.

"누구에게도 말하지 마."

초윤이 조팝꽃 더미 뒤에 앉아 오줌을 누었다. 용곤은 묘에 오줌을 깔렸다.

하늘이 말끔하게 비워졌다. 너덜너덜 헤진 구름을 떼어내고 벽지를 바른 듯 하늘이 파랗게 맑아졌다. 하늘에서 뜯긴 파편이 토양으로 풀숲으로 자갈밭으로 숨었다. 숨을 곳을 찾지 못한 파편은 도랑으로 모였다. 도랑은 허물을 벗는 뱀처럼 굵어진 몸통으로 강물의 옆구리를 찢으며 합류했다. 강바닥에 발톱을 세운 듯 으르렁대며 하류로 떠내려갔다.

초윤이 오뚝하게 돋은 제비꽃잎을 세심하게 바라보았다. 푸르게 돋은 연초록 싹이 햇살을 바늘귀에 꿰어 진녹색의 덧옷을 깁고 있었고, 연노랑과 진노랑, 연분홍과 분홍, 연록과 초록의 꽃이 함초롬히 피었다. 밟히는 강자갈이 몸을 자드득 비틀며 존재를 외쳤다.

벼린 칼날을 휘저으며 어리미친년처럼 조팝꽃 더미에서 뛰어나온 햇살, 새순을 돋운 초목이 다투어 햇살을 빨아먹고 있었다. 황홀한 장관이었다. 생수가 목구멍으로 꿀떡꿀떡 넘어가는 생동감. 토끼풀과 질경이와 며느리밑씻개와 달맞이꽃과 이름이 가물가물한 풀이 폭탄처럼 던져지는 햇살을 과식하고 높이를 다툼하며 활기가 넘쳤다.

용곤에게서 전화가 왔다. 대뜸 지금 어디 있냐고 물었다. 좀 화가 난 음색이었고 쌔근거리는 숨소리도 들렸다. 초윤이 대답을 머뭇거리자, 오월인데 지금 어디 있냐고 물었다. 오월, 오월이기 때문에 전화를 한 것처럼, 오월을 이십 년이나 기다린 것처럼.

"제비꽃 밟고 있어."

초윤의 대답을 용곤은 얼른 이해하지 못했다. 초윤도 왜 제비꽃을 밟게 되었는지 몰랐다. 오월을 생각하며 보폭을 줄이다가 제비꽃이 밟혔다.

조팝꽃 더미에서 가쁜 숨 몰아쉬고 있는 거 아냐?

용곤의 말끝에 능글맞은 웃음이 붙어왔다. 조팝꽃 향을 먼저 생각해 놓고 전화했음이 틀림없어 보였다. 초윤이 강 건너 산자락을 바라보았다. 가파른 경사가 아닌, 둑을 넘는 저수지 물처럼 햇살이 가득한 못등 근처에 하얀 꽃 더미를 이루는, 가히 기절할 만한 향기를 뿜어대는 오월의 요물을 찾아 시선을 휘돌렸다. 조팝꽃은 보이지 않았다.

"제비꽃이 비명을 지르고 있어. 꽃잎을 쳐들고."

초윤은 용곤에게 퀴즈를 내는 중이라고 생각했다. 비명이라는 단어를 왜 갑자기 생각했을까? 제비꽃을 바라보았다. 비명이 아닌 작은 꽃잎으로도 아주 기쁜 미소를 짓고 있었다.

"가슴에 쇠구슬처럼 박혀 있는 그날의 기억 때문에 가슴이 아픈 거겠지?"

수화기에서 능글거리는 용곤의 콧바람 소리가 들렸다. 초윤은 몸피에 엉겅퀴 잔가시가 돋은 듯 팔을 문질렀다.

"바람 소리가 나, 가슴에서. 이대로 서 있다가는 내 몸에 구멍이 나서 피리가 될지도 몰라."

초윤이 여울로 시선을 던졌다. 햇살이 여울에서 은어 비늘처럼 일렁거렸다.

"그 육체에서 구멍이 나면 큰일이다? 거기가 어딘지 모르지만 빨리 나와. 중년의 풍성한 육체가 바람에 메마르면 곤란하니까."

용곤이 만나자고 했다. 초윤이 전화를 끊고 오줌을 누듯 앉았다. 제비꽃이 언제 밟혔느냐는 듯 말갛게 웃고 있었다.

'꽃잎이 너무 작아. 그러니까 밟혀도 웃음을 잃지 않아.'

초윤은 꽃잎을 만지려다 그만두었다.

수평선으로 저물다

휴일이면 적어도 세 시간의 산행을 하는 기남의 몸이 왜 뚱뚱해졌을까? 초윤은 쉽게 답을 찾았다. 리모컨을 쥐면 군음식거리도 쥐고 있어야 했다. 과자와 케이크와 아이스크림이 없으면 쫓기는 사람처럼 불안해하며 잠들기 전에 텔레비전을 시청해야 하는 시간이 비만의 원인이었다. 혈압이 좀처럼 좋아지지 않았다. 당뇨도 주의해야 한다는 의사의 권고를 받았다. 당뇨는 자기 전에 꼭 먹어야 하는 아이스크림 탓이었다. 잠들기 전에 먹는 습관 때문에 역류성 식도염에 시달렸다. 결핵환자로 오인될 정도로 기침을 동반했다. 저항성이 떨어져 대상포진이 발병한 겨울도 있었다. 몸이 뚱뚱하면 듬직하고 튼튼해 보인다는 말은 바른 판단이 아니었다. 휴일마다 산에 가기 때문에 야식을 먹어도 되고. 야식을 먹었기 때문에 휴일에는 꼭 산에 가야 한다는 딜레마에 갇혔다. 어느 순간부터 기남의 성 기능이 좋아졌다. 꺼져가는 화덕의 마지막 화염일까? 어쨌든 기남의 몸에서 변화는 희망이었다. 서랍에 넣어둔 약봉지를 보고서 희망이 깨졌다. 전립선 알약을 처방받으면서 발기부전 치료제도 요청한 것이었다.

휴일 산행에 동행하자는 기남의 제의를 초윤이 거부했다. 기남이 표준체중을 유지하고 있었다면 초윤은 기꺼이 동행했을 터였다. 전립선 약에 발기부전 치료제를 첨가하지 않았더라면 마지못해 응했을 터였다. 기남의 산행에서 긍정적인 믿음을 얻지 못했다. 결혼하고 십 년 정도는 뚱뚱하지 않았다. 지금도 군살이 없는 초윤과 등산로 입구에서 나란히 출발하면 기남이 저만큼 가 있었다. 기남이 굽어지는 길목에서 초윤을 기다렸다. 목젖까지 차는 숨을 가르며 도착하면 기남이 다시 저만치 가 있었다. 초윤은 거친 숨 가쁨의 연속이었으며 정상에 오르기까지 고통이었다. 뚱뚱해지고도 기남의 비탈길을 올라가는 속도는 느려지지 않았다. 뚱뚱한 사람 옆을 지날 때 가래가 끓는 소리나 쇳소리가 들렸다. 기남은 그렇지 않았다. 유년부터 청년기까지 산골 마을에 자랐으므로 산에 오르는 요령을 일찍이 터득했다.

초윤은 오대산 월정사나 능가산의 내소사처럼 그늘이 드리운 잣나무 숲길로 천천히 걸어가는 것을 좋아했다. 잣나무 가지에 하늘이 가렸지만, 호젓한 길을 걷고 있어 가슴이 후련했다. 신라 고분에 들어간 것처럼 생각도 마음도 얌전하게 가라앉았다.

기남이 차를 몰고 노모의 집으로 갔다. 노모가 문밖에서 서성거리다 기남을 보았다. 벌써 나와 골목으로 걸어올 영감을 기다리고 있었다.

"어멈은 정강이가 부러졌다니?"

영감과의 산행에 동참하지 않은 초윤에게 화를 냈다. 기남이 핸드브

레이크를 채우고 운전석에서 내리지 않았다. 출발하기로 약속한 아홉 시가 되었다. 고모가 등산복 차림으로 나왔다. 노모는 경로당에 가던 복장에 굽이 높은 신을 신었다. 고모가 기남에게 다가와 환하게 웃었다. 카키색 바지와 분홍셔츠에 빨간 조끼를 입었고 창 넓은 등산 모자를 썼다. 육순이 아닌 오십 중반으로 오인할 몸매였다. 색감이 짙고 원색이어서 더욱 젊어 보였다. 한국에서 샀다는 등산복에 흡족하여 깡충깡충 걸었다. 노모의 얼굴이 일그러졌다. 고모가 운전석 옆 좌석에 앉았다. 노모는 차에 타지 않고 골목을 바라보았다.

"영감에게 쏟는 정성의 반만 네 아버지가 받았어도 내 마음이 아프지 않을 텐데."

고모가 기남만 알아듣게 말했다. 고모는 영감에게 집착하는 노모를 달가워하지 않았다. 골목을 바라보던 노모가 환하게 웃었다. 영감이 만삭의 늙은 개처럼 느릿느릿 걸어왔다. 영감이 노모가 있는 곳까지 십 미터를 걸어오는 시간이 길게 느껴졌다. 영감이 작고 오동통한 손을 내밀어 노모의 손을 덥석 잡았다. 기남이 안전띠를 풀고 차에서 내렸다. 허리 굽혀 인사도 하지 않고 아침진지는 드셨느냐는 인사도 없이 멀쩡하게 서 있는 기남에게 노모가 눈을 흘겼다. 영감도 먼저 죽은 할멈이 사주었을 색감 화려한 등산복을 입었다. 노모만 나들이 복장이고 영감과 고모는 등산 복장이었다. 영감과 노모가 뒷좌석에 나란히 앉았다.

"어멈에게 전화해서 오라고 할까요?"

기남이 노모에게 말했다.

"같이 오지 않고서 이제 와 딴소리냐?"

노모가 시퉁하게 말했다. 노모와 영감과 고모를 혼자서 감당하지 않으려는 기남의 속셈을 고양이 눈처럼 간파했다. 초윤은 전화해도 올 수 없는 곳에 가 있었다. 낮 아홉 시인데 하늘이 잿빛으로 내려앉았다. 멀리 있는 소나무가 푸르지 못하고 가뭇하게 색이 바랬다. 빗방울을 곧 떨어뜨릴 듯 구름이 낮게 깔렸다. 서쪽 하늘이 맑은 것으로 미루어 여우비가 마른 땅을 적실 정도만 내릴 것 같았다. 산행에 좋은 날씨였다. 동쪽 구름은 먹구름이었다. 초윤이 새벽 버스로 간다고 했던 주문진은 먹구름이 동해로 밀려나는 오후 늦게까지 비가 올 터였다.

바다에 가자고 먼저 말한 것은 자영이었다. 복학생을 데리고 왔다가 기숙사로 간 후 자영은 바다 얘기를 꺼내지 않았다. 바다로 가고 싶은 욕망의 씨앗을 초윤에게 심어 놓고 기회를 주지 않았다. 어젯밤 노모의 전화를 받는 시점에 바다에 가기로 초윤이 마음을 굳혔다. 잠들기 전에 바다에 갈 것이라고 말했다. 기남이 초윤의 말을 믿지 않았다. 노모의 말을 어기고 바다에 간다는 발상을 멀뚱한 눈으로 바라보았다.

"왜? 나사가 헐거워진 기계처럼 보여? 내가?"

초윤이 리모컨을 빼앗았다. 기남의 곁에 앉아 내셔널지오그래픽에서 드라마 채널로 바꾸었다. 리모컨이 들렸던 손과 초윤을 번갈아 바라본 기남이 스낵을 한 줌 쥐었다.

"당신은 언제까지 어린애야?"

초윤이 스낵 봉지를 거칠게 빼앗았다.

"고모님과 산에 가신다는 어머님 전화 못 들었어?"

기남이 리모컨을 빼앗으려 손을 내밀었다.

"어머님 모시고 당신과 산에 가야 할 것은 내가 아니라 리모컨이야."

초윤이 기남의 손바닥에 리모컨을 거칠게 놓았다.

"이것도 가져가."

스낵봉지도 기남의 손에 얹었다. 초윤의 행동을 이해할 수 없다는, 약간은 넋이 나간 표정으로 눈을 멀뚱거렸다.

"내일부터는 나사 빠진 기계처럼 살 거야."

초윤이 기남 곁에서 일어났다.

"어떻게 사는 것이 나사 빠진 기계인데?"

"당신처럼 사는 것."

"뭐야?"

"이십 년 전 당신의 몸을 죄고 있던 나사들이 전부 풀려나갔어."

"내가 나사 빠진 놈이란 말이야?"

좀처럼 언성을 높이지 않던 기남이 버럭 화를 냈다.

"당신 몸이나 보고 말해."

초윤이 날카롭게 대답하고 안방으로 들어갔다. 기남이 거실 등을 껐다. 소파에 침침하게 앉아서 리모컨 버튼을 눌렀다. 자정이 넘도록 리모컨을 누르다 잠들었다. 평소처럼 여섯 시에 눈을 떴는데 초윤이 없었다. 바다에 갔다 올 것이며 며칠 자고 돌아올지 당일 돌아올지는 바다에 가서 결정하겠다는 메모를 식탁에 남겼다.

골짜기 물이 토닥토닥 내려오는 등산로 입구에 회화나무가 우거졌다.

사람이 많지 않았다. 내려오는 사람보다 올라가는 사람이 많았다. 정상까지는 두 시간이 소요되는 높이로 기남과 고모가 천천히 걸어 올라갔다. 기남이 운전하는 차를 타고 오면서 노모는 고모에게 의도적인 선을 그었다.

영감처럼 통통한 몸으로 산에 갑자기 오르는 것은 위험한 지경을 자초할 수 있다. 칠순이 넘으면 매사 징검돌을 건너는 것처럼 두드려야 하는 조심성이 있어야 한다. 고모는 한국에 와서 산 등산복을 입었으니 정상에 올라갔다 와야 할 것이다. 아범아, 고모 나이가 칠순이다. 등산 중에 위험에 닥치는 일이 없도록 잘 살펴야 한다.

회화나무 계곡에 도착할 때까지 노모가 질기고 단단한 선 긋기를 반복했다. 고모는 묵묵하게 듣기만 했다. 노모가 말하지 않았어도 산에 올라갈 참이었다.

"무슨 풀인지 아니?"

노모가 길섶에서 풀을 뜯어 산행을 시작하는 고모에게 내밀었다. 기남이 아는 풀이었다. 노모의 손에 들린 풀을 보고서 호들갑을 떨며 반응했어야 도리였다. 기남이 덤덤하게 풀과 고모와 영감을 바라보았다. 영감이 빙그레 웃으며 고모의 대답을 기다렸다.

"영감님하고 정분이 났는데 아들 며느리가 모른 체해서 심통이 났냐?"

고모는 풀의 이름을 알고 있었다.

"풀 이름이 무엇이냐고 물었는데 심통스럽게 뚱딴지냐?"

노모가 고모에게 빈정거렸다. 영감이 어험 마른기침을 뱉었다.

"영감님은 자식이 어떻게 되오?"

기남이나 초윤이 벌써 물었어야 할 영감의 가족상황을 고모가 대뜸 물었다. 영감이 노모를 바라보았다.

"독거노인은 아니다."

노모가 손에 쥔 것은 며느리밑씻개였다.

"독거노인이 아니니까 묻는 게지."

고모가 며느리밑씻개 까슬까슬한 줄기를 코에 대고 흠흠 냄새 맡았다.

"아들도 있고, 딸도 있고, 며느리도 있고, 사위도 있다."

영감의 가족사를 모두 알고 있는 노모가 자신감 넘치게 말했다.

"아들은 몇이며 어디서 어떻게 살고 있느냐 말이다."

"그게 어찌 궁금하냐?"

노모가 시퉁스럽게 쏘았다.

"영감님인지 땡감님인지 정분이 나서 혼인해야겠다고 말했잖니?"

"영감님은 내 사랑이다."

노모가 경로당에서 숱하게 했던 말을 고모에게 했다.

"영감님이 네 사랑인 거 망측하지만, 다 알고 있어. 영감님이 너와 같은 마음인지는 모르지만."

고모가 영감을 바라보았다. 고모를 바라보는 노모의 눈초리가 따갑게 변했다.

"내 마음도 같소."

영감이 등을 돌려 어험 기침을 뱉었다. 노모의 얼굴이 밝아졌다.

"사랑하는 마음이 앞으로 몇 년이나 멀쩡하게 살아있을지는 모르겠지만."

고모가 말을 멈췄다. 노모의 표정이 어두워지고, 영감이 고모를 바라보았다.

"혼례도 하고 혼인신고도 하겠다는 의중이 아니시오?"

고모가 영감의 시선에 주눅들지 않고 마저 말했다.

"그… 그것은…."

영감이 떠듬거렸다.

"사람들 모아놓고 여봐란 듯 혼례도 올리고 혼인신고도 해서 어엿한 부부가 될 것이다."

노모가 영감의 손을 잡고 입술을 오므렸다. 못마땅한 것이 속에서 뭉칠 때마다 노모는 입술을 오므려왔다.

"혼인신고야 당사자들이 알아서 하는 일이지만, 처녀 총각 초혼도 아니고…. 남은 삶이 멀고 먼 중년 과부 홀아비의 재혼도 아니고…. 저승 문턱 훤히 보이는 할멈 영감의 황혼 결혼이 아니냐?"

고모가 노모의 손을 잡았다. 저승 문턱이라는 말에 화가 돋은 노모가 고모의 손을 뿌리쳤다.

"요즘 세상에 황혼 결혼은 우스갯소리도 못 되는 거 모르냐? 캐나다에서는 여기보다 못하진 않을 텐데?"

노모의 언성이 높아졌다. 고모가 다시 잡은 손을 노모가 거칠게 빼냈다.

"어찌하였든 양가가 친척을 삼는 일이니 자식이 있는지 없는지, 또 있다면 어디서 어떻게 살고 있는지 양가 모두 홀딱 까발려 봐야 하는 거 아니냐? 당연히 해야 할 말을 했거늘, 어찌 그리 서운하다 여기는 게 냐?"

고모가 조목조목 말했다. 노모가 또 입술을 오므렸다. 자꾸 저러다가 노모의 성한 이빨이 잇몸으로 함몰되는 날이 올 것이라고 기남은 생각했다.

"올케가 빠득빠득 걸고 나서지 않아도 어엿한 내 아들이 나서서 할 것이니 그런 걱정일랑은 붙들어 매셔."

노모가 영감의 눈치를 살폈다.

"한국 땅을 떠나 사십 년 만에 불쑥 돌아왔지만 나는 올케의 시누이가 아니오? 아범은 서럽게도 단명한 내 오빠의 자식들이기도 하지."

혼인에 한마디 할 수 있는 친족임을 말한 고모가 울컥해졌다.

"이치에 맞는 말씀입니다."

영감이 고모를 두둔했다.

"황혼 결혼이라고 말하는데 그렇게 쉽게 죽지 않아. 살아야 할 날이 쇠털보다 많아."

노모가 영감에게 한 걸음 다가갔다.

"영감님은 평생 함께 사신 마나님이 저승 가신 지 몇 달이나 되었소?"

노모와 영감이 우려하는 정곡을 고모가 콕 찔렀다.

갯바위에서 바라본 바다는 고깃배와 등대가 물에 잠긴 정물 구도였다.

파도가 우걱우걱 씹다가 뱉어놓은 것들, 머리맡에 가지런히 놓고 잠든 유서와 같은 것들, 바다의 창자였던 것들, 소외된 가슴을 문지르며 서 있는 것들이 출렁거렸다.

바다를 바라보는데 저절로 눈물이 났다. 손가락으로 눈물을 닦고 피식 웃었다. 기남과 신혼여행 왔을 때 저녁 방파제 보안등 아래에서 입술을 맞췄다. 바다에서 올라온 가을바람이 초윤의 머리칼을 기남의 얼굴로 흔들었다. 조팝꽃 향이 범벅인 오월 산자락에서 용곤이 포갰던 입술에 기남이 맞췄다. 연한 초콜릿을 으깨듯 조심조심 깨물기도 했다. 후박나무 잎이 바람에 흔들리다 떨어져 기남과 초윤의 얼굴 사이로 날아왔다. 눈과 눈을 후박나무 잎이 갈라놓았다. 기남이 초윤을 끌어안았다. 초윤도 목덜미로 팔을 감아 잡아당겼다. 어구를 실은 트럭이 지나가는 소리가 들렸다. 어부가 크락숀을 빵 눌렀다. 낙엽으로 얼굴을 가린 둘은 오랫동안 포옹했다. 콘크리트 방벽 갈라진 틈에 바투 선 구절초가 바닷바람에 허리를 꺾었고, 등대 너머 수평선이 검은 띠로 굵어졌다.

신혼 첫날밤을 보냈던 모텔은 리모델링했지만 낡은 흔적이 남았고, 묵은 냄새가 났다. 방파제 끝에 오뚝 선 등대가 보이는 사백육 호 열쇠를 받았다. 기남과 신혼 첫날밤을 보낸 그 방이었다. 침대가 놓인 자리는 같았으나 침대는 새로 구입한 것이었다. 그날 샤워하며 몸을 비췄던 욕실 거울 앞에 섰다. 거울에 드러난 자신을 바라보았다. 이십 년 전 거울에 비췄던 알몸을 떠올렸다. 짙은 화장과 미용실에서 만들어준 머리 모양이 어설프게 떠올랐다. 거울에 드러난 자신이 점점 낯설어졌다.

가슴에서 무엇이 울컥 올라왔다. 괜히 가슴이 뻐근해졌다.

침대에 얹어 둔 휴대폰이 바르르 떨었다. 기남으로부터 전화가 오는 중이었다. 초윤은 휴대폰을 손에 쥐지 않았다. 진동이 멈췄다. 문자가 왔다.

"정말 바다 간 거야?"

"갑자기 왜 그래?"

의문의 두 문장이 도착했다.

갑자기? 초윤이 중얼거렸다. 기남과 이십 년 살면서, 갑자기가 있었던 가?

"오늘부터라도 갑자기 왜? 그러면서 살 것이다."

마치 기남과 마주 서 있는 것처럼 휴대폰 액정에다 말했다. 휴대폰을 침대에 던져두고 욕실로 갔다. 따뜻한 물이 떨어지는 샤워기 아래로 걸어 들어갔다. 머리로 쏟아진 물이 목덜미로 가슴으로 샅으로 바닥으로 따다다 떨어졌다. 우습게도 바닥에서 물이 솟아오르는 샤워기는 없을까 생각했다.

용곤과의 산자락에서 관계가 이색적이고 자극적이어서 그런 것일까? 처음의 경험이라서 그런 것일까? 조팝꽃 향이 콧속으로 아득하게 들어와 온몸으로 몸서리쳐지며 파르르 퍼지던 그 순간을 잊지 못했다. 이십 년 전의 느낌을 지금 똑같이 기억한다는 것은 불가능한 일이다. 햇살을 과식한 꽃잎이 퍼트리는 향기를 생각할 때마다 진저리가 났다. 일종의 짧고 강렬한 오르가슴 같은 거였다.

신혼 첫날 침대에서 기남과의 기억이 흐릿하지만, 기억세포에 남아 있었다. 용곤과의 기억이 샛노란 민들레꽃이라면 기남과의 기억은 빛바랜 목련처럼 맹숭맹숭했다. 어쨌든 두 남자와의 관계가 초윤의 뼛속에 각인되었다. 죽어서 묻히거나 화장이 되어 뼈가 소멸하는 날까지 각인은 존재할 것이다. 목침 간신히 들고 볕 좋은 창가에서 시름시름 눈 겨우 뜨는 날까지 잊지 못할 것이다.

유리창에 비가 사각으로 떨어졌다. 외투를 입고 모텔에서 나왔다.

"설마 예식장에 찾아가서 혼례까지야 하겠니?"

노모와 영감을 회화나무 계곡에 두고 침묵으로 올라가다가 고모가 말했다. 고모는 영감이 대답하지 않은, 영감의 할멈이 죽은 지 얼마만의 시간이 흘렀을까를 곰곰하게 생각했다. 기남의 아버지며 고모의 오빠인 노모의 남편이 죽은 지 삼십 년이 훌쩍 넘었다. 혼자 산 세월의 이력이 고스란히 노모의 행색에 그려졌다. 오소리 같은 눈매가 아니었다면 작달막한 몸으로 삼십 년 홀로 살기 어려웠을 터였다. 마음에 생채기를 내는 말이나 업신여기는 시선을 견뎌내야 할 눈초리를 키워왔다. 발톱을 들어 맞싸울 수 없을 때는 어금니를 앙다물어 참는 법도 깨달았다. 공무원으로 퇴직하였다는 영감은 노모와는 딴판이었다. 삼시 세끼 마누라가 차린 밥만 먹고 생채기 소리 한번 들어보지 않으며, 포동포동 살이 올라 인생이 기름져 보였다.

"혼례식도, 혼인신고도 하지 않으시겠지요?"

기남이 가빠지는 숨을 참으며 말했다. 기남과 초윤이 줄곧 생각한 것이었고 믿음이기도 했다. 노모와 영감의 교제를 알고부터 혼례식과 혼인신고란 말을 한마디도 꺼내지 않았다. 생각도 의도적으로 하지 않았다. 그럴 가능성을 싹부터 잘라버리겠다는 의도가 숨어 있었다.

"가족이라는 관계를 종잇장 오렸다 붙이듯 간단하고 쉬운 것이 아니라는 것을 두 노인이 잘 알 것이다."

고모도 기남과 같은 생각을 품고 걸어왔다. 생각이 같다는 것을 확인한 기남과 고모는 더 할 말이 없었다. 고모가 앞장서 올라갔다. 고모의 조금씩 지쳐가는 걸음을 따라가며 기남은 초윤이 정말 바다에 갔을까 생각했다. '나사 빠진 기계처럼 살 거야.' 초윤의 말이 뇌리에서 지워지지 않았다. 배추벌레에 갉아 먹히는 배춧잎을 뇌리에 덮은 것처럼 생각이 한 갈래로 모이지 않고 흩어지며 어수선했다.

"다 늙어서 노망이 난 노모를 이해할 순 없니?"

정상에 먼저 도착한 고모가 기다렸다가 말했다. 고모가 생수를 건넸다. 맛도 없이 밋밋하던 물에서 상큼하고 깊은 맛이 났다.

"영감에 혼을 빼앗긴 노모를 바라보는 생각이 너와는 다를 수 있겠지만, 칠순이 넘어서 연애를 하겠다는 용기가 가상하구나."

고모의 표정이 애잔해졌다. 황혼 연애에 빠진 노모가 부럽다는 내색이 비쳤다. 기남은 산에 갈 때마다 발효식초를 가져갔다. 오미자 발효식초를 컵에 따라 고모에게 내밀었다. 고모가 시큼 떨떨한 맛에 얼굴을 찡그렸다.

"세상이 좋아져서 앞으로 살아갈 날이 쇠털보다 많다고 네 어머니가 말했지만, 치매나 병이 없이 살아갈 날은 아무리 길게 생각해도 십 년쯤이 아니겠니?"

기남이 고개를 끄덕여 고모가 말한 노모와 영감의 남은 생에 동감했다.

"맷돌처럼 딴딴해 보이기는 하지만 세월이 갉아먹는 속병은 어쩌지 못하는 것이니까."

고모가 씁쓸한 표정으로 희미하게 웃었다. 노모가 딴딴한 맷돌이라면 피부가 허옇고 살이 통통한 영감은 불린 콩이라고 생각했다. 노모는 남은 십 년 동안 영감이 평생 누리며 차곡차곡 쌓아둔 행복을 뽀얀 국물로 갈아낼 터였다.

"아범도 노모와 영감의 일에 가타부타 말이 없구나?"

초윤에게 했던 말을 기남에게도 말했다. 기남이 회화나무 숲을 바라보며 고개를 끄덕였다.

"어찌하겠니? 노모의 마음이 온통 영감뿐이니."

고모가 빙그레 웃었다. 기남은 고모의 말에 공감했다. 고모처럼 가볍게 웃었다. 노모에게 들어차 있는 것은 영감이 아니라, 노모가 사십 년이나 누리지 못했던 영감의 행복이라는 것을 말하고 싶었다. 행복이 칭칭 감긴 영감이 나타나고서 노모는 잊었던 허기를 알아차린 것처럼 허전하고 외로워졌으며, 양푼에 밥을 비벼 먹듯 영감을 탐하고 있다고 말하고 싶었다. 고모가 앞장서 하산하기 시작했다. 노모와 영감이 있는 회화나무 골짜기로 천천히 내려갔다.

"영감에게 혼을 빼앗긴 늙은이도 그렇지만, 방관만 하는 아범과 며느리를 이해할 수 없구나."

노모와 영감이 보이는 곳에 이르러서 고모가 말했다. 기남은 고모가 언제 누구와 캐나다로 갔는지 궁금해졌다. 노모에게 알아냈어야 했다는 생각이 들었다.

"내가 아범에게 어떻게 되는 고모인지 궁금하지 않았니?"

고모가 기남의 속을 들여다본 것처럼 물었다. 속을 한 줌 뜯긴 것처럼 당황한 기남이 얼굴을 붉혔다.

"내가 말하지 않으면 아무도 모를 것이다."

고모의 시선이 노모와 영감이 있는 회화나무 숲으로 길게 늘어졌다. 회화나무가 깔고 앉은 그림자처럼 고모의 얼굴이 어두워졌다.

"아범아!"

고모가 어두워졌던 표정에 애써 웃음을 띠며 기남을 불렀다. 기남이 고모를 바라보았다.

"너를 낳아준 생모가 누구인지 아무도 모를 것이다."

고모가 말끝에다 울음을 울컥 얹었다. 애써 되찾은 표정이 다시 어두워졌다.

"어머님도 모른단 말씀인가요?"

울컥한 울음이 삼켜지기를 기다렸다가 기남이 물었다.

"돌아가신 오빠가 말했을 리 없으니 아무도 모를 것이다."

기남은 배추가 팔리던 시장에서 받은기침을 뱉으면서도 끝내 입을 다물던 아버지를 떠올렸다. 산에서 내려오면서 기남은 고모가 처음으로 언급한 생모를 생각했다.

"삼십 년 과부로 살았구나. 외딴집과 읍내에서 너랑 산 시간을 더하면 사십 년이구나."

중턱에서 걸음을 멈춘 고모가 외딴집을 말했다. 기남은 외딴집에서도 읍내에서도 고모를 보지 못했다. 고모의 존재를 알지 못했다. 아버지만 알고 있다가 읍내 태화반점에서 지금의 노모인 새엄마를 만났다. 기남을 낳은 생모가 외딴집에서 없어졌다는 말을 태화반점 주인이 말했다. 기남이 기억하는 가족은 셋이었다. 배추시장에서 태화반점으로 옮겨져 눈을 감은 아버지와 새엄마와 얼굴도 알지 못하는 생모였다. 생모의 존재에 대해 한마디도 듣지 못하였고, 삼십 년이 훌쩍 지나서 고모가 등장했다. 외딴집에서 살기를 고집한 아버지와 태화반점에서 처음 만난 새엄마, 외딴집에 기남을 두고 고개를 넘어갔다는 생모, 캐나다에서 느닷없이 나타난 고모, 노모와 고모와 생모는 어떻게 얽힌 사이일까?

"살면서 각자의 길로 흩어지는 게 가족이란다."

회화나무 숲으로 들어오면서 고모가 말했다.

우산을 준비하지 않고 바다를 바라보다가 비에 젖었다. 외투에서 증기가 모락모락 솟았다. 축축한 속옷에 가린 가슴에서 열기가 뭉글뭉글 감돌았다. 등대는 출항하지 못한 고깃배가 되어 젖고 있었다. 수평선도 도토리묵의 모서리로 굳었다. 먼바다는 움직임이 없었다. 쉼 없이 출렁거려야 할 바다가 창백하게 굳었다. 수평선에서 조물조물 움직이는 공포가 보였다. 수평선도 등대도 침묵에 젖었다.

초윤은 젖은 외투를 걸치고 방안을 둘러보았다. 시트로 몸을 덮으면 곧 깊은 잠에 빠져들도록 침대가 정돈되었다. 드라이기와 화장품과 다방 전화번호가 새긴 휴지박스와 콘돔이 담긴 비닐봉지와 돌돌 말린 수건과 스프레이 모기약과 리모컨이 집회에 참석한 무리처럼 합일된 의견으로 질서 있게 놓여 있었다.

리모컨을 쥐었다. 벽면에 걸린 잠옷이 보였다. 젖은 옷을 벗을까 생각했다. 비를 뿌렸던 검은 구름이 엷어졌다. 비는 더 오지 않을 것이라는 예감이 수평선에서 조심조심 다가왔다. 리모컨 버튼을 눌렀다. 텔레비전은 켜지지 않고 실내 등이 켜졌다. 기능을 알 수 없는 리모컨 버튼이 많았다. 텔레비전이 켜지기까지 현관 등이 켜졌고, 분홍의 실내 등이 켜졌고, 에어컨도 켜졌다. 채널은 많았다.

구름이 일부 벗겨지고 바다의 색이 선명해졌다. 콘크리트 방조제에 박혀 있어야 할 등대가 성큼 걸어와 있었다. 초윤은 젖은 외투를 벗지 않고 모텔에서 나왔다.

바다를 한눈에 볼 수 있다는 판단에 뒤틀림이 생겼다. 바다 끝에서 배가 점으로 보였다. 점이 꼼지락거리며 꾸물거리다 공깃돌처럼 커졌다가 배가 되었다. 바다는 한눈에 담길 수 없는 존재였다. 산을 넘으면 산이 있고, 그 산 밑에 웅크린 또 다른 산이 있는 것처럼 쉽게 평정될 수 없는 존재였다. 넓었고 무서웠고 파랬다. 몸통 어딘가 가려워 재채기를 멈추지 못했다.

바다로 가자고 자영이 먼저 말했다. 손을 담그고 정강이를 거품에 적시며 하늘에다 쏟은 푸른 액체를 벌컥벌컥 마실 듯 흥분했던 자영이 오지 않았다.

초윤은 갯바위에 한동안 서 있었다. 누군가에게 바다에 왔음을 말해주고 싶은 충동이 생겼다. 자영의 번호를 입력하고 망설이다가 발신 버튼을 눌렀다. 신호음이 두 번 울릴 때 생각이 변했다. 동행을 거부한 자영에게 바다를 얘기해야 가식적인 답이 돌아올 것이라 뻔했다. 바다의 흥분에 동조해줄 사람이 필요했다. 기남에게 전화했다. 기남이 밤길 운전 조심하라고 말했다. 오늘 꼭 돌아오라는 강요가 서릿발로 돋았다. 바다가 어떻게 밤을 보내는지 똑똑하게 보고 갈 거야. 성근 서릿발을 으드득 밟아 뭉개듯 기남의 강요를 거절했다. 바다를 장악할 어둠을 기다리기로 했다. 실어증의 갯바위처럼 묵묵하고 더디게 시간이 흘렀다.

용곤에게 전화했다.

"거기가 어디야?"

용곤이 물었다.

"바다."

침묵이 흘렀다. 돌발 상황에 자신을 정리하는 순간이었다. 생각의 방황이 불규칙한 숨소리로 들렸다. 갯바위를 넘은 파도가 넘실거렸다. 조팝꽃이 다닥다닥한 꽃을 꺾어 냄새를 들이키던 용곤의 입술 씰룩임, 꽃향기에 실신하던 입술에 손가락을 가만히 얹듯 거품을 쥐었다.

"냄새가 들려."

생각의 방황을 접은 용곤의 목소리가 버석거렸다.

"냄새?"

거품에 젖은 손가락을 입에 넣고 물었다.

"끓는 조갯국 냄새가 들려."

용곤의 콧바람이 수화기에서 씨근덕거렸다.

"식당 아냐. 갯바위에 있어."

초윤이 갯바위로 올라섰다. 용곤의 깊은 숨소리가 들렸다. 파도가 갯바위로 급하게 올라왔다가 미끄러졌다.

"거기 꼼짝 말고 있어."

용곤이 갯바위의 위치를 물었다. 이해력이 떨어지는 학습부진아에게 설명하듯 차분하고 자세하게 찾아오는 길을 말했다.

항구는 작았다. 잘 알려지지 않은 작은 포구였다. 한 번도 온 적이 없는 어항, 언젠가 왔음직한 기억이 솔솔 생기는 포구, 먼바다로 갈 수 없는 소형 어선이 정박한 콘크리트 제방에 갈매기가 굵은 점으로 앉았다. 경사가 급하지만 나지막한 산 정수리에 등대가 있었다. 가파른 산허리를 자귀로 찍은 듯 작게 형성된 평지에 처마 낮은 집이 층층이 똬리를 틀었다.

초윤은 용곤에게 알려준 포구에서 벗어났다. 마주 오는 차를 겨우 비낄 수 있는 좁은 해안도로 굽이를 돌자 포구가 나타났다. 도로가 바다를 따라 곡선으로 이어졌고, 낮은 산 밑에 횟집이 포구의 굽이를 돌 때마다 똑같은 모습으로 나타났다. 절벽 위 너른 평지가 있으면 모텔과 횟집이 보였다. 횟집에 주차하고 평지에 나무처럼 섰다. 절벽에서의 바다는 느낌이 달랐다.

멈출 수 없는 존재도 오래 바라보면 멈춰 있는 순간이 목격되었다. 바람을 보고 있으면 줄에 널린 미역으로 정지하는 순간이 있었다. 시간도 골똘하게 바라보면 연속이 엿가락처럼 똑 부러지며 아주 잠깐 멈추었다. 빨간 신호에 맞닥뜨린 자동차처럼 햇볕의 멈춤이 문득문득 관찰되었다.

파도는 멈출 수 없는 존재였다. 두부처럼 응고될 수도 없었다. 초윤은 바다에서 멈춤의 순간을 몇 차례 보았다. 과학적으로 납득할 수 없지만, 회를 뜨는 칼날처럼 날카로운 갈망이 빚어내는 환상이었다. 어둠이 바다를 장악하는 것일까? 바다가 어둠의 뿌리를 물어뜯는 것일까? 모래톱에 조갯살을 넣듯 침범을 양보하며 고통을 공유하며 서로에게 이입하는 것일까? 어둠의 착륙이 포착되었다. 하늘과 바다와 육지가 하나로 묶어지면 어둠의 흐름이 정지할 것이다.

휴대폰 벨이 울렸다. 용곤이 도착 지점에서 초윤을 찾을 수 없다고 짜증 냈다. 초윤은 용곤이 바다로 출발하였음을 알고 의도적으로 그곳에서 벗어났다. 생각의 변화가 생겼다.

"어디에 있는 거야?"

용곤이 짜증스럽게 물었다.

"바다가 점점 작아지고 있어."

바다는 작아지는 것이 아니라 육지를 삼키며 커지고 있었다.

"보이는 건물의 전화번호를 불러 줘."

용곤이 내비게이션의 안내를 받아 찾아오겠다는 뜻이었다.

"지금은 바다와 어둠을 감시해야 해."

"헛소리 말고 번호나 알려 줘."

용곤의 목소리가 거칠어졌다.

"어둠과 바다가 고싸움을 벌이고 있어. 어둠이 승자인지 바다가 승자인지, 아님 무승부가 될 것인지 심판을 해야 해."

"해안도로를 따라 내려가야 해? 아님 올라가야 해?"

초윤을 찾기 위한 용곤의 꼼수였다. 바닷가이므로 길은 북쪽과 남쪽의 해안이었다. 남쪽으로 십 여분 운전하였다가 방향을 돌려 북쪽으로 이십 여분 운전하면 만날 수 있는 단순한 찾기였다. 확실한 방향을 꼭 집어내려는 합리적인 물음이었다. 초윤은 이쯤에서 의도를 밝혀야 한다고 판단했다.

"우리가 만날 수 있는 적절한 시각은 내일 아침뿐이야."

통화를 일방적으로 끝냈다. 휴대폰 벨이 울렸다. 받지 않았다.

"꼭꼭 숨어도 찾을 수 있어."

문자메시지가 왔다. 초윤이 비웃음을 흘렸다. 찾지도 못할뿐더러 찾지도 않을 것이라 짐작했다. 횟집에서 소주를 마실 것이며 모텔로 취한 몸을 끌고 들어가 아침까지 잠에 곯아떨어질 것이 분명했다. 자영과 동행하지 않고 혼자 바닷가에 올 때만도 용곤을 생각하지 않았다. 바다를 보면서 용곤을 생각하지 않았다. 비가 오면서 마음에 이단자가 생겼다. 갯바위와 낮은 산자락과 콘크리트 방파제와 등대가 바다와 젖는 구도를 보면서 마음의 동요가 생겼다.

용곤은 오류를 범했다. 기남의 여자인 초윤에게 이십 년 전의 욕정을 버리지 못했음을 드러냈다. 초윤이 기남의 아내가 되어 있음을 받아들이지 않았다. 바다에 왔으므로 단번에 움켜쥘 허점이 존재한다고 생각했다. 부표를 갈고리로 건져 올리면 초윤이 포획된 그물이 송두리째 달려올 것이라며 얄팍한 희망을 품었다.

기남은 고모와 산에 오르면서 초윤이 정말 바다에 갔을까, 의심했다.

유부녀 혼자 바다에 간다는 것은 범상스러운 상황이 아니었다. 화가 났거나 삶이 지루해졌거나 변덕이 생겼거나 해서 바다에 간다고 나갔다가 점심때도 되지 못해 들어와 있을 것이라고 생각했다. 점심을 같이 먹을 누구를 만났다면 저녁까지는 먹지 않았을 것이며, 해가 넘어가기 전에 집에 들어왔을 것이라고 한 단계 물러난 생각도 했다. 노모와 산행을 하지 않았다는, 죄책감까지는 아니지만 송구스러운 마음으로 저녁을 지어놓고 노모와 고모를 기다리고 있을 것이라는 희망도 가졌다.

영감의 요청으로 저녁을 먹기 위해 식당으로 갔다. 식당에서 노모가 초윤을 불러내라고 압박했다. 전화는 낮부터 연결되지 않았다. 신호음이 계속 전달되고도 통화가 되지 않았다. 초윤이 휴대폰을 꺼놓지 않고 받지 않기 때문이었다. 잠깐 불길한 생각도 들었다. 휴대폰을 받지 못할 정도의 신체적 위기 상황이 아닐까? 휴대폰을 분실한 것은 아닐까? 생각이 갈래로 흐트러졌다. 이제부터 나사 빠진 기계처럼 살 거야. 어젯밤에 단호하게 뱉은 말 때문에 불길한 신체적 위기나 분실은 아닐 것이라고 판단했다.

"내가 먼저 방문하여 도리를 하겠습니다."

영감이 불쑥 말했다. 기남은 노모의 집을 방문하겠다는 의미로 들었다.

"남정네니 그러셔야지요. 아들 며느리가 대기하도록 일러두겠습니다."

노모가 영감에게 고개를 끄덕였다. 기남이 고모를 바라보았다.

"영감의 아들 며느리와 할멈의 아들 며느리가 한 자리에 만나기는 해야 하겠지요?"

고모가 노모의 뜻에 동조했다. 영감이 고개를 끄덕이며, 혹여 길거리에서 만나 서로 실례를 범하는 일을 예방하는 차원에서 그렇게 해야 한다고 말했다.

"휴일이면 점심이 좋고 평일이면 저녁이어야 하니 양쪽 사정을 들어 정하세요."

고모가 덧붙였다.

"평일이고 휴일이고 문제 삼지 말고, 날짜 알려주면 저녁 시간에 맞추어 영감네 맞을 준비하라고 며느리에게 일러라."

노모가 기남에게 말했다.

"집에서 만난다는 말씀인가요?"

기남이 뒷머리를 자귀에 맞은 표정으로 물었다.

"장차 시아버님을 상면하는데 어엿한 상차림이 있어야 할 것 아니냐? 식당은 예의 없다. 천한 것들이나 하는 짓이다."

노모가 어금니를 물고 기남을 쳐다봤다. 싫다 소리 말고 따르라는 압력이었다. 기남의 얼굴이 파르르 붉어졌다.

"영감님은 자식이 없소? 시어머님 모시는 자손은 없냔 말이오."

고모가 성질을 버럭 냈다.

"고모는 제삼자니 경우 없는 소리 하지 마요."

노모가 고모에게 발끈했다. 분위기 험악해졌다.

"영감도 자식이 분명 있을 텐데?"

"그럼. 자식이 어엿하게 있지. 아들이 있으니 며느리가 있고, 딸 하나 얌전히 키웠으니 사위도 있지. 천성이 욕심이 없고 선하시다. 아들 하나 있어 남의 집 딸을 데려와 며느리 삼고, 대신에 딸을 남의 집 며느리로 주셨다. 욕심 없는 마음이 하해와 같은 분이시다."

노모가 호탕하게 말했다.

"자식이 어엿하게 있다면서 아범네만 대접을 하란 경우가 세상에 어디 있어?"

노모와 고모가 서로 아웅다웅하는 중에 영감은 물러나 앉아 방관했다. 저녁을 먹은 후에 말다툼이 생겨서 다행이었다. 막걸리를 좋아한다는 영감이 입술을 씰룩였다. 막걸리를 마실 분위기가 되지 못했다.

"아범은 오늘 있던 일을 며느리에게 단단히 일러라."

노모가 기남에게 선언하고 일어났다. 영감이 일어섰다. 노모가 영감을 배웅한다고 나갔다. 고모는 일어나지 않았다. 기남이 일어나려 하자 고모가 손을 잡아 앉혔다.

"필시 영감네 자식들은 황혼 결혼에 결사적으로 돌아앉았을 게다."

식사가 끝난 자리로 고모가 막걸리를 시켰다. 기남은 노모와 영감이 막걸리를 마시러 주점에 갔을 거라고 생각했다. 막걸리 상이 차려지는 동안 초윤과 통화를 시도했다. 연결되지 않았다. 나사 빠진 기계로 바다에 정말 갔을까? 바다에 갔다 해도 오늘 들어오겠지. 기남은 바닷가에서 밤을 보낼 만큼의 대담함을 초윤에게서 발견하지 못했다.

"두 어른 때문에 다툼이 생겼니?"

고모가 넌지시 물었다. 기남은 고모에게 속을 한 줌 뜯긴 기분이 들었다.

"그렇지 않아요."

즉흥적으로 대답을 했지만 미처 생각하지 못했던 것을 고모가 꼬집어냈다는 생각이 들었다. 노모와 영감의 황혼 연애를 놓고 초윤과 대화를 나눈 적이 없었다. 기남은 영감을 선남의 전화로 알게 되었다. 표면적으로는 노모 때문에 다툰 사실이 없었다. 다른 용무 때문에 초윤이 오지 않았다고 고모가 생각하는 눈치였다. 고모가 고개를 주억거려 생각에 확신을 얻었다.

"바다에 갔어요. 오늘 안 올지도 몰라요."

막걸리 대접이 둘 사이에 놓여있는 동안 얘깃거리가 필요했다. 고모가 그저 고개를 주억거렸다. 남편과 동행하지 않는 바닷가에서 하루 자고 오는 것을 별스럽게 여기고 있지 않거나 이보다 비중 있는 생각을 담고 있는 모습이었다.

"평범한 부부로 사는 것이 가장 행복한 것임을 사람들은 깨닫지 못해."

캐나다에서 남편이 있었는지 밝히지 않은 고모가 빙그레 웃었다. 캐나다에 고모부가 있는지 묻고 싶었다. 고모부가 한국인인지 서양 사람인지, 일본이나 중국을 포함한 동양 사람인지, 아뿔싸 흑인인지 몰라 묻지 않았다. 고모부의 존재에 대해 밝히지 않음은 그만한 이유가 있을 터였다.

너무 평범한 부부라서 나사가 빠진 기계가 되었다 하네요?

초윤이 어제 빗대어 한 말을 하려다 그만두었다.

"만델라 알지?"

아흔다섯 살로 타계한 만델라를 고모가 뜬금없이 물었다. 민주주의와 인종차별주의에 항거하다 오랜 기간 투옥되었던 사람이라는 정도만 알고 있기 때문에 기남은 그저 고개를 끄덕였다.

"이십칠 년 동안 옥에 갇혀 온갖 고문을 참아냈고, 사십 도가 넘는 사막에서 강제 노동을 견뎌낸 그분이 석방되고 여섯 달 만에 부인과 이별했어. 부부란 것이 얼마나 힘이 들었으면 옥살이도 강제노역도 견딘 만델라가 이혼했겠어?"

고문과 사막에서의 노동보다 결혼이 더 힘들었다는 얘기였다. 신이 사랑을 만드니 악마가 결혼을 만들었다는 말도 했다. 이 시점의 고모는 누군가와 이혼한 상태일 것이라고 기남이 추측했다. 고모가 또 고개를 주억거렸다. 만델라의 부인과 고모를 합일하는 순간으로 해석했다.

"아버지가 왜 생모에 대해 말씀하지 않았을까요?"

기남이 산행에서 고모가 했던 말을 꺼냈다. 고모가 주억거림을 멈췄다. 기남을 바라보는 눈가에 물기가 보였다. 고모가 대접을 들어 막걸리를 천천히 마셨다. 기남이 대접에 든 막걸리를 마시고, 고모의 빈 대접에 막걸리를 그득하게 부었다.

"너를 낳아준 엄마를 생각하기는 했니?"

고모가 트림을 꺼억 뱉었다. 막걸리를 잘 마시지 못하는구나. 한잔에 발개진 고모의 볼을 보고 기남이 속으로 중얼거렸다. 고모가 천장을 바라보며 길게 한숨을 쉬었다.

"저를 낳아준 엄마를 말해줄 분은 고모뿐인가요?"

기남이 천천히 또박또박 물었다. 고모의 치켜뜬 눈썹이 내려앉았다. 막걸리 한잔에 볼이 붉기는 하였지만 취한 모습은 아니었다. 일부러 시야를 좁혀 기남의 물음을 회피하고자 함일까?

"고모님이 저의 생모를 아시는군요?"

급작스럽게 갈증이 돋았다. 기남의 목소리가 버석거렸다. 고모가 윗입술로 아랫입술을 덮었다. 기남이 막걸리를 들이켜 갈증을 지웠다.

"생모를 알면 방금 영감이랑 나간 노모는 어떻게 되는지 생각은 해야 한다."

고모의 볼로 눈물이 엷게 번졌다. 노년의 몸이라 눈물이 약했다. 칠순이 아니라 오십 대였으면 눈물방울이 주르륵 떨어졌을 심정으로 기남을 바라보았다.

"생모가 살아 있지요?"

기남이 대접에 막걸리를 채웠다. 고모의 멀겋게 뜬 눈동자가 기남을 주시했다. 무슨 말을 할 듯 망설이는 고모를 기남도 마주 바라보았다. 한껏 치켜뜬 눈가에 주름이 다닥다닥했다. 입을 열어 말하지 않으면 멀겋게 뜬 눈동자가 말이 되어 톡 튀어나올 것 같았다.

"어디 계세요?"

기남이 막걸리 대접을 들었다. 술대접을 들이켜도 목에서 갈증이 도져 나왔다. 고모도 대접을 들었다.

"생모가 누구세요?"

"세상에는 꼭 알아야 하는 것도 있지만, 모르고 살아야 하는 것도 있다."

고모가 끄응 몸을 일으키려다 주저앉았다. 칠십 살의 고모가 무릎을 세워 턱밑으로 당겼다. 열여섯 살 소녀처럼 얼굴을 무릎에 묻었다. 기남이 막걸리로 갈증을 삭이는 동안 고모의 어깨가 가볍게 흔들렸다. 다람쥐처럼 옹송그린 고모의 작은 몸에서 훌쩍거림과 흐느낌이 낮게 흘러나왔다. 고모의 몸속에 수십 년 감춰야 했던 비밀이 흐느낌으로 새어나왔다. 기남은 고모가 흐느낌을 멈출 때까지 기다렸다.

　용곤에게서 전화가 왔다. 문자메시지도 왔다. 회를 먹으면서 소주에 취하면서 자신을 통제하지 못하는 상황으로 치닫고 있다는 증거였다. 초윤의 닫힌 마음은 견고했다. 벨이 울리는 휴대폰을 식탁 밑에 두고 회와 소주를 마셨다.

　취한 시선으로 바다를 바라보는 느낌은 달랐다. 술은 사람의 감정을 선택적으로 마비시켰다. 감각의 촉수가 무디어진 부분도 있었고 예민해진 부분도 있었다. 어둠이 시각적으로 사물을 뭉뚱그려서 움직임을 정지시켰다. 눈을 감지 않고도 청각이 집중되었다.

　휴대폰 벨이 또 울렸다.

　초윤은 용곤의 일상에 중요한 존재가 되어서는 안 된다고 어금니를 물었다. 흑색 어둠에 묻힌 바다가 회색으로 실체를 드러냈다. 흐릿한 바탕에 짙은 덧칠을 하듯 바닷바람이 알싸하게 불어왔다. 취기에 흔들리는 머릿속이 명쾌하게 맑아졌다. 박하사탕을 깨문 향기가 났다. 모텔로 들어갔다. 뜨거운 물을 정수리에 쏟았다가 차가운 물을 쏟았다. 샤워를 마치고 컴컴한 침대에 앉았다. 창에 들붙은 어둠이 바다로 흩어지며 조금씩 밝아졌다. 바다는 나팔꽃 잎을 열지 않았고 빠악빠악 울지도 않았다. 바다는 기억을 만국기로 펄럭이게 하는 내공이 있었다.

어둠이 걷히면 아침이 오듯 최악의 역겨움을 서로 경험하고서야 평범한 부부가 되는 것이 아닐까? 평범한 부부가 꾸준하게 행복한 부부일 것이다.

사랑하는 것의 껍데기를 비웃다

변비가 생겼다. 좌변기에 앉으면 원하지 않는 노동을 하는 것처럼 힘들고 짜증이 났다. 무엇인가 먹어야 하는데 배가 고프지 않았다. 저녁을 먹고 나면 초윤과 기남의 행동 영역이나 방식이 별개였다. 초윤이 안방에서 드라마를 보는 동안 기남은 거실에서 리모컨으로 채널을 돌렸다. 기남은 뚱뚱해지는 몸만큼 생각도 늘어났다. 지루함이 가득 채워진 욕조에 풍덩 빠져 있다는 자괴감에 젖는 날이 생겼다. 혼자 있는 시간이 누적되면 자폐증에 걸릴 거라 염려됐다. 자폐증에 걸린 뚱보. 거울을 보면 저절로 중얼거려졌다.

"아범더러 내일은 집에 있으라고 해라."

노모의 전화가 왔다. 퇴근한 아범이 거실에서 리모컨 채널을 돌리고 있음을 알면서 며느리에게 다짜고짜 통보했다. 기남은 노모의 전화임을 알면서 시큰둥했다. 초윤은 뚱뚱한 몸을 소파에 얹고 리모컨을 놓지 않는 기남을 바라보면서 노모의 말을 되새겼다.

아범더러 집에 있으라고 해라. 아범을 만나러 누군가 올 것이다. 노모의 말을 다시 새기는 중에도 기남이 리모컨을 돌렸다. 채널 변경이 빨라짐은 노모의 전화를 떨쳐내지 못하고 있음이었다. 화면에서 시선을 떼지 않는 무관심에 초윤은 짜증이 돋았다. 나란히 앉아 드라마를 시청하려는 생각을 접은 지 오래였다.

"내일 산에 갈 거야?"

초윤이 일부러 먼발치로 가서 물었다.

"가야지."

기남의 대답이 싱거웠다.

"어머님이 산에 가지 말고 집에 있으라 하셔."

기남이 묵묵부답으로 채널을 돌렸다. 열한 시에 기남이 침대로 갔다. 초윤은 기남이 앉았던 소파에 앉았다. 기남처럼 리모컨으로 채널을 돌렸다. 홈쇼핑 화면에 좀 머물렀다가 채널을 옮겼다. 자정까지 그렇게 했다. 채널을 주마등으로 돌리는 것은 싱거운 일이 아니었다. 자정까지 돌리다가 종료버튼을 눌렀다.

휴일의 아침이 고요하고 으늑했다. 잠에서 깼지만 일어나지 않았다. 초윤은 눈을 뜨지 않아도 아침이 밝았음을 감지했다. 여섯 시 삼십 분, 먼저 잠들었던 기남이 없다. 청각을 모았다. 딸그락딸그락, 밥그릇에 수저 부딪는 소리가 들렸다. 아침 뉴스가 들리다가 등산화를 파는 홈쇼핑 방송이 들렸다. 밥을 먹는 왼손에 리모컨이 들려 있음이었다. 딸그락 소리가 멈추고 방문이 열렸다. 잠에서 아직 깨지 않은 것처럼 눈을 감았다.

초윤은 산에 가지 말고 집에 있으라는 노모의 말을 분명하게 전달했다. 기남은 예전보다 두 시간이나 서둘러 산행 준비를 마쳤다. 방문이 닫혔다. 기남의 움직임에 초윤은 청각을 집중했다. 등산화를 신는 기척이 들렸다. 현관문이 열렸다 닫히고 잠잠해졌다. 실내에 움직이던 기척이 사라졌다.

엘리베이터를 타고 내려가 일 층에 도달하는 시간을 어림하며 기다렸다. 방문을 열고 나왔다. 냉장고에서 찬을 꺼내 아침을 먹은 흔적이 식탁에 남았다. 현관에 세워두었던 등산 스틱이 없어졌음을 확인했다.

베란다로 나가 주차장을 바라보았다. 차는 주차되어 있고 아파트 경비실 앞으로 지나가는 기남이 보였다. 아파트 상가에서 김밥을 살 것이라 짐작했다. 평소처럼 산에 다녀온다면 오후 다섯 시까지는 집에 없을 것이다. 노모가 예고한 방문자는 누구일까? 방문자가 누구든 알맹이 없는 만남이 될 것이다.

기남이 두고 간 리모컨을 만지작거리다가 베란다에 나갔다. 인적이 드문 주차장을 바라보았다. 식탁을 닦고 화장실 바닥을 닦았다. 아홉 시가 넘어도 방문자가 오지 않았다. 노모가 예고한 방문자를 차분하게 기다렸다.

밖으로 나왔다. 아파트로 들어오는 사람이 한눈에 보이는 곳으로 갔다. 부부가 운영하는 세탁소와 미용실에 손님이 들어가고 나왔다. 총각이 운영하는 문구점은 닫혔다. 새벽까지 맥주를 팔고 배달을 했을 치킨점도 닫혔다. 교회에 갔던 노년과 중년층이 돌아오고, 어른의 손에 잡혀 지하 목욕탕으로 가는 아이도 보였다. 목적 없이 서성거리는 사람은 초윤 혼자였다.

택시가 상가에 멈췄다. 택시에서 한 번은 보았던 사람이 내렸다. 자영이 불쑥 데리고 왔던 복학생이었다. 복학생이 열어준 택시에서 자영이 내렸다. 그냥 서성거리려 나왔는데 자영을 기다린 셈이 되었다. 유쾌한 외출이 되지 못했다. 복학생이 자영의 옆구리를 찔렀다.

"내가 지금 오는 줄 어떻게 알았어?"

자영이 놀란 표정에서 웃음으로 급조하여 다가왔다. 복학생이 앞에 와서 허리를 굽혔다.

너랑 복학생이 어쩐 일이니? 튀어나오려는 말을 참았다. 복학생이 또 허리 굽혀 인사하고 마침 오는 택시를 잡았다. 자영이 복학생을 태운 택시에 손을 흔들었다.

"어찌 된 일이니?"

택시가 골목을 돌아간 후에 자영에게 물었다.

"할머니가 말씀 안 하셨어?"

자영이 겨드랑이에 팔을 집어넣었다.

"기숙사에서 오는 것이니?"

자영의 팔을 떼어냈다.

"기숙사에서 이 시간까지 어떻게 와?"

색조화장이 오히려 더께가 되는 얼굴에 입술이 발갛고 눈썹이 새까맣게 칠해졌다.

"아빠도 집에 계시네?"

자영이 주차되어 있는 차를 바라보았다.

"연락도 없이 갑자기 네가 오고···. 복학생은 또 어떻게 여기까지 온 것인지 정말로 이해가 되지 않는구나?"

복학생이 동행하였는데 기숙사에서 온 것이 아니라고 했다. 오전 이 시간에 둘이 택시를 같이 타고 왔다는 것, 기숙사에서 나온 것이 어제라는 것, 근처 어느 곳에서 밤을 함께 보냈을 확률이 높다는 것, 말끔하고 누추하지 않은 모습으로 미루어 잠을 잤으리라는 것. 초윤은 뜬금없이 맞닥뜨린 상황에 화가 났다. 군대에 갔다 와서 자영보다 나이가 많은 복학생의 의도와 행동이 몹시 불쾌했다. 차가 있어 태워다준 것도 아니었다. 택시를 타고 동행한 그놈이 괘씸했다. 짧은 바지가 엉덩이를 간신히 감추고 허벅지를 발갛게 드러냈다. 내 딸이 맨살을 저렇게 드러내고 복학생과 거리를 활보했다니. 걸음을 옮기면 어깨선이 드러난 셔츠가 밀려 올라가 배꼽이 드러났다. 딸이 아니었다면 망측스럽다고 혀를 차고도 남을 노출에 초윤은 화가 치밀었다.

"어떻게 되긴? 할머니가 오늘 집에 꼭 와야 한다고 전화하셔서 온 거야."

노모가 자영까지 불렀다. 정작 있어야 할 기남이 여섯 시 반에 산으로 갔다.

"복학생이 어떻게 여기까지 왔느냐고 물었다?"

초윤이 화가 돋은 음색으로 물었다.

"엄마."

자영이 토라져 입술을 깨물었다.

"부탁인데. 내 영역에 함부로 들어오지 마."

초윤은 자영의 당돌함에 입이 닫히고 기가 질렸다.

"너의 영역이라고 했니?"

초윤의 음색에서 쇳소리가 묻어났다.

"나는 엄마의 영역을 바라본 적은 있지만, 들어간 적도 간섭한 적도 없어. 엄마도 내 영역 밖에서 바라보기만 해줬으면 좋겠어."

자영이 몸을 돌려 걸어갔다. 몽둥이로 뒷머리를 맞은 듯 걸음을 옮길 수 없었다. 자영이 갑자기 낯설어지고 서먹해졌다. 엘리베이터가 내려와 입구를 열었다.

"엄마가 살아온 방식으로 나를 판단하는 것은 뭐라고 하지 않아. 그건 엄마로서의 몫이니까. 엄마의 몫을 확장하여 내 영역에 침범하지 않기를 원해."

엘리베이터 안에서 자영이 웃었다. 초윤은 가슴이 싸늘하게 식어서 웃음을 받아들일 수 없었다.

"열 시가 되기 전에 와 있어야 한다고 할머니가 전화하셨어."

노모든 방문자든, 방문 시각이 열 시임을 이제 알았다. 자영이 옷을 갈아입는 동안 베란다로 갔다. 십분 후 열 시면 노모가 들어올 것이다. 집에 남아있으란 노모의 명을 기남이 어겼으니 불똥 맞을 각오를 해야 했다. 노모의 눈에 거슬리는 것이 있을까 곳곳을 살폈다.

열 시가 넘었다. 노모가 오지 않았다. 베란다로 나갔다. 택시가 들어와 멈췄다. 노모가 내리고, 고모도 따라 내렸다. 노모가 주차장을 둘러보았다. 기남의 차가 주차되어 있음을 확인하고 들어왔다.

노모에게 인사한 자영이 고모를 바라보았다. 자영은 고모를 알지 못했다. 핫팬츠를 입은 자영에게 노모가 얼굴을 찡그렸다.

"네가 자영이구나."

고모가 자영을 포옹했다.

"고모 할머님이시다. 인사 올려라."

자영이 포옹에서 벗어나 고개 숙여 인사했다. 발랄하고 예쁘고 똑똑하다며 고모는 자영의 손을 놓지 않았다. 노모는 마뜩하지 않은 표정으로 기남이 나오기를 기다렸다. 자영이 노모를 외면하고 고모와 수다를 떨었다. 캐나다에서 왔다는 것과 노모보다 더 세련된 외모라서 자영은 고모와 금방 친해졌다.

"빨간 단풍과 하얀 눈과 유리알처럼 맑은 호수가 머릿속에 그려져요."

자영이 방금 닦은 바둑알 같은 눈동자를 깜박거렸다.

"캐나다에 한번 오렴."

"정말요? 겨울에 가는 게 좋을까요? 아님 여름에 갈까요?"

"겨울에 와도 여름에 와도 고모 할머니는 무조건 환영이란다."

"고모 할머니처럼 깨끗한 나라에 가서 단풍나무 시럽에 빵 찍어 먹고 싶어요."

뒷전에 밀려난 노모의 눈꼬리가 일그러졌다.

"애비는 아직 자냐?"

노모가 소리를 버럭 질렀다.

"할머니, 아빠는 산에 가셨데요."

자영이 고모의 손을 쥐고 말했다.

"애비가 산엘 가?"

노모가 외마디를 질렀다. 오소리 같은 눈빛이 실내 곳곳으로 휘휘거렸다. 속에서 부글부글 끓어오르는 것을 토해낼 트집거리를 찾았다. 초윤이 이미 대비를 하였기 때문에 실내에서 찾아내지 못했다. 자영의 짧은 바지가 노모의 눈에 거슬렸다. 시계를 보고 베란다 밖을 보며 조급해졌다. 초윤은 노모의 부산해진 모습을 보며, 노모가 예고한 방문자가 곧 도착할 것이라고 예감했다. 노모는 자영의 짧은 바지가 못마땅해 거품을 물고 죽을 지경이었다. 노모의 불만을 모른 척 시침을 떼고 자영의 옷을 갈아입히지 않는 초윤에게 몹시 화가 돋았다.

"어미야."

노모가 초윤을 거칠게 불렀다.

"네, 어머님."

초윤이 웃는 얼굴로 대답했다. 노모의 격하고 급해진 심정에 불을 댕기는 웃음이었다.

"너는 웃음이 나오니?"

노모가 초윤의 웃음에다 먼저 시비를 걸었다. 노모의 화를 이해하지 못하겠다는 표정으로 고모를 바라보았다. 방문자가 누른 벨이 울렸다. 노모가 소파에 얌전히 앉았다. 화가 돋은 표정을 평정하느라 눈을 깜박거리고 입을 크게 열었다가 다물었다. 울렸던 벨이 다시 울리지 않았다. 거실의 눈동자가 현관으로 몰렸다. 문 열어주지 않고 멀뚱히 선 초윤을 바라보는 노모의 표정이 일그러졌다. 고모가 성큼 걸어가 현관문을 열었다. 양복을 말쑥하게 입은 영감이 들어왔다. 노모가 소파에서 일어나 영감을 맞았다. 영감이 노모의 손을 잡았다. 초윤과 비슷한 나이의 여자가 과일 바구니를 들고 고개를 숙였다.

"제 며느리입니다."

영감이 소개했다. 며느리가 빙판에 발을 얹듯 거실로 들어왔다. 숱이 없고 은발이던 영감의 머리가 까맣게 변했다. 며칠 전에 초윤더러 염색약을 사오라더니 노모의 손이 영감의 머리를 변신시켰다. 숱이 없어서 작은 바람에도 머리칼이 날려 말갛게 드러난 민머리는 감추지 못했다. 노모가 영감의 머리를 대견스럽게 바라보았다.

"피부가 백설기 같아. 마음도 참 곱겠어?"

노모가 며느리의 손을 덥석 잡고 소파에 앉게 했다. 초윤은 노모에게 끌려가는 며느리의 순간적인 얼굴 찡그림을 보았다. 초윤도 영감이 손을 덥석 잡는다면 저럴 것이라고 생각했다. 영감을 고모와 초윤이 알고 있었기 때문에 며느리가 소개되는 것으로 인사가 끝났다. 영감이 자영을 바라보았다. 노모가 자영의 짧은 바지 때문에 얼굴을 찡그렸다.

"할머니의 올드 보이프랜드란다."

고모가 올드 보이프랜드라고 소개한 말에 자영이 까르르 웃었다. 엉덩이가 드러날 듯 짧은 바지가 못마땅해 속이 부글거리던 노모가 주먹을 자영에게 흔들었다. 자영이 웃음을 뚝 그쳤다. 초윤이 빙긋 웃었고 노모는 얼굴이 발갛게 달았다. 영감이 과일바구니를 쥐었던 손을 앞자락에 얌전하게 놓고 앉은 며느리 눈치를 살폈다.

초윤이 봉지 커피와 녹차를 가져왔다. 노모와 영감이 커피를 집어 들었다. 초윤에게 밉살스런 말과 행동이 범벅이던 노모가 숨조차 사근사근 쉬었다. 기남이 나타나지 않자 영감이 커피잔을 놓고 노모를 바라보았다.

"하필 오늘 회사에 빠질 수 없는 일이 있어 아침 전에 나갔답니다."

노모가 거짓말을 그럴듯하게 했다. 자영이 무어라 말을 하려다 고모의 주먹을 보고 그만두었다. 영감이 며느리를 바라보며 아들이 동행하지 않은 이유든지 변명이든지 말하라는 무언의 압력을 주었다. 며느리가 영감의 의도를 알고도 모르는 척 고개를 돌렸다.

"아드님도 가족 부양하려면 빠질 수 없는 일이 있겠지요?"

노모가 영감의 민망하고 불쾌한 심정을 다독거렸다. 고모와 자영이 찻잔을 들고 식탁으로 갔다. 초윤의 영역과 노모의 영역에서 걸어나갔다. 황혼 재혼을 하려는 두 노인의 자식은 없고 며느리만 합석하게 되었다.

기남은 산에 올라가지 않았다. 마트에서 산 김밥을 가방에 넣고 회화나무 숲에 머물렀다. 고모와 산에 올라갔다 오는 동안 노모와 영감이 자리를 깔고 앉았다가 누웠다가, 뒷짐 지고 서성이며 하루를 보낸 것처럼 기남도 회화나무 응달에서 나오지 않았다. 고모와 등산을 했던 날, 노모와 영감이 가고 고모와 둘이 막걸리를 마셨던 밤을 잊지 않았다. 업혀 오던 고모의 말이 꿈에도 나타났다.

고모에게 전화했다. 기남의 집에 와 있으며 혼자 나갈 상황이 아니라고 고모가 말했다. 기남은 영감과 그의 살붙이들이 집에 왔음을 직감했다. 오늘 밖에서 꼭 뵙고 싶다고 말했다. '그러마.' 고모가 대답하고 통화가 종료되었다. 그러마. 기남은 고모가 남긴 말을 중얼거렸다.

노모와 영감이 식당에서 나가고 기남과 막걸리를 마시던 고모가 취했다. 걸을 수 없을 정도로 취하지 않았다. 식당에서 나와 조금 비틀거리는 고모에게 기남이 등을 내밀었다. 고모가 기남의 등에 덥석 몸을 얹었다. 고모를 업고 초윤이 바닷가에서 오지 않은 집으로 향했다. 초윤과 결혼하고 노모를 업었던 기억이 없었다. 노모도 고모를 업은 느낌일 거라고 생각했다. 붕어빵 틀에서 찍어낸 것처럼 체구가 비슷했다. 생모가 살아 있기는 하느냐고 등에 업힌 고모에게 물었다. '살아 있기를 바라기는 했니?' 기남의 목을 두 팔로 감아 안은 고모가 기남의 귓불에다 말했다. 기남이 걸음을 멈췄다. 고모가 등장하기 전에는 생모를 생각하지도 않았다. 태화반점에서 노모를 처음 만날 때 주인의 입에서 생모에 대해 들었다. 외딴집에 너를 두고 고개를 넘어갔다고. 아버지와 노모 사이에 자식이 생기지 않았다.

　'영감과 연정이 난 노모와 사십 년 살면서 낳아준 엄마를 생각했었던 적이 있느냐?' 고모가 물었다. 기남은 대답하지 않았다. 고모와 막걸리를 함께 마시지만 않았어도 생각한 적이 없다고 말했을 터였다. 잔뜩 끌어당겨 세운 무릎에 얼굴을 묻고 흐느끼던 고모의 모습에서 기남은 확신할 수 없지만, 짐작은 할 수 있는 감춰진 사실을 감지했다. 기남의 뒷머리로 고모가 날숨을 길게 뱉었다. 기남은 생모에 대해 더 묻지 않았다. 아파트 입구에서 고모가 걷는다고 했다. 현관문을 열자 실내가 캄캄했다. 초윤이 바닷가에서 오지 않았다. 등을 켜자 거실에 웅크려 앉았던 어둠이 삽시간에 물러났다.

　'잡화점에서 열 살배기로 만나 외딴집에 같이 살게 된 선남은 어떻게 된 것이냐?'고 소파에 앉은 고모에게 물었다. 고모가 소파에 꼿꼿하게 앉아 기남을 바라보았다. 처음 느끼는 시선이었다. 기남은 눈물이 왈칵 쏟아지는 것을 참았다. 선남의 생모를 알고 있는지 물었다. 고모의 볼에 눈물이 흘렀다. 선남의 생모와 기남의 생모가 같은 사람인지 물었다. 고모가 고개를 끄덕였다. 기남의 물음에 처음으로 응답했다. 사십 년 묵은 비밀의 봉인이 처음으로 뜯겨졌다. 고모가 선남의 생모냐고 물었다. 고모의 대답을 기다리는 기남의 목으로 울음이 한 줌 울컥 솟아나왔다. 식당에서 막걸리를 마실 때처럼 고모가 무릎을 세워 얼굴을 묻고 흐느껴 울었다. 기남은 초윤이 들어오지 않은 실내의 공간 곳곳을 바라보며 눈물을 흘렸다. 초윤이 없으므로 고모가 끌어안고 있던 비밀의 봉인이 벗겨졌다.

기남은 고모와 함께 올라갔던 등산로로 천천히 걸어갔다. 방문자가 돌아가면 고모에게서 전화가 올 것이다. 휴대폰을 손아귀에 쥐었다. 고모의 전화를 기다리면서 회화나무 숲으로 돌아왔다.

선남이 초등학교를 졸업하고 중학교 입학을 기다렸다. 기남도 봄방학이라서 학교에 가지 않는 이월 중순부터 엄마가 혼자 고개를 넘어 잡화상으로 갔다. 엄마 없이 선남과 외딴집에 남아 있는 날이 생겼다.

'점심에 맞춰 선남이랑 잡화상으로 오너라.' 아침에 엄마가 말하고 고개를 넘어갔다.

'선남은 네 동생이다.' 선남이 외딴집으로 오고서 엄마가 수차례 말했다. 어떻게 동생이 되었는지 묻지 않았다. 아버지가 죽고 없는 외딴집에 엄마가 머물러 있음만으로도 감사했다. 선남이 와서 식구가 셋이 되었다. 기남은 엄마가 생모처럼 고개를 넘어가서 영영 오지 않을 수 있다는 우려에 시달렸다. 선남이 외딴집에 오고서 우려는 반으로 줄었다.

병아리를 사왔다. 봄 들녘에서 자란 병아리가 초여름에 알을 낳았다. 달걀은 삶아 먹기도 하고, 꾸러미로 엮어 잡화점에서 팔았다. 여덟 마리 닭의 알 낳는 장소가 달랐다. 외딴집 밖에서 바가지 가득한 알을 발견기도 했다. 미처 발견하지 못한 알은 병아리가 되어 무리로 들어왔다. 볕 좋은 댓돌에서 어미 닭이 조는 틈에 족제비가 병아리를 물어갔다. 그날 꿈을 꾸었다. 엄마가 생모처럼 영영 돌아오지 않았고, 선남과 고갯마루에 서서 읍내로 목 놓아 울다가 잠에서 깼다. 외딴집에서 엄마와 선남과의 삶이 혹여 흐트러질까 무서움에 떨다가 아침을 맞았다. 선남이 어디서 왔으며 왜 왔는지 묻지 않았다. 외딴집 밖의 일을 알고 싶지 않았다.

학교가 오전에 끝나는 토요일은 잡화점에서 엄마의 일이 끝나기를 기다렸다. 엄마가 주는 점심을 먹기도 했지만 태화반점에서 짜장면을 먹었다. 태화반점은 엄마를 처음 만난 곳이었다. '외딴집에 가지 말고 읍내에서 살아라.' 태화반점에서 숨을 거두기 전에 아버지가 말했다.

'남매 아니랄까, 어쩜 눈이며 콧날이 똑같니?' 태화반점 여자가 짜장면을 주며 말했다. '남매를 두고 그 먼 곳으로 떠나는 심정이 오죽했을까?' 기남이 알아듣지 못하는 소리도 했다. 학교에서 검사한 선남의 혈액형이 기남과 같았다. '선남이 네 동생이다.' 엄마의 말을 믿게 되었다. 열 살에 외딴집으로 온 선남은 생모를 알고 있을 것이라고 생각했지만 확인하지 않았다. 엄마가 외딴집으로 돌아오지 않음은 아침 없이 어둠만 지속되는 것보다 더 무서웠다.

'낳아준 엄마 알고 있니?' 고갯마루에 섰을 때 기남은 생모에 대해 묻고 곧 후회했다. '오빠는 진짜 엄마 몰랐어?' 선남은 생모를 알고 있었다. 기남은 더 묻지 않았다. '진짜 엄마가 오빠를 알고 있어.' 선남이 말했다. 기남이 관심 없다는 표정으로 고개를 끄덕였다. '아빠는 산에서 일하다가 죽었어. 그래서 진짜 엄마가 먼 곳으로 가야 한다고 했어.' 선남이 생모와 생부에 대해 말했다. 기남은 아버지의 죽음을 태화반점에서 목격했다. 선남은 아버지가 산에서 나무를 자르고 나르는 일을 하다가 나무에 깔려 죽었다고 말했다. '너를 엄마에게 데리고 온 할머니는 누구니?' 고개에서 읍내로 내려왔을 때 기남이 물었다. '아빠랑 엄마랑 살던 집주인.'

며느리가 가져온 과일을 깎아 소반에 내왔다. 초윤이 의도하지 않았는데 참외와 망고와 사과가 각자의 모둠으로 등을 돌려 놓였다. 모여 앉은 사람을 모둠으로 갈라놓으려는 의도가 숨은 것 같아 초윤이 속으로 키득 웃었다. 영감과 노모의 모둠에 며느리가 합류할까? 고모는 영감과 노모의 모둠을 탐탁하게 여기지 않았다. 초윤은 애초부터 영감과 노모의 모둠을 인정할 생각이 없었다. 노모에게 핍박당하지 않을 정도의 침묵과 무관심을 유지했다. 어쩌면 초윤의 모둠으로 며느리가 합류할 수도 있을 것이라는 기대를 했다. 지켜보면 답은 저절로 드러날 것이다. 여섯 개의 조각으로 흩어진 퍼즐을 맞추고 있다는 상상이 생겼다.

노모가 색깔이 진한 망고를 포크로 찍어서 영감의 손에 쥐여주었다.

영감이 먹는 것을 확인하고 노모도 포크로 망고를 찍었다. 고모가 참
외를 찍어 자영에게 주고 자신도 참외를 아삭 깨물었다. 포크를 들지
않은 며느리에게 어느 과일이든 먹기를 초윤이 권했다. 며느리가 포크
는 들었으나 과일을 선택하지 않았다. 며느리는 억지로 왔거나 영감네
자식의 의견을 단호하게 전하러 왔음이 앉은 자세와 표정에서 저절로
읽혔다.

　고모와 자영이 식탁으로 옮겼다. 여섯 개 조각에서 고모와 자영이
구경꾼을 자처하며 퍼즐의 조합에서 이탈했다. 캐나다에 대해 조곤조
곤 대화를 나누었다. 고모가 말을 던지면 자영이 까르르 웃었다. 노모
의 못마땅한 시선이 식탁으로 자꾸 던져졌다. 영감을 만날 때마다 초윤
이 무표정하고 덤덤하게 앉아있기만 한 것처럼 영감의 며느리도 그랬다.
손목시계와 벽시계를 보며 의미도 없는 시간을 쟀다. 영감과 노모가 맞
장구나 추임새를 기다렸지만, 두 며느리는 그저 지켜보는 구경꾼으로
일관했다.

　"며느리야."

　노모가 웃음기를 싹 거두고 초윤을 불렀다.

　"스물을 먹었든 칠십을 먹었든 혼례는 혼례다."

　노모가 드디어 혼례로 화두를 돌렸다. 초윤이 입을 다물고 포크로 찍
은 사과를 바라보았다.

　"구렁이 담 타넘듯 어벌쩡한 혼인의 예는 받을 수 없다."

　노모가 영감의 손을 가져다 꼭 쥐었다.

　"받다니요? 무얼 받으시는데요?"

초윤이 다짜고짜 되물었다. 노모의 선언과 초윤의 다짜고짜 반발에 며느리가 놀라는 표정을 잠깐 지었다.

"재혼이라 해도 어엿하게 만난 혼인이니 자식으로서 할 도리를 하라는 말에 어찌 놀라는 게니?"

노모가 며느리도 들으란 듯 초윤에게 말했다.

"자식의 혼인에 부모의 할 도리가 있다는 말은 들었어도 부모의 결혼에 자식의 도리란 말은 듣기 처음입니다."

시종 입을 다물고 있던 며느리가 당돌하면서도 천천히 말했다. 노모는 며느리에게 함부로 화를 낼 수 없었다. 며느리에게 나무라는 말 한마디 하라는 시선으로 영감을 바라보았다. 며느리는 노모의 의도를 알고도 말을 바꾸기는커녕 웃었다.

"도리란 말이 듣기 거북은 하겠다만, 부모가 새로이 짝을 만나 연을 맺는 데 자식들이 알아주어야 할 것들이 있다는 말씀이다."

노모의 말뜻에 전혀 근접하지 않는 영감의 해명이었다. 며느리의 평소 생각을 이미 알고 있어 얼굴색이 변하지 않았다. 영감이 노모의 뚱해진 시선을 외면했다.

"칠순도 넘은 육신으로 연애 상을 차리면서 감을 놔라 배를 놔라, 자식에게 말하는 것이 남우세스럽지 않습니까?"

노모는 며느리의 말을 즉시 이해하지 못했다. 고개를 갸웃거려 영감의 눈치를 살폈다. 영감이 어험 헛기침을 뱉었다. 혼례 상이 아닌 연애 상을 차린다는 말에 입술을 오도독 깨물었다.

"남우세스럽다니? 영감님과 내가 혼인을 한다는 것이 조롱과 비웃음받는 노릇이란 말인가?"

며느리가 한 말을 곰곰이 셈하던 노모가 화드득 화를 냈다.

"손자 손녀가 혼인을 해야 할 시기에 노인이 혼례식을 한다면 그게 빙충맞은 일이 아닌가요?"

작심하고 온 며느리가 물러나지 않았다. 남우세스럽다는 말을 넘어 빙충맞다고 했다. 바락바락 빗장을 지르는 며느리에게 영감이 일침을 놓지 못하고 어험 물러났다. 노모는 기가 막혔다.

"자영 어미. 너는 설마 그런 생각은 아니겠지?"

화를 애써 삭인 노모가 초윤에게 물었다.

"손자 손녀의 청첩인 줄 알았는데 칠순 노인 결혼이라면 웃지 않을 사람이 있을까요? "

초윤도 당돌해졌다. 초윤과 며느리가 같은 모둠이 되었다.

"서로 사랑하는 심정을 싹둑 잘라내란 말이냐?"

"그러시라는 뜻 아니잖아요? 좋아하시면 부부처럼 사세요. 허물이라 생각 안 할 테니."

자식이 그러면 안 되는 거야. 혼자 산 세월이 서럽다. 살면 얼마나 산다고. 몸도 성치 않은데 독방에 갇혀 사는 게 보기 좋으냐고. 노모의 말이 두서없이 이어졌다. 한숨도 내쉬고 눈물을 뚝뚝 떨어뜨릴 듯 애잔한 표정도 지었다. 며느리는 노모의 푸념 하나하나 맞대응하여 반박할 수 있다는 표정으로 노모를 당차게 바라보았다.

"인연이 맞아 부부로 살자는데 며느리들이 빗장은 왜 거는 거냐?"

"누가 빗장을 질러요? 두 분이 연애를 하시든 신접살림을 하시든 애비나 저는 말리지 않아요."

며느리가 평정심을 잃지 않고 또박또박 말을 받아 노모의 가슴을 할퀴었다.

"혼인의 예의를 반드시 받아야 한다면 그쪽 자식 며느리에게 해달라 하세요."

며느리는 초윤과 같은 모둠이 아니었다. 초윤은 그쪽 자식이라는 표현에 불쾌감을 느꼈다.

"그쪽 집에서는 부부의 연을 맺겠다는 것에 반대한다는 말씀이지요?"

초윤이 그쪽이라는 표현을 섞어 며느리에게 물었다.

"반대한다는 소리는 안 했잖아요."

며느리가 앉은 자세를 고쳤다. 물러나 앉았다는 느낌에서 정면으로 동참하거나 대항하겠다는 자세가 되었다. 노모가 쥐고 있던 영감의 손을 놓았다. 얌전한 척 앉아 당돌하게 맞서는 며느리에게 한마디도 못하는 영감이 실망스러워졌다. 영감이 노모의 속내를 읽고 어험, 기침했다. 초윤이 본 노모와 영감은 늘 그런 식이었다. 노모가 한사코 영감의 손을 잡고 조급하게 행동했다. 영감은 슬금슬금 뒷걸음질하면서 노모의 요구에 응했다. 손을 쥐려 하면 손을 주고, 경로당 할멈들에게 내세우면 양반인 듯 얌전을 떨었고, 노모가 만들어주는 보양식이며 건강식품을 군소리 없이 먹어주었다. 거역하지 않는 영감의 처신을 연정이라고 노모가 믿었다. 영감은 가만히 앉아서 노모가 받드는 접대를 냉큼 받아들였다.

베란다로 들어왔던 볕의 자락이 거두어졌다. 해가 정수리에 떴다는 증거였고 점심을 먹어야 할 시각이 되었음을 암시했다. 노모의 당초 뜻대로라면 초윤이 음식을 해서 영감네 식구와 둘러앉아 점심을 먹었어야 했다. 화합하고 맺어야 할 자리에서 반박하고 버팅기고 견제하는 관계가 되었다. 초윤의 집에서 점심을 먹는 것은 무리였다. 식당에서 한자리에 앉는 분위기도 되지 못했다.

선남에게 회화나무 숲으로 와달라고 기남이 전화했다. 선남이 머뭇거렸다. 고모에게 꼭 들어야 할 사실이 있다고 말했다. 오늘 말고 다음 날에 듣자며 미적거렸다. 기남이 오늘 꼭 들어야 한다고 고집했다. 시내 커피 전문점이나 식당에서 만날 수 있는데 회화나무 숲까지 차를 몰고 가야 하느냐고 볼멘소리를 했다. 선남과 가까이 있는 커피전문점에서 전화했어도 선뜻 나오지 않을 음색이었다.

영감과 노모가 앉았던 자리에 돗자리를 깔았다. 선남이 회화나무 숲으로 오면서 고모를 태웠다. 영감과 영감 며느리의 방문을 고모가 선남에게 말했다. 선남이 돗자리를 펴 놓고 기다린 기남에게 얼굴을 찡그렸다. 어린애 소풍도 아닌데 고모님께 결례라며 선남이 찻집으로 가자고 했다. 공기 좋고 녹색 잎이 좋다며 고모가 돗자리에 앉았다.

노모로부터 전화가 왔다.

"애비야. 어미가 오늘 당한 설움을 잊어서는 안 된다."

노모는 영감의 며느리에게 당한 것은 쏙 뺐다. 영감이 불쾌해진 것, 노모가 서러워진 것, 모두 초윤의 탓이 되었다. 기남은 대답하지 않고 듣기만 했다. 하소연에 동조하지 않는 기남 때문에 노모가 격앙되었다. 끝내는 울음을 얻어 애비에게도 서운하다고 선언했다. 고모와 선남이 노모와의 통화를 들었다. 십 초도 지나지 않아 선남의 휴대폰 벨이 울렸다. 초윤이 불손해서 영감에게 큰 결례를 범했다고 하소연했다. 며느리는 한 칸 건너 가족이니 꾸짖어야 할 사람은 아들이라고, 선남이 기남에게 눈을 찡긋거려 대답했다. 이웃집 손님이 와도 그래서는 안 되는데, 영감에게 초윤이 도리를 하지 않았다고 화를 냈다.

"영감에게 어떻게 해야 하는 것이 도리인데?"

선남이 노모에게 물었다.

"그 못된 것에게는 영감님이 시아버님이다. 시아버님을 강아지 보듯 하더라."

노모가 초윤을 그 못된 것이라고 말했다. 선남이 입술을 깨물었다.

"새언니에게 시아버님이 있기나 했어? 시아버지란 사람이 언니에게 해준 것이 아무것도 없다는 것은 생각은 안 해?"

선남이 당돌해졌다. 노모가 구시렁구시렁 변명하다가, 딸년도 버릇없기는 며느리와 똑같은 년이다, 악담하고 끊었다. 기남과 고모가 선남에게 퍼붓는 노모의 말을 들었다.

통화가 끝나자 셋의 시선이 고모의 손에 들린 휴대폰에 모아졌다. 역시 노모의 휴대폰 벨이 울렸다.

"서운한 것이 많았지?"

고모가 노모를 먼저 다독였다.

"어디 있어?"

노모가 누그러진 목소리로 물었다. 고모가 주저 없이 기남과 선남과 함께 있다고 대답했다. 노모의 말이 끊겼다.

"같이 있으면 안 되는 사람이니?"

고모가 물었다.

"이제 와서 이러는 저의가 무엇이냐?"

노모의 목소리가 낮게 가라앉았다. 기남과 선남은 듣지 못했다.

"아들 며느리가 있어 준 거 감사하게 여겨라."

고모가 전화를 끊었다.

고모의 눈시울에 물이 맺혔다. 선남이 침울한 표정으로 손수건을 꺼내 고모의 눈물을 닦았다. 통화 세 번으로 노모가 낯설어졌다. 고모에게 궁금했던 것이 세 번의 통화로 해소되었다.

회화나무 숲에서 나오며 고모가 노모의 집으로 가겠다고 말했다. 선남이 노모와 식당에서 저녁을 같이 먹자고 했다. 초윤도 부르고 남편도 부르고, 또 노모가 원하면 영감도 부르자고 했다. 영감 며느리와의 상견에서 상처받았을 노모를 혼자 두어서는 안 된다고 고모가 고개를 저었다. 선남이 고모를 노모네로 태우고 갔다.

초윤이 아파트 진입로에 나와 기남을 맞았다. 자영은 복학생이 아파트 진입로에서 불러내 시내로 가는 버스를 탔다. 초윤이 기남과의 저녁상을 차렸다. 비곗살 적당히 섞여 야들야들하고 촉촉하게 삶은 돼지고기 수육, 묵은 김장김치, 무말랭이, 새우젓, 쑥갓, 상추, 깻잎, 치커리가 놓였다. 시금치, 맛살, 당근으로 색을 내고 깨소금 얹은 잡채, 쇠고기와 굴을 넣어 뽀얗게 우러나온 미역국, 냉장고에서 막 꺼낸 소주도 놓였다.

"손님 온다고 준비했어?"

"아니?"

초윤이 생글 웃었다. 고모의 귀띔으로는 영감네와의 만남이 유쾌하지 않았다. 초윤의 생글거림이 불안하게 낯설었다.

"손님 맞는 밥상인데?"

"당신이 손님이야."

초윤이 음식을 마련할 것이라고 생각하지 않았다. 영감과 노모 영역 밖에서 서성거리기만 하는 초윤을 알기 때문에 차려진 음식을 이해하지 못했다.

"내 생일은 아니고…."

"마누라 생일이라고 생각하고 맛있게 드셔."

자영을 임신하여 만삭일 때 초윤이 발목을 다쳤다. 안방에서 거실로 나오다 문턱에 발톱을 찧고 넘어졌다. 불룩한 배를 깔고 넘어질 수 없어 몸을 비틀다 발목 인대가 늘어났다. 약을 처방받지 못하고 발목을 붕대로 감았다. 거위처럼 되똥되똥 걸어야 할 만삭에 인대가 손상되어 웬만한 집일은 남편이 해야 한다고 의사가 말했다. 유산 가능성도 있어 누운 채 낫기를 기다리는 것이 좋다고 했다. 한밤중 잠든 기남 곁에 누가 앉아있는 느낌이 생겨 눈을 떴다. '배가 고파서 잠이 안 와.' 목발 없이 방에서 나갈 수 없는 초윤이 컴컴하게 앉아 있었다. 기남이 밥상을 차려 방으로 가져갔다. 세 시가 넘었다. 이튿날 목발을 사왔다. 일주일쯤 지나 기남의 생일 아침. 잠자리에 누워 있어야 할 초윤이 보이지 않았다. 목발로 화장실에 갔으려니 짐작하고 잠들었다. 새벽 꿀잠에서 깬 기남이 깜짝 놀랐다. 싱크대에 몸을 붙이고 목발로 지탱한 만삭의 뒷모습이 보였다. 기남이 꿀잠에 빠진 동안 식탁에 잡채와 미역국과 갈비가 차려졌다. 식재료를 사다 준 사실이 없는 기남이 어떻게 된 일이냐 물었다. 어제 방문한 우유 배달부에게 사정을 얘기하고 식재료를 사 달라고 부탁하였다 했다.

저녁을 먹으면서 영감과 며느리의 방문에 대해 말하지 않았다. 서로의 잔에 소주를 따랐다. 깻잎에 수육과 새우젓을 얹어 손에 쥐었다.

"그렇게 기분이 좋아?"

기남이 소주잔을 들어 건배를 청했다.

"응. 너무 좋아."

초윤이 소주잔을 쨍 부딪었다.

나무꾼 숲에 달기가 살았다

무당을 찾는 것은 어렵지 않았다. 가구점 골목이 있듯이 무당 골목도 있었다. 삶에 가구가 반드시 필요하듯이 점괘도 삶과 떼어 놓을 수 없는 상품이었다. 가구점 골목 못지않게 무당 골목도 길고 복잡했다. 고모와 무당집이 밀집한 골목으로 들어갔다. 고모의 걸음걸이가 갑자기 이상해졌다. 초윤도 마찬가지였다. 골목 밖과 바닥이 같은 보도블록인데 발바닥에 닿는 느낌이 다르게 전해왔다. 왼발과 오른발에 가해지는 무게가 다르게 느껴졌다. 두 다리가 몸무게를 공평하게 분담하지 못했다. 몸에서 무엇인가가 삐걱거리고 있다는 증거였다. 고모는 숫제 다리를 저는 사람처럼 몸을 기우뚱거리며 걸었다. 고모가 캐나다에서는 잊고 있었던, 한국에 와서야 삶의 삐걱거림이 재발했다고 초윤은 판단했다. 캐나다로 가기 전 한국에서의 삐걱거리던 삶을 오늘 듣고야 말겠다고 초윤이 어금니를 물었다. 조금씩 변해가던 고모가 무당 골목에 들어서자 거칠게 삐걱거렸다. 초윤의 걸음도 부자연스러왔다. 몸의 무게를 두 다리에 균등하게 분배하며 걸음걸이를 조심했다. 골목에 들어찬 공기의 색깔도 달라 보였다. 오가는 사람의 표정도 먼 나라 사람으로 느껴졌다. 시선을 피하려는 의도가 적나라했다.

"묻혀서 흙이 된 조상이 살아 있는 자식에게 복을 주거나 화풀이를 할 수가 있겠냐?"

캐나다에도 무당이 있을까? 궁금증을 물고 있는 초윤에게 고모가 말했다.

"의지할 조상이 어엿하게 없는데다 성깔 모지락스런 시모랑 사느라 서운한 것이 있었겠구나."

고모가 마른 입맛을 다셨다. 의지할 조상이 어엿하게 없다는 고모의 말을 초윤은 되새겼다. 고모에게서 들어야 할 사연의 실마리가 조금은 잡혔다. 기남이 의지하지 못하는 조상의 정체는 무엇일까? 고모를 삐걱 거리게 하는 사연이 무엇일까? 고모가 캐나다로 가게 했던 시모의 역할 은 무엇일까?

어느 무당을 택해야 할 것인가 고민이 생겼다. 고민이 있어 점집으로 찾아왔다. 고민이 또 생겼다. 어느 점집으로 들어가야 할 것인가? 무당 이 풀어주는 점괘를 믿어야 할 것인가? 심심풀이로 땅콩을 오도독 깨 물어 먹듯이 가볍게 여겨야 할 것인가? 고민을 풀러 왔다가 또 다른 고 민을 덤으로 얻었다.

치킨을 파는 가게처럼 점집도 간판을 걸었다. 사주, 팔자, 택일, 작명, 운세, 애정, 금전, 궁합. 여덟 개의 메뉴를 내걸었다. 메뉴를 보면서 남 자 무당을 골라야 할까, 여자 무당을 골라야 할까? 망설여야 했다. 부끄러운 고백을 해야 하므로 여자 무당을 택하기로 했다. 신통방통 요술 선녀 무당의 문고리를 잡았다가 생각을 바꾸었다. 백두도인 무당의 문을 열었다. 여자의 부끄러운 고백을 여자가 해결할 수 없다고 판단했다. 동조나 연민을 얻을 따름이었다. 여자의 부끄러움 근원은 남자를 향한 마음에서 비롯되었다. 초윤의 부끄러운 고백을 들어야 할 상대는 남자여야 했다. 고모는 초윤이 무엇 때문에 무당에게 왔는지 알려 하지 않았다.

백두도인 간판 무당집으로 들어가면서 초윤은 백두산을 떠올렸다. 흰 눈썹의 갈기가 독수리 꼬리로 치켜 올라간 북쪽 사내, 젖가슴을 움켜쥐면 가슴 밑바닥에서 신음이 터져 나오는 우악스러운 손. 초윤은 백두도인의 수염이 무릎에 닿고 손에는 요사스런 부채가 아닌 도인 지팡이가 들려 있을 것이라 예감했다. 신당이며 법당인 것 같은 방에 들어가면서 초윤은 비릿하게 콧속을 후비는 크레졸 냄새에 숨을 뚝 끊었다. 백두도인과 주변에 장식된 사물을 재빠르게 살폈다. 크레졸 냄새를 풍길 만한 물건이 보이지 않았다. 초윤은 후각세포가 착각을 일으켰음을 곧 알았다. 백두도인의 첫인상이 후각세포를 교란시켰다. 백두도인에 대한 예감이 와르르 무너졌다. 화들짝 놀랐던 후각세포가 과거의 장면으로 곤두박질했다. 크레졸 냄새, 코끝으로 확 스치는 비릿한 소독약 냄새, 병실이었다.

친정엄마가 입원했다. 시내버스를 타고 가다가 탑승구가 있는 가장 앞쪽에 앉은 것이 탈이었다. 불행은 예고가 없다. 버스가 급정거를 했다. 친정엄마가 굴러서 탑승구에 박혔다. 시골 장터로 가는 나물 보퉁이처럼 탑승구로 곤두박질했다. 칠순 노인의 몸에 무슨 힘이 있을까? 노인이 얼마나 험하게 박혀 버렸는지 승객 셋이 간신히 끌어냈다. 다행히 머리는 괜찮고 노인이라 허리와 무릎뼈에 약간의 이상이 생겼다. 친정엄마의 기구한 삶이 치명적인 부상을 모면하게 도왔다. 고슴도치로 몸을 둥글게 웅크리는 재주가 있었다. 평생 밭고랑에서 몸을 끌며 살았다. 장터에서는 몸을 가장 작고 불쌍하게 만들어 봄나물을 파는 재주도 있었다. 사고로 병상에서 몸을 길게 폈다. 초윤이 병실을 찾아갔다. 특실이 아닌 육인실이라 병문안 오는 사람이 많았다. 병상에 누운 병명도 갖가지였다. 병실에서 일어나는 광경도 가지가지였다. 유별나게 눈에 들어오는 광경이 생겼다. 옆 병상에 노인이 허리수술을 하러 입원했다. 노인을 간호하는 며느리가 병실로 왔다. 며느리의 행색이 참말로 가관이었다. 노인의 병문안을 오는 두 사내가 있었다. 한 사람은 노인의 아들인 며느리의 남편이었다. 남편은 농사를 짓느라 사나흘에 한차례 밤 늦게나 피곤에 지친 행색으로 왔다. 병실 한 모퉁이에 그렁저렁 졸다가 이른 새벽에 서산으로 내려갔다. 한 사내는 며느리의 시숙이라고 했다. 시숙이의 행색이란 기생오라비였다. 빤질빤질 닳고 닳아먹은 인상에서 풍기는 분위기 또한 가관이었다. 초윤은 몰골이 야릇한 사내가 진짜 며느리의 시숙인지 은근슬쩍 물었다. 부인과 헤어지고 혼자되어 세끼 밥 해결이 어려워 서산 집에서 남편과 함께 사는 시숙이라고 했다. 초윤은 며느리의 말을 믿고 싶었다. 며느리와 시숙이 연출해내는 풍경을 보면 믿기가 어려웠다. 시숙이 남편보다 더 자주 병실에 들락거렸다. 시숙과 며느리의 말과 행동이 호기심을 자극했다. 눈치가 빠른 초윤이 시숙의 정체를 알아차렸다. 시숙은 병상에 누운 노인을 보러오는 것이 아니었다. 남편이 농사에 지쳐 피곤한 몸을 끌고 오면 소 닭 보듯 하던 며느리가 시숙이 나타나면 머리를 손질하고 립스틱을 바르고 갖은 얌전을 떨었다. 게다가 며느리와 시숙이 주고받는 눈빛이 예사롭지 않았다. 허리를 다쳐 몸을 쓰지 못하는 노인환자를 병상에 두고 장시간 외출했다. 노인이 둘만의 외출에 싫다는 기색을 보이면 통닭과 맥주를 사다가 복도 끝에서 술판을 벌였다.

시숙이란 자가 백두도인이랍시고 버텨 앉아 있는 것이 아닌가. 초윤이 무당을 바라보고 잠깐 멈칫했다. 무당은 초윤을 알아보지 못했다. 앉지도 못하고 과감히 돌아나가지도 못하고 서 있는 초윤에게 무당이 기막힌 소리를 했다.

"어허! 그렇게 우유부단하니 서방이 네년에게 구역질을 하는 것이어."

초윤은 어이없지만 놀라지 않았다. 태연하게 바닥에 앉았다. 고모가 당황한 빛으로 초윤 곁에 앉았다. 무당이 먹잇감을 발톱에 움켜쥔 눈초리로 초윤을 요리조리 뜯어보았다. 고모에게 무당은 눈길을 주지 않았다.

"죽은 사람만 명당이 필요한 것이 아니야. 살아서도 명당이 필요한데…. 쯧쯧…. 네년은 명당이 아니어…. 서방만 불쌍타."

무당이 험담을 쏟아냈다. 초윤의 가슴에서 헛웃음이 삐져나오려 했다. 마른 침을 꿀꺽 삼켰다.

"네년이 여기 왜 왔는지 내가 모를 줄 아느냐? 네년에게 서방이 토악질한 썩은 냄새가 천 년 썩은 똥물보다 더 고역시럽구나. 미련하기가 곰

같으니 서방이 네년에게 구역질을 하지."

무당이 혀를 끌끌 끌었다.

"듣자하니 이놈이 앰한 사람에 똥물을 쏟아붓는구나."

고모가 소리를 버럭 질렀다. 멱살을 틀어쥘 험악한 표정으로 무당을 쏘아보았다. 무당도 고모의 시선을 피하지 않았다. 초윤에게 시모인지 친정엄마인지 가늠하는 눈치가 엿보였다.

"무엄하다. 조상이 무섭지 않느냐?"

무당이 죽은 자의 목소리로 빙의하여 고모를 꾸짖었다. 무당의 목에서 늙은 여자의 음색이 매끈하게 나오지 않았다. 무당이 마른기침을 뱉었다.

"사지 정신 멀쩡한 자식에게 악담하는 조상이 어디 있더냐?"

고모도 무당에게 소리를 버럭 질렀다. 고모가 바닥을 박차고 일어나 초윤의 손목을 쥐었다. 초윤이 고모 모르게 회심의 미소를 잠깐 지었다. 무당이 초윤의 미소를 보았다. 초윤이 고모의 손목을 꼭 쥐고 자리로 앉혔다. 고모가 무당을 노려보며 바닥에 엉덩이를 덜렁 내려놓았다. 무당과 고모가 싱겁게 헤어지는 것을 초윤은 원하지 않았다. 고모의 면전에서 기남이 무당의 혀로 갈기갈기 난도질당하도록 상황을 만들어야 했다. 고모가 참지 못할 무당의 험담을 초윤이 이끌어내야 했다.

조카 마누라와 불륜에 빠진 무당도 흥미로워졌다. 달기. 자영이 복학생을 데리고 왔던 날 인터넷에서 우연히 검색된 달기가 떠올랐다. 복학생이 자영에게 자꾸 투영이 돼서 잠을 이루지 못했다. 자정이 넘으면 잠들 것이라며 침대에 바로 누웠다. 기남이 리모컨으로 돌리는 채널의 밝기 변화가 감은 눈에서 감지되었다. 눈을 감고 있어야 잠기운이 스멀스멀 몸에 들어찰 것이라며 끈기 있게 기다렸다. 허사였다. 기남이나 초윤에게 한 번도 보여주지 않았던 자영의 환한 웃음으로 복학생이 도둑놈의 표정으로 겹쳤다. 거실로 나왔다. 기남은 리모컨을 들고 소파에서 잠들었다. 자영의 방으로 가서 컴퓨터를 켰다.

"검게 늘어진 머리카락, 살구 같은 얼굴, 복숭아 같은 뺨, 연푸른 새잎처럼 가녀린 눈썹, 가을 파도처럼 둥근 눈동자, 풍만한 가슴, 가냘픈 허리, 풍성한 엉덩이, 날씬한 다리, 햇빛에 취한 해당화. 비에 젖은 배꽃보다도 아름다운 달기를 도사님은 모르시나요?"

초윤이 구구단을 술술 외듯 말했다. 표정과 목소리가 여울처럼 순탄했다. 무당이 눈을 껌벅거리고 마른 입술을 핥으며 초윤을 바라보았다. 초윤이 무당에게 은근한 웃음으로 눈꼬리를 올렸다. 고모가 보지 못하는 무당과의 통신이었다. 무당은 더 황당해졌다.

"달기란 년의 발톱만큼도 못하다고 밤마다 구박을 합니다."

초윤이 선언했다. 고모가 화들짝 놀라 초윤을 바라보았다. 내 몸에서 기쁨을 느끼지 못한다며 시시로 구박한다고 덧붙였다. 고모가 어깨를 크게 들었다가 숨을 길게 쏟았다. 무당이 해야 할 말을 찾지 못하고 입술을 떠듬떠듬 움직였다. 초윤이 지갑에서 만원 지폐 한 장을 꺼내 점상에 복채로 놓았다. 고모가 초윤의 손을 잡고 문으로 끌었다.

"논바닥이 팍팍하고 메마르다 탓하지 말고, 쟁기날이 무딘지 눈 크게 뜨고 살펴보라 하시오."

문턱을 넘는 초윤에게 무당이 말했다.

"무당에게 한 말이 사실이냐?"

무당집에서 나와 골목으로 걸어 나왔을 때 고모가 초윤의 앞을 막고 물었다. 초윤이 고모의 손을 잡고 막걸리를 판다는 식당으로 들어갔다. 데친 두부 안주에 막걸리를 주문했다. 고모가 초윤의 얼굴을 바라보았다. 골목에서의 질문에 답을 하라는 압박이었다. 초윤은 주문한 것이 나올 때까지 말하지 않았다.

"무당은 무당이니 넘겨잡고 말했다 생각할 수 있지만, 네가 한 말을 이해할 수 없겠구나?"

고모가 말끝에서 눈물을 비쳤다. 막걸리와 두부가 나오기까지 초윤은 입을 다물었다. 그렇다고 고모의 시선을 피하지 않았다.

"고모님께 꼭 들어야 할 말이 있어요."

고모의 잔에 막걸리를 부어놓고 초윤이 말했다. 고모가 막걸리를 쭈욱 들이켰다.

"내가 묻는 말엔 답이 없고 알고 싶은 것이 있다니 무엇이냐?"

고모가 어금니를 깨물었다.

"누가 진짜 저의 시어머니인지 말씀해 주셔야 합니다."

초윤이 또박또박 물었다.

"나를 무당에게 데려가서 허무맹랑한 말을 한 이유가 그것이냐?"

고모의 물음에 초윤이 그렇다고 단호하게 대답했다. 고모가 빈 잔을 바라보았다. 오십 년 감춰진 것을 잠깐이라고 기다리지 못할까. 초윤이 고모의 잔에 막걸리를 채웠다. 술잔을 고모에게 쥐여주고 자신도 들었다. 고모에게 시선을 떼지 않고 기다렸다. 고모가 반쯤 마시는 것을 지켜보고서야 초윤도 막걸리를 마셨다.

"알고 있다면 듣지 않아도 되는 것 아니겠니?"

고모가 오십 년 잠겼던 빗장을 열었다. 이미 알고 있다는 뜻으로 초윤이 고개를 끄덕였다. 빗장이 열린 문으로 곧 쏟아져 나올 오십 년 묵은 것들을 기다렸다. 한 마디도 흘려보내지 않고 가슴에 주워담을 듯 자세를 고쳐 앉았다. 고모가 술잔에 남은 막걸리를 마저 마셨다. 초윤은 고모의 잔에 막걸리를 채워주지 않았다. 참았던 트림이 토해지듯, 갇혔던 비밀이 흘러나왔다.

고모와 시모는 동갑내기로 태어났다. 고모가 시모의 오빠를 마음속으로 연모했다. 시모는 고모의 오빠를 사랑해서 결혼할 것이라고 선언했다. 이루어질 수 없는 한 쌍이 생겨나야 했다. 오빠는 나란히 삼판으로 거칠고 위험한 일을 하러 다녔다.

"시모가 아니라 고모다."

벼락같은 고모의 말을 듣고 초윤은 놀라지 않았다. 앞에 앉은 고모가 시모란 말임을 주저 없이 받아들였다. 고모의 매듭이 곧 시모의 매듭이라는 것을 예감하고 있었다. 고모의 비밀을 들으면서 초윤은 기남이 자랐다는 외딴집을 상상했다. 선녀가 목욕했다는 연못이 떠올랐다.

말없이 연모의 정을 키우던 여자가 임신했다. 사랑을 이룰 수 없게 된 남자가 외딴집에 숨어 나무꾼이 되었다. 혼자 삼판에 다니게 된 남자가 사고로 죽었다. 미혼모가 되자 아기를 나무꾼에게 맡기고 다른 남자와 결혼했다. 나무꾼에게 사랑의 기회가 다시 온 것이었다. 선녀가 외딴집의 나무꾼에게 왔다.

"아버지가 다르다는 것을 둘은 아직 모른다."

기남과 선남에게 말하지 말라고 고모가 부탁했다. 초윤이 고모의 손을 꼭 쥐고 믿음을 주었다.

"캐나다는 왜 가셨어요?"

외딴집에서 열 살이 된 기남의 부모는 나무꾼과 선녀였다. 고모는 캐나다 광부로 이주하는 남편과 동행하면서 선남을 데려갈 수 없었다. 식당에서 나오면서 초윤은 무엇인가에 뇌리가 엉클어졌다는 느낌을 지우지 못했다. 고모가 앞장서 걸어갔다. 막걸리를 마셨는데 무당 골목으로 들어올 때의 비틀거림이 없어졌다. 나무꾼의 선녀가 시모였다는 예감과 빗나간 사실이 초윤을 비틀거리게 했다.

"달기는 도대체 어떤 년이냐?"

골목에서 걸어 나오다 고모가 물었다.

"나무꾼이 사는 숲에 있어서는 안 되는 여자래요."

초윤이 히죽 웃었다.

"착한 년은 아닌 게냐?"

고모도 웃었다.

"착하지는 않지만 불행했던 여자는 아니에요."

고모가 고개를 갸웃거렸다. 초윤도 방금 한 말이 터무니없다고 생각했다.

하데스에게 납치당하는 페르세포네를 베르니니가 조각했다. 제우스와 그의 형제는 거인족을 추방하고 세상을 나누어 지배하기로 했다. 제우스는 인간이 사는 지상을 선택했다. 포세이돈은 광대한 바다를, 하데스는 지하의 저승세계를 다스리기로 했다. 지하세계를 장악한 하데스는 어여쁜 아내가 필요했다. 농업을 관장하는 데메테르 여신의 딸 페르세포네가 들판에서 수선화를 꺾고 있었다. 사랑의 신 에로스의 화살을 맞은 하데스가 페르세포네를 사랑하게 되었다. 하데스가 페르세포네 지하의 세계로 납치하려 했다. 페르세포네는 하데스의 손에서 벗어날 수 없음을 알면서도 저항했다. 여인의 저항과 공포 가득한 얼굴. 저항은 나신을 더욱 드러낼 뿐이었다. 공포에 찬 표정이 묘한 에로티시즘을 자아냈다. 억압과 고통으로 버둥대는 여인은 남성의 성적 욕구를 자극했다. 고통받는 여인에게서 성적 자극을 탐하는 것이 남자만의 특권이 아님을 초윤은 몰랐다. 상상조차 못했다. 비슷한 꿈도 꾸지 않았다.

주왕은 맨손으로 호랑이를 때려잡는 장사였다. 남자라면 부러워할 정력을 가졌다. 주왕의 시신이 썩지 않고 어딘가에 남았다면 살을 도려내서 환을 만들어 비아그라보다 효력이 있는 정력제를 만들지 않았을까. 눈과 귀도 매우 예민했다. 주장이 강하고 성격이 포악했다. 달기를 왕비로 맞고 더욱 포악해졌다. 달기는 천하절색의 미인이었다. 소호가 반란을 일으켰다가 주왕에게 진압당했다. 소호는 살아남기 위한 수단으로 자신의 딸 달기를 주왕에게 바치고 목숨을 구걸했다. 달기에게는 외형적인 미모를 훨씬 능가하는 성적 매력이 따로 있었다. 달기의 성기는 넓어졌다, 좁아졌다 하고 질은 겹겹의 주름으로 이루어져 있어 남자의 성기가 들어오면 움직이지 않아도 저절로 액체를 분비하여 꿈틀거려 부드럽게 죄는 명기였다. 달기의 방중술은 주왕을 극도로 흥분시켰다. 이날부터 궁녀들을 쳐다보지도 않았다. 나랏일도 팽개치고 달기 치마폭에 빠졌다. 달기를 왕비에 책봉했다. 달기는 주왕이 자신에게서 벗어나지 못한다는 것을 알았다. 주왕에게 웅장하고 화려한 궁궐을 새로 지어달라고 요구했다. 모든 난간과 기둥은 아름다운 마노와 옥으로 장식하도록 했다. 달기와의 욕정을 위해 백성을 가혹하게 착취했다. 달기는 음욕을 즐기는 것 말고 못된 버릇이 있었다. 잔혹한 형벌에 생사람이 죽는 구경을 좋아했다. 무시무시한 형벌들을 고안해냈다. 대형 청동 인두를 만들었다. 발갛게 단 인두로 자신의 벌거벗은 몸을 스스로 지지게 했다. 이토록 잔혹한 형벌도 달기에게 싱거웠다. 주왕에게 대형 청동 기둥을 주조하게 했다. 죄수를 벌거벗은 채로 숯불로 발갛게 단 청동 기둥을 가슴에 안게 했다. 처참한 상황을 보면서 달기는 변태적인 성욕을 자극했다. 고통을 받으며 새까만 재로 타 죽을 때마다 달기는 성에 굶주린 짐승처럼 울부짖었다. 살이 타는 역한 냄새가 풍기면 주왕의 품으로 파고들어 몸부림쳤다. 달기의 음욕에 찬 음부에서 주왕은 강렬한 쾌락을 느꼈다. 더 자극적인 쾌락을 위해 주왕은 달기의 변태성욕을 자극했다. 주왕과 달기의 육욕을 위해서 청동 기둥을 안고 새까만 재가 된 백성이 헤아릴 수 없었다. 독사와 전갈을 넣은 구덩이에 사람을 발가벗겨 밀어 넣었다. 구덩이를 내려다보면서 음욕을 채웠다. 심장에 병이 생겼는데 충신의 심장을 먹어야 나을 수 있다고 주왕에게 거짓을 고했다. 주왕이 충신의 가슴을 갈라 심장을 꺼냈다. 고통받는 여인으로부터 성적 자극을 탐하는 것이 남자만의 특권이 아니었다. 달기가 있었다. 끝도 없는 음욕의 깊이를 채우기 위해 무고한 사람이 수없이 죽었다.

햇살의 허리를 비틀다

　아파트에서 떠나게 된다면, 떠나고 싶어진다면, 떠나는 순간 딱 한 가지만 가져가라는 허락이 주어지면, 반드시 한 가지를 들고 나가야 한다고 강요당하면, 아파트 진입로에 연결된 도로의 자동차 흐름이 훤히 보이고, 경비원 머리가 점으로 움직이고, 젖니가 영구치로 완성된 열다섯 살 여자아이 치열처럼 주차장의 차들이 빈틈없다가 듬성듬성 자리가 비워지는 시간의 흐름을 목격할 수 있는 남측 베란다를 가져갈 것이다. 초윤은 조밀하게 응고된 기억의 괴를 들고 나갈 것이다.

　기남이 출근하고, 마트에 가서 일용품을 사오고, 노모가 부르면 노모의 집에서 얌전하고 고분고분하게 있다가 돌아오고, 친정엄마를 보고 싶은 생각이 다섯 번 누적되면 엄마가 차려주는 점심 먹으러 갔다가 돌아오고, 설거지를 하고, 세탁기가 작동하는 동안 청소기를 돌리고. 기숙사로 간 자영의 빈방 책상에 앉았다가 거실로 오면서 무의식적으로 문턱을 넘는 남측 베란다를 꼭 가져갈 것이다.

대숲바람이 싸리 빗질로 쓸어갔으면 좋겠다. 아뜩하게 헝클어진 뇌리를 태풍이 할퀴면 기억세포가 두부처럼 표백될까? 도로가 잘려나가고 전봇대가 사각으로 기울면 묻혔던 돌멩이가 예각을 세울 수 있을까? 초윤은 생성 시기를 가늠할 수 없는 꿈을 품었다. 기남의 동의가 필요 없는 꿈. 비행기를 타고 바다를 건너는 것도, 기차를 타고 터널을 지나는 것도 아니었다. 기남이 예측하지 못하는 곳, 잠자리 날개옷을 걸치고 패랭이꽃 숲으로 미끄러져 간 꽃뱀처럼 흔적이 생기지 않는 곳, 서쪽과 남쪽은 트이고 북쪽은 적당한 경사가 있어 종일 볕이 소멸되지 않는 곳. 충동이 담근 술처럼 익었다. 무엇을 할 것인가는 정해두지 않았다. 옷깃을 열고 기남을 알기 전 남자의 독특했던 체취를 재생해 보는 것도 괜찮을 것이다. 날아가며 점점 작아져 결국은 없어지는 새처럼 하늘에다 소실점을 찍어둔다는 다짐도 해두었다. 돌아올 때는 재생했던 것들을 소멸시켜야 했다. 소멸의 준거로 소실점이 필요했다.

방에서 낮잠에 함몰되었던 기남이 거실로 나왔다. 소파에 몸집을 놓는 기남의 존재가 초윤의 몸에 들붙은 혼곤함을 흔들었다. 기남이 초윤의 눈동자로 쏟아지는 햇살을 보았다. 오월의 환영이 초윤의 눈에서 어지럽게 흔들렸다. 햇살의 수레에 오월이 실려 가는 안타까움을 기남이 알기나 할까? 베란다로 뛰어나가 소리 지르면 유연한 움직임이 아주 잠깐이라도 정지할까? 세월의 수레바퀴에 빗장을 질러놓고 싶다. 오월의 들판에 소리 질러 햇살의 허리를 손아귀에 잡을 수 있을까? 저 미친 것의 허리를 비틀어 쥘 수 있을까? 기남이 눈을 멀뚱멀뚱 뜨고 있음에도 초윤은 눈을 감았다. 햇살이 뇌리로 둑 터진 저수지 물처럼 거침없이 흘러왔다. 배추벌레가 우글거리는 배춧잎을 뇌리에 덮은 듯, 생각의 벌레가 폭동을 일으키는 시민처럼 마구 뛰어다녔다. 기남은 그새 까뭇까뭇 졸고, 거실은 삽시간에 침몰한 호수 바닥. 베란다 창이 물결에 쓸리며 일그러졌다. 기남의 상체와 하체가 어긋나고 시계의 분침이 굴절되었다. 초윤의 시선도 굴절되며 생각이 조각조각 부서졌다. 생각의 벌레가 숨 쉬는 중추신경을 갉아 먹은 것일까? 생각이 하얗게 지워졌다. 뇌리로 깊은 동굴이 뚫리고 바람이 아뜩하게 지나갔다. 맷돌이 가슴팍에 얹힌 듯 숨이 막혔다. 새가 날아갔다. 베란다 사각의 공간에 사선을 그으며, 머리와 몸통과 너울대는 날개 깃이 뭉그러지면서 작은 점이 되었다. 위태로워지는 존재. 초윤이 숨을 뚝 멈췄다. 작은 점으로 작아져 소멸하는 순간의 끝점. 소실되지 않는 존재는 무엇이 있을까?

베란다에 나가 생각의 이마를 짚었다. 빛의 투명한 갈기가 세상을 마구 후려치고 있었다. 은사시나무 흰 몸통을 앙칼지게 휘어잡고 칼날을 휘저었다. 바람과 물과 나무와 꽃잎에 갈퀴 손을 뻗는 저것이 기어이 미쳤다. 빌딩과 아파트와 단독주택이 어초처럼 한낮을 건너고. 낮잠에서 깨어나 먹이를 줍는 뱀장어처럼 자동차가 느릿느릿 기어갔다. 소외되었던 것들도 엉금엉금 모습을 드러내는 한낮의 마법. 주차장이 어젯밤에 품었던 차를 절반은 보내고 그 빈자리를 새롭게 채우는 중이었다. 연푸른 잎사귀를 달고 느릿느릿 행군하는 단풍나무, 까만 점이 되어 소멸한 새, 생각의 이마를 괴지 않았다면 알아차리지 못하는 느릿하고도 까마득한 움직임, 아주 짧은 시각에도 새삼스러운 것들을 깨닫는 인간의 감각, 그래서 동물은 생각도 하지 못하는 이혼을 꿈꾼다. 부부가 나이를 먹으면서 서로 서먹해져도 서로를 바라보는 감각이 너그러워지고 무디어진다면 이혼은 없을 터였다.

텔레비전 영상이 거실에 고인 혼곤함을 빠르게 밀어냈다. 텔레비전에서 물오리가 수면을 깃털로 치며 차올랐다. 얼음이 삽시간에 깨지며 수면에 무늬가 생겼다. 햇살이 수면에 내려와 은어 비늘로 반짝거렸다. 되똥거리던 궁둥이를 가까스로 들고 날아가는 물오리, 먹물로 찍은 점으로 작아져 갔다. 초윤이 흰 치마를 입었다. 양산을 손에 쥐었다. 신발장을 열었다. 작약 꽃빛과 보리색깔과 빨간색 구두에 시선이 망설여졌다. 흰 치마와 보리 색 양산과 졸고 있는 기남을 바라보고서 빨간 구두를 골랐다. 현관 거울을 보고 입술을 빨갛게 칠했다. 눈썹을 아이펜슬로 까맣게 덧칠했다. 기남을 물끄러미 바라보다가 딸까닥, 문 손잡이를 쥐었다. 까닥까닥 졸던 기남이 후르르 깼다. 초윤의 짧아진 치마 끝선과 빨간 입술을 쳐다보았다. 기남이 상체를 비틀고 벌레 씹은 표정을 지었다. 불만의 표시였다. 무릎에서 한 뼘이나 치마 끝선이 올라간 허벅지에 시선이 노골적으로 닿았다. 기남의 두툼한 살집으로 초윤도 불만의 시선을 보냈다. 기남이 뱃살을 집어넣으려 얼굴을 단풍 빛깔로 물들이는 사이 현관문이 열렸다 닫혔다.

외출의 이유나 목적지는 없었다. 그런 것은 필요하지도 않았다. 햇살이 넘치는 곳은 그곳이 어느 곳이든 목적지가 될 수 있었다. 미루나무 잎에 머물다 온 바람, 연녹색 가지의 흔들림, 터지는 꽃잎이 있기 때문에 외출의 이유가 필요하지 않았다. 하강 엘리베이터 거울에 초윤이 나타났다. 오월 햇살이 자꾸 나를 불러. 겨울 여자가 은근하게 웃었다. 햇

살에 꿰인 곶감처럼 공기덩어리에서 달큼한 냄새가 났다. 천천히 걸어
갔다. 빛 알갱이가 초윤의 뺨과 다리를 어루만졌다.

"갈 곳이 있다. 지금 와야겠다."

아파트 진입로에서 노모의 전화를 받았다.

"저도 갈 곳이 있어요."

초윤이 순간적으로 거짓말을 했다.

"바람 쐬러 나갔다고 그러더라, 애비가."

엘리베이터로 하강하는 사이 노모가 기남과 통화한 사실을 밝혔다.

"꼭 가셔야 할 곳이면 아범과 같이 가세요."

햇살에 묻어온 바람이 머리칼에 붙었다.

"아범이 아니라 자영 어미랑 가야 할 곳이다."

가야 할 곳? 통화 중에 영감을 떠올렸다. 우아하게 앉아서도 날카로
운 말을 하고 간 영감의 며느리도 떠올랐다. 영감과 며느리의 방문 후
노모로부터 전화가 오지 않았다. 초윤은 아무 일도 없었던 것처럼 아침
마다 노모에게 전화했다. 벨이 두 번 울리기 전에 덜컥 연결되던 통화
가 좀처럼 연결되지 않았다. 연결되면 대뜸 용건이 무엇이냐? 넌 할 일
이 그렇게 없냐? 투박한 말을 초윤에게 던지고 끊었다. 다른 날은 몰라
도 오늘은 노모와 동행할 수 없는 긴요한 일이 생겼다고, 통화를 일방
적으로 종료하는 시모의 방식으로 종료버튼을 눌렀다. 상가 앞을 걸어
갈 때 기남에게 전화가 왔다.

"도대체 어디를 가기로 했기에 청을 거절했어?"

기남이 화를 냈다.

"오늘은 꼭 가야 할 곳이 있어."

초윤은 정하지 않은 갈 곳을 핑계로 물러서지 않았다. 사람들이 스쳐 지나갔다. 작고 뚱뚱한 남자가 엉덩이를 씰룩거리며 지나갔다. 손에 들린 작은 가방이 남자의 배처럼 불룩했다. 여인에게 손을 잡힌 아이 시선이 목줄에 끌려가는 도로 건너 애완견에 가 있었는데, 여인은 그 사실을 알지 못하고 마네킹에 걸린 여름 셔츠에 걸음을 멈췄다. 춘추복을 입고도 볼이 발갛게 익은 여고생이 따라오다가 여인과 충돌하지 않기 위해 방향을 급히 틀었다. 책가방이 아이의 머리를 스쳤다. 아이가 울음을 터트렸다. 여인은 미안해하는 여고생에게 짜증스러운 표정을 지었다. 아이는 울면서도 길 건너 뒤뚱거리는 애완견에게서 시선을 끊지 못했다. 여인의 시선이 마네킹의 셔츠로 되돌아갔다. 초윤은 햇살로 헤엄치는 은어가 되었다. 플라타너스가 볕을 과식해서 은행나무보다 갑절은 큰 잎을 달았다.

자전거를 탄 중학생이 횡단보도로 마주 건너오며 기우뚱거렸다가 균형을 잡았다. 사각으로 기운 햇살이 중학생의 동공을 정통으로 찔러 잠깐 시력을 잃었다. 간지러운 햇살도 날카로운 화살촉으로 돌변할 수 있다는 경고였다. 중학생이 반대편 자전거 전용도로에 사뿐하게 올라갔다. 초윤도 도로를 횡단하여 햇살이 넘쳐나는 인도로 올라갔다. 컨베이어 벨트에서 조립되는 기계부품처럼, 여울 물살에 떠내려가는 종이배처럼 행인들과 보폭을 맞추었다. 햇살이 토양으로 스며들었다. 토양에 뿌리박은 식물처럼 토양을 밟은 사람마다 나름의 향기를 뿜어냈다. 걸음을 디딜 때마다 시선이 출렁거렸다. 곰이 수놓아진 헝겊 가방을 등에 메고 까만 선글라스를 낀 맹인이 마주 걸어왔다. 색조화장을 하지 않은 맹인의 낯빛은 당목 천처럼 핏기가 없었다. 신호등에 정지했던 차들이 움직여 빠른 속도로 주행했다. 보도를 걷는 행인들은 여전히 수량이 일정한 여울처럼 똑같은 속도로 움직였다. 지팡이를 톡톡 두드리는 맹인의 보행속도는 불규칙했다. 핏기없는 누런 얼굴에 주근깨인지 잡티인지 분간하기 어려운 것이 발견되었다. 맹인이 걸음을 멈추었다. 초윤은 맹인의 코끝이 한차례 움찔거리는 것을 보았다. 맹인이 지팡이를 쥔 손을 가슴에 대고 머리를 비틀었다. 부스스한 머리카락이 흔들려 귀가 드러났다.

　횡단보도 신호등에 파란불이 들어왔다. 초윤은 목적지가 도로 건너에 갑자기 생긴 듯 빠르게 횡단보도로 접근했다. 맹인도 지팡이를 급히 두드리며 따라왔다. 초윤이 걸음을 멈추고 일부러 먼 곳을 바라보았다. 맹인이 지나가기를 기다렸다. 천천히 스쳐 지나는 중에 냄새가 풍겨왔다. 약간의 비릿함이 묻어있었지만 역겨운 정도는 아니었다. 스킨이나 로션 또는 색조화장의 냄새가 아니었고, 향수는 더욱 아니었다. 머리에서 풍기는 샴푸는 초윤도 사용했던 종류였다. 한 곳에만 피어있어야 하는 산나리가 문득 떠올랐다. 숲을 걸어 나올 수 있는 키와 시선을 받기에 충분한 색감의 꽃잎을 달고 있으면서도 한번 일어선 자리를 함부로 벗어날 수 없는 꽃. 응달에서 나풀거리는 풀잎 냄새가 코끝을 스쳤다. 미용실 앞에서 지팡이 두드림이 멈췄다. 맹인이 선글라스를 벗었다. 곰이 수놓아진 가방에서 손수건을 꺼내 눈자위를 닦았다. 미용사가 문을 열어주었다. 맹인은 열린 문에 엷은 웃음을 주었다. 미용사가 손을 내밀었다. 맹인이 어린이처럼 이끌려 들어갔다.

시모의 전화가 또 왔다.

"자영 어미야. 같이 갈 곳이 있다 말하지 않았니?"

초윤은 똑같은 말로 노모의 부름을 거부했다. 삼 분 후, 기남이 전화했다. 첫마디로 어디에 있는지 물었다. 무엇을 하고 있음이 중요한 것이 아니라 어디에 있음이 항상 중요했다. 왜 어디에 있는가에 대한 정보를 듣지도 않았다. 말을 중간에 뚝 잘라 노모에게 가 보라 명령하고 전화를 끊었다. 늘 그런 식이었다. 누에가 목구멍으로 꿈틀거리는 구토증세가 치밀었다. 구토를 잠재울 무엇이 필요했다. 용곤에게 전화했다.

"며느리가 시모의 말에 엇나가고 있으니 애비가 경로당으로 와야 하겠다."

초윤에게 거부당한 노모가 기남을 호출했다. 시모의 집이 아닌 경로당으로 오란 말에 거부감이 일시적으로 생겼다. 아직 캐나다로 돌아가지 않은 고모가 경로당에 있다고 노모가 덧붙였다. 기남은 영감도 있는지 묻지 않았다. 초윤이 해온 것처럼 마트에서 달콤한 빵과 막걸리를 샀다. 영감과 영감의 며느리가 방문했던 날 기남은 노모의 말을 어기고 집에서 기다리지 않았다. 기남의 돌발 행동에 대단한 화를 품었을 노모와 맞닥뜨리지 않았다. 서운한 것이 있으면 아파트로 오거나 전화로 속에 뭉친 것을 즉시 토해냈을 노모였다. 기남이 노모의 전화를 기다렸다. 초윤에게도 기남에게도 전화 오지 않았다. 그날 그렇게 돌아가고 영감과 노모가 계속 만나고 있을까, 의문을 품었다. 노모의 전화가 없어 궁금증이 해소되지 않았다. 노모 집에 머물고 있는 고모에게 물어볼 수 없고 일부러 찾아가 확인할 수도 없어 알지 못했다.

"아범이… 여길… 다 왔네?"

경로당에서 영감은 노모가 아닌 고모와 같이 있었다. 기남을 본 고모가 얼싸안을 듯 걸어와 환하게 웃었다. 들고 온 것을 내려놓고, 할아버지 방과 할머니 방에 노모가 보이지 않았다. 영감이 기남에게 웃어 아는 체했다.

"보시오. 아범이 막걸리며 안줏거리를 사왔소."

고모가 경로당 노인들 모두 들으란 듯 큰 소리로 말했다. 신문지를 깔아 막걸리와 안주를 차렸다. 화투를 치던 노인, 드라마를 보던 노인, 꼬박꼬박 졸던 노인이 주섬주섬 모여들었다.

"할멈 없다고 시무룩하지 말고 이리로 오시오."

구석에서 미적거리는 영감의 팔을 고모가 잡아끌었다. 노모는 경로당에 없었다.

"영감님이 아직 계시더냐?"

노모의 전화가 왔다.

"영감님과 만나게 하려고 너를 보냈을 것이다."

노모가 경로당에 애초부터 오지 않았음을 고모가 작은 소리로 암시했다. 경로당에 오지 않을 것이면 고모를 뵈었으니 돌아가겠다고 말했다.

"아범이 경로당에서 뵈어야 할 분은 고모가 아니라 영감님이다. 영감님을 설득하여야 할 것이다. 점심시간에 맞추어 식당으로 인도하면 참석하겠다."

노모가 말했다.

고모가 기남을 경로당 밖으로 불렀다.

"칠순 노인이 사춘기 소녀 행세를 한다."

노모는 영감의 며느리에게 일침을 당한 후 영감을 만나지 않았다. 고모를 보내 영감이 경로당에 오는지 알아보라 종용했다. 영감이 경로당에 평소처럼 똑같이 나오고 있음을 듣고 노모가 경로당에 나오지 않음에 어떤 표정과 말을 하는지 알아오라고 했다. 고모는 노모의 명령을 수행하는 첩보원이 되어 경로당에 나왔다.

"영감님과 만나게 해주어야 할까요?"

고모로부터 획득한 정보를 바탕으로 다음 단계를 시행하는 데 기남을 보낸 것이었다.

"아범은 모르는 척 물러서 있는 게 좋아."

노모가 싫어할 기남의 역할을 고모가 일러주었다. 고모가 노모의 집으로 가자고 했다. 고모가 골목 입구에 차를 멈추게 했다.

"만나기로 약속한 사람이 있으면 기다리게 하지 마라."

고모가 차에서 내려 시모의 집으로 걸어갔다.

용곤이 초윤과의 만남 장소로 오겠다는 시간이 십 분도 되지 않았다. 십 분 거리에 용곤이 와 있을 줄 몰랐다. 이십 년 만에 용곤과 연락이 되어 만났던 커피전문점이 리모델링 되었다. 일층 상점을 흡수해서 건물 전체가 커피를 마시는 공간이 되었다. 일 층은 이십 대 남녀가, 이 층은 젊은 주부가 자연스럽게 층을 분리했다. 일 층은 주로 쌍쌍의 남녀가 머리를 맞대 키득키득 웃었고, 구석진 자리는 혼자서 노트북이나 스마트폰에 열중했다. 초윤이 이 층으로 올라갔다. 삼십 대가 자녀의 교육문제를, 사십 대는 어제 만난 초등동창을 얘깃거리로 조곤조곤 말을 나누다 와드득 웃었다. 이 층 창가에서 근린공원이 내려다보였다. 족구 겸 배드민턴 경기장을 빼고 대리석이 바닥을 덮었다. 소나무와 벚나무가 뿌리 내린 곳만 동그랗게 맨땅이 허락되었다.

"이사 왔어."

용곤이 계단으로 성큼 올라와 마주앉았다. 중년 남녀가 마주앉게 되자 시선이 힐끔 몰렸다. 의심의 눈초리로 돌변한 저들과 가장 멀찍이 앉았음이 다행이었다.

"어디로?"

초윤이 광장을 내려다보던 자세를 용곤에게 고쳐앉았다. 무릎 위로 한 뼘 올라간 치마 끝선을 주먹으로 눌렀다. 짧은 치마에 시선이 닿은 여인의 얼굴이 찡그려졌다.

"옆 동."

용곤이 주먹으로 눌러도 드러난 허벅살을 바라보았다.

"옆 동?"

"그래. 백육 동."

초윤의 백오 동과 마주 선 아파트로 이사 온 저의가 무엇일까? 초윤이 용곤의 얼굴을 바라보았다. 효모를 섞어 부풀린 빵처럼 살이 오른 기남과는 색다르게 중년 남자다운 멋이 보였다.

"이렇게 앉아 있으면 부부가 아님을 누구나 간파할 수 있는 장소 중의 하나가 커피숍이야."

여인들이 들을 수 있는 톤으로 용곤이 말했다.

"한 끼의 식사비를 쓴 커피 값으로 지불하면서 숍에 앉아 있을 부부가 아직은 없지."

계산대 주인이 들을 수 있도록 큰소리로 초윤이 맞장구쳤다. 벽이 온통 유리라서 어항 속 관상어처럼 밖에서 환히 보이는 창가에 앉았다는 것과 짧은 치마로 시선이 자꾸 닿는 것 때문에 불편해졌다. 용곤이 초윤의 불편을 알아차렸다.

"다른 곳으로 갈까?"

일부러 천천히 말한 저음의 톤이 멋지게 들렸다.

"모텔로 가, 차라리."

초윤이 핸드백을 쥐고 일어나 출구로 걸어갔다. 용곤이 뒤통수를 맞은 듯 입을 벌렸다. 여인들도 스트로를 빨다 말고 눈을 휘둥그렇게 떴다. 용곤이 계단으로 내려가는 초윤을 바라보다가 일어섰다. 창가에서 내려다보았던 공원 소방도로에서 초윤이 택시를 잡으려고 급하게 허공을 휘저었다. 용곤은 택시가 곧 오지 않으면 휘젓는 팔을 멈추듯 모텔에 가려는 생각도 멈출 것이라고 생각했다. 용곤이 초윤의 뒤에 다가올 때까지 택시는 멈추지 않았다. 초윤이 작은 골목으로 빠르게 걸어갔다. 용곤은 초윤과 일정한 거리를 유지하려 행인과 어깨가 부딪혔다. 초윤은 술래잡기를 하는 듯 같은 골목을 두 바퀴나 돌았다. 빌딩 숲에 가린, 작고 시설이 엉망일 것이라는 예감의 모텔에 초윤이 멈췄다. 용곤도 걸음을 멈췄다. 초윤이 서슴없이 모텔로 들어갔다. 용곤은 모텔 입구와 손목시계를 번갈아 살피다가 핸드폰의 배터리를 이탈시켰다. 용곤이 이 층으로 올라가 이백삼 호 문을 열었다. 초윤이 방 가운데 서서 핸드폰의 배터리를 이탈시켰다. 용곤은 구두를 벗으며 빨간 구두를 바라보았다.

"집으로 기남 선배 만나러 와. 멀지도 않은 옆 동으로 이사를 왔다면서."

초윤이 핸드백을 침대에 놓았다. 예감대로 방은 초라했다. 침대 시트가 누렇게 바랬다. 구석에 놓인 플라스틱 휴지통이 담뱃불로 구멍이 뚫렸다.

"내일 올 수 있어?"

초윤이 블라우스 단추를 하나씩 벗겨 냈다. 용곤이 홀린 듯 고개를 끄덕였다. 용곤의 벗겨지는 중년남성을 바라보면서 기남이 떠올랐다. 기남의 탈모가 확장되면서 성격이 변하고 텔레비전 시청 습관도 변했다. 뉴스를 보면 구역질 나는 그릇된 세상에 욕설을 뱉었다. 오염된 내부를 정화하려는 듯 대자연 다큐멘터리를 골라보기도 했다. 인간은 나쁜 스토리를 만들어 욕지거리도 만들게 하지만, 자연은 인간의 욕지거리까지 포용하였다. 침묵만으로도 장관이 되는 것이 자연이었다. 사극을 즐겨보다가 평일 저녁의 드라마도 눈독을 들였다. 늦은 밤 개그 프로를 보면서 철부지처럼 웃었다. 손아귀에 쥔 리모컨이 기남의 혀와 눈동자를 대신했다. 리모컨이 손에 활착되고서 몸에 살집이 불어났다. 모서리가 부스러지는 소보로빵처럼 물컹해졌다. 저러다가 텔레비전이 만들어내는 각양각색의 캐릭터를 뭉뚱그려 놓은 괴물로 돌연변이 될 것이라는 우려를 낳았다. 사극을 보면서 보수적인 사상과 생활양식에 동화되었다. 연속 드라마를 보면서 스토리의 결말을 예언하고 불평과 비난을 쏟았다. 개그를 보면서 연출자 신호에 조종당하는 방청객처럼 웃어대는 모습은 나사가 헐거워진 바람개비를 보는 느낌을 주었다. 소파에 굼벵이처럼 앉아서 버튼이 아주 쉽게 퍼다주는 디지털 경험에 심취됐다. 초윤의 눈에 기남은 희망을 애써 무시하고 도전을 못 본 체하며 진보를 경멸함으로써 남은 인생에 양탄자를 깔고자 하는 속셈으로 보였다.

기남의 생활 습관은 적어도 아내인 초윤에게 비난을 받아야 했다. 타율에 의해 자신이 개조되고 있음을 간파할 지성을 소유했음에도 자기상실을 방관하고 있음은, 자신은 물론 가족과 주변 인맥으로부터의 이탈을 자초하고 있다고 비난받아 마땅했다. 초윤은 기남을 비난하거나 조롱하지 않았다. 자신을 비판해야 할 사람은 오로지 자신뿐이기 때문이었다. 기남이 비난받을 행동을 하는 동안은 스스로 멀어져 있는 방식으로 자신을 관리했다. 기남의 자기 상실을 간섭하지 않기로 마음먹었다. 희망과 도전과 진보의 불씨를 다시 지피기에 너무 삭았다고 자위했다. 기남과의 삶에서 벗어나고픈 충동이 간헐적으로 솟으면 억제하지 않았다. 용곤과의 만남도 억제하지 않은 충동 중의 하나였다. 뱃속에 기생충이 있음을 알면서도 구충제를 먹지 않음과 같은 맥락이라는 자책이 생겼다. 기남에게 미안한 마음은 갖지 않았다. 노모가 안다 해도 용서를 빈다거나 후회할 생각이 없었다. 날마다 모서리가 부서지는 삶

이 된다 해도, 윤리에 어긋난다 해도 내면에서 솟아나는 충동은 억제하
지 않기로 했다.

"내일 말고 오늘 저녁에 와."

용곤과 헤어지면서 초윤이 말했다. 낮고 은밀하며, 강요의 말투였다.
모텔에서의 행위 탓에 용곤은 거역할 수 없는 의무로 받아들였다. 초
윤이 아파트로 먼저 걸어갔다. 용곤이 십 미터 뒤에서 모르는 사람처럼
초윤의 보폭에 맞추어 따라갔다. 아파트는 초췌한 눈빛으로라도 그 자
리에 있어야 안도감을 줄 수는 존재였다. 상가를 지나면서 초윤이 속도
를 늦추었다. 햇살에 가위눌린 푸른 형광등의 마트에 점원이 까뭇까뭇
졸았다. 용곤이 갑자기 느려진 속도에 적응하지 못하고 마트로 들어갔
다. 떡집에서 배가 부른 사람이 떡을 들고 나왔다. 홀쭉한 사람이 마트
와 떡집을 기웃거리다 마뜩하지 않은 표정으로 걸어갔다. 한우전문 정
육점 여자가 키우는 화분에 애호박이 풍선처럼 동그랗게 달렸다. 초등
학교 교문은 늘 열려 있었다. 교실에 아이들이 있어 개방된 학교를 어
른은 외면했다. 플라타너스 벤치로 떡가루처럼 켜켜이 쌓이던 재잘거림
도 없었다. 초윤 앞으로 여인이 물방개처럼 뒤뚱뒤뚱 걸어갔다.

고모를 태우고 노모의 집으로 가는 중에 과장의 전화가 왔다. 산에
오지 않은 이유를 물었다. 휴일이면 산에 오르는 기남의 습성만 믿은
과장이 등산로 입구에서 두 시간 기다렸다. 초윤이 노모의 호출에 응
했다면 기남은 과장과 만났을 터였다. 과장이 나와 있을 것이라고 생각
하지 않았지만, 등산 가방을 꾸리는 중에 노모의 전화를 받았다. 등산

복을 입고 있는 상태에서 경로당에 왔으므로 고모만 없으면 과장과 등산할 준비가 되었다. 노모를 태우고 고모와 점심 식당에 가려던 계획이 흔들렸다. 과장과 통화하면서 고모를 곁눈으로 살폈다. '노모와 갈 곳이 있으니 집 앞에 내려다오.' 고모가 말했다. 기남의 속을 훤히 읽었다. 어머니와도 같은 촉과 배려가 고모에게 있었다.

한 시간이 더 소요되어 등산로 입구에 도착했다. 과장이 두부전문 식당에서 길가에 놓은 벤치에 앉았다가 기남에게 손을 흔들었다. 무료와 시무룩함이 과장의 얼굴에서 우두둑 떨어졌다. 연분홍 나팔꽃처럼 과장의 얼굴이 화들짝 붉어졌다. 묻지 않아도 남편이 밀양에서 오지 않았다. 오월 장미꽃이 만개한 캠퍼스 기숙사에서 자영이 오지 않은 것처럼 과장의 아들이 기숙사에서 오지 않았다. 기남은 주중에 과장이 혼자라는 것을 회사에서 알고 있는 유일한 사람이기를 희망했다. 기남도 그랬지만 업무 외의 개인 생활을 회사에서 말하는 성격이 아니었다. 그런 성격 형성에 부장이 큰 몫을 했다. 사장의 아들인 부장에게 비밀이란 존재할 수 없었다. 부장 개인과 가족 구성원의 사생활을 매일 떠벌렸다. 과장과 기남보다 나이가 어리면서 부서의 장이 될 수 있게 한 아버지를 시시로 등장시켰다. 외국인이 소유주인 회사에 지분도 없으면서 사장이 된 아버지를 과시하면서 본인뿐만 아니라 가족의 사생활이 줄줄이 드러났다. 월요일마다 조회에서 회의 도중에 부장 스스로 사생활 침해를 조장했다. 부원은 부장의 잡스러운 수다에 넌덜머리가 났다.

과장이 배낭에서 스낵을 꺼냈다. 기남이 장난스럽게 웃었다. 과장도 웃었다. 칠 년 전 가을 기남의 옆자리로 과장이 옮겨왔다. 점심 먹고 들어오면서 출출한 시간에 먹을 요량으로 스낵을 사다 놓았다. 첫인사를 나누고 종일 업무에 몰두하며 대화가 없던 과장이 스낵을 북 찢었다. 허락도 없이 남의 스낵을 먹는 과장을 불쾌한 시선으로 바라보았다. 업무에서 시선을 떼지 않은 과장이 기남의 시선을 무시하고 스낵을 바삭바삭 먹었다. 과장은 너무 태연했고 자연스러웠다. 기남도 봉지에 손을 넣어 스낵을 먹었다. 과장이 하나 먹으면 기남도 하나 먹었다. 서로 하나씩 먹기를 계속했다. 부장이나 부서원이 납득하기 어려운 우스운 상황이 되었다. 마지막 남은 스낵을 과장이 집어 들었다. 스낵이 더 없음을 본 과장이 스낵을 반으로 쪼개서 기남에게 내밀고 씽긋 웃었다. 무례하고 어이가 없다는 기남의 생각을 싹 날리는 미소였다. 과장이 퇴근한다고 일어섰다. 기남도 퇴근을 준비하며 서랍을 열었다. 과장과 먹었던 스낵이 서랍에 있는 것이 아닌가? 스낵 때문에 과장을 불쾌하게 여긴 기남의 얼굴이 확 붉어졌다. 퇴근하는 과장을 뒤따라간 기남이 스낵 때문에 오해했다고 말했다. 오해는 식당에서 푸는 것이라고 과장이 말했다. 기남이 저녁을 샀고 과장이 답례로 술을 샀다. 과장이 스낵을 사와 책상에 놓는 날이면 기남이 좀 떨어진 골목 식당에서 과장을 기다렸다.

정오가 되었다. 배가 부른 상태로 경사로를 오르는 것은 유쾌한 것이 되지 못했다. 두부 전문 식당에서 점심을 먹고 곁들여 막걸리라도 마시면 회화나무 숲에서 노을을 기다리는 일정이 저절로 잡혔다.

"다른 곳으로 가요."

과장이 등산 가방을 멨다. 과장도 차가 있기 때문에 목적지를 출발하기 전에 정했다. 과장의 집으로 가서 과장을 태우고 기남의 아파트로 갔다. 기남이 주차하는 동안 진입로와 연결된 도로 반대편에서 과장이 기다렸다. 기남이 횡단보도를 건너오는 동안 과장이 택시를 세웠다. 서산에서 자란 과장을 고려하여 횟집으로 가자고 기남이 제안했다. 과장이 낮술을 마실 수 있는 곳이면 좋다고 화답했다. 횟집으로 가다가 방향을 바꾸었다. 회를 안주로 소주를 마시면 빨리 취할 것이고, 함께 있을 수 있는 시간을 가늠할 수 없다는 예감이 생겼다. 내부를 작은 공간으로 분리한 식당을 찾기로 했다. 공통적으로 조명이 어둡고 내밀하며, 메뉴 또한 탕과 전과 족발 등이 저렴하고 다양하게 준비되어 있었다. 차례차례 주문하며 은밀함을 길게 유지할 수 있다는 사실을 경험으로 알고 있었다. 기남의 제안에 과장이 흔쾌히 동의했다. 대학생이 주로 다니는 골목을 찾았다. 적은 돈으로도 긴 시간 둘만의 공간을 확보할 수 있는 음식점이 밀집한 골목으로 들어갔다. 점심부터 새벽까지 영업하는 식당으로 들어갔다. 아르바이트 학생이 방으로 안내했다. 식당 내부가 컴컴했다. 방도 조도가 형편없이 낮았다. 한낮에 소주를 마시는 것에 익숙해 있지 않았다. 정오 무렵에 소주를 함께 마셨던 사람은 과장뿐이었다. 과장과 정오에 소주를 마실 땐 단둘이었다. 정오의 술집에서 과장과 단둘이 있다는 것은 드러내어 말하지 않아도 떳떳할 수 없는 장면임이 분명했다. 스릴 있고 마약을 한 것처럼 기분이 묘하게 들뜬다는 것을 체험한 후부터 타인이 목격해서는 안 될 장면은 선반에 얹어둔 꿀단지와 같이 오묘한 존재가 되었다.

"제 나이 아세요?"

아르바이트 학생이 파전을 놓고 나가자 과장이 건배를 청했다. 기남은 과장의 나이를 정확하게 기억하지 못했다.

"이 나이에 삭이지 못하는 응어리가 있다면 믿지 않겠죠?"

잔을 부딪고 그저 웃었다.

과장이 씁쓸하게 웃었다. 과장의 나이를 정확하게 대답할 시점이 아니었다. 과장이 삭이지 못하는 응어리를 끌러놓겠다는 선언에 나이를 말해서 빗장을 걸 필요가 없었다. 과장이 토하려는 응어리의 심지에 불을 댕기듯 기남이 건배를 청했다. 맑고 찰랑한 소주를 한입에 털어 넣었다. 과장도 소주를 부은 목울대를 꿀꺽 움직이고 잔을 내밀었다. 넘기지 못한 소주가 입술에 흘렀다. 과장의 입술에 묻은 소주를 입술로 훔치고 싶은 충동이 생겼다. 조도 낮은 조명과 밀폐된 작은 공간이라서 충동을 이행할 수 있는 조건이 마련되었다. 털어놓을 사연을 혀에 감은 과장이 진지한 표정으로 변했다. 입술을 훔칠 분위기가 아니었다. 기남에게도 말하지 못할 응어리가 있느냐고 과장이 물었다. 기남은 과장이 말하는 응어리의 정도나 수준을 가늠하지 못했다. 과장보다 더 진지하게 표정을 바꾸었다. 조도가 낮아 침침한 작은 방에서 둘은 동료 관계를 뛰어넘어 연인의 감정으로 몰입되도록 조장하는 것이 도리라고 생각했다.

"개인적인 일을 털어놓는 것이 부끄럽지만…."

과장의 음색과 눈빛에서 연인이 되었음이 드러났다. 기남이 눈동자에 힘을 주고 과장에게 고개를 끄덕였다. 어떤 얘기를 하든, 심지어 자신을 힐난하는 말을 해도 거부하지 않고 받아주겠다는 암시를 보냈다.

기남의 의도를 간파한 과장이 잠깐 미소를 지었다. 감사의 표시였는데 평소 보지 못한 주름이 잘게 일렁거렸다. 가슴에 응어리를 품은 미소가 참 아름다웠다. 과장이 예쁘게 보였다.

"스무 살 아들의 엄마이고 마흔아홉 살 남편의 아내인데…, 요즘은 기남 씨와의 시간이 남편이나 아들과 함께 있는 시간보다 많아요."

과장이 열두 살부터 부모가 싸우기 시작했다. 육이오 전쟁이 다시 시작된 것처럼 낮에도, 저녁을 먹는 중에도 싸웠다. 살림을 던지고 엄마를 때리고, 공포에 떨면서 이불을 덮어쓰고, 울고, 엄마가 죽을 것 같아 힘껏 소리도 지르고, 밤마다 두렵고, 무섭고. 아버지가 원망스러웠다. 싸우는 이유를 알 수 없었다. 과장이 어른이 되어 돌이켜보니 아버지의 의처증과 엄마의 사교성이 문제였다. 엄마는 밖으로 놀러 다니는 것을 좋아했다. 폭력에 못 견뎌 집을 자주 비우다가 아예 사라졌다. 초등학교 오 학년 나이에 밥하는 것을 아버지한테 배우고, 끼니때마다 반찬 걱정을 하고, 중학생이 되면서 김치도 담아야 하고, 아침 여섯 시 밥해서 도시락 싸고, 아버지 밥상 차리고, 씻고, 동생과 학교 가고…. 똑같은 날들의 연속이었다. 언 물에 맨손으로 빨래하며 엄마를 원망하고, 울기도 너무 울고, 밤마다 베게는 젖어서 쉽게 잠을 잘 수도 없었다. 사춘기는 언제 왔는지? 여자로서 첫 생리가 왔을 때 무슨 죽을병에 걸린 줄 알고 놀라서 울고, 누구에게 말할 사람이 없었다. 술에 취하면 자는 사람 깨워 앉혀놓고, 엄마는 너희를 버렸다. 원망하고 살아라. 키워주지 않는 부모는 부모가 아니다. 야간고등학교에 입학했다. 낮에 공장에 다녔다. 열일곱 살, 월급을 받으면 아버지가 모두 가져갔다. 살림에 보태야 한다며. 사고 싶은 거 너무 많았다. 돈을 작게 받는 달은 잔소리를 들었다. 주머니에 돈이 없었다. 버스 삯에, 밥값에. 고등학교 삼 년 동안 일하고, 학교 다니고, 여섯 시에 일어나 밥하고, 반찬하고. 죽어버릴까, 수백 번 생각했다. 환생해서 부잣집에, 행복한 가정에 태어날 수 있다면, 그런 생각도 했다. 밥을 태우면 냄비를 아버지가 머리에 엎었다. 친구랑 놀다 늦게 들어오면 허리띠로 얻어맞고. 미친년, 병신 같은 년, 어미 닮은 년, 온갖 욕을 십 대에 다 들었다. 돌이켜 보면 아버지를 좋아했던 기억이 한순간도 없다. 아버지란 존재가 무엇인지? 삶을 포기하려는 생각의 빌미가 되는 아버지 존재를 지우려 했다. 우리를 버리고 간 엄마보다 더 밉고 원망스러웠다. 엄마 없이 커가는 자식, 스무 살에 남편을 만났다. 술을 마시지 못하는 남자라서 주정과 폭력이 없으니 결혼을 결심했다. 상견례 때 아버지가 시댁 쪽에 말했다. 내 딸은 모아둔 돈 없으니 알아서 결혼하라고, 돈 없어서 시집 못 보내준다. 상견례 자리에서도 남편이 아버지에게 술을 따랐다. 괜찮습니다. '저희가 살면서 살림은 마련할 겁니다. 걱정 마세요, 아버님.' 남편한테 과장은 얼굴을 못 들었다. 결혼은 아버지로부터 도피 수단이 됐다.

"남편에게 무척이나 미안하고 죄스러웠습니다. 살면서 살림을 준비했어요. 이십 년 지난 작년 가을에 남편에게 차를 사주었습니다. 그런데 차를 놓고 밀양으로 갔어요. 출퇴근에 버스 타지 말라고…. 아버지요…? 용돈 달라, 옷 사 달라, 병원비 보태라, 돈 달라는 전화. 저를 키워주신 부모라고 명절 생신에 남편이 식사 대접하고 용돈을 드리고, 술 취하면 밤늦게 전화 오고, 소리 지르고 울고, 이년아. 너는 아버지 걱정도 안 되냐?'"

과장의 상체가 흔들렸다. 간들간들 선 자루의 밑동을 건드리면 내용물을 와르르 쏟아내며 주저앉을 것처럼. 기남에게 무너질 상황이 무르익었다. 과장을 포옹하고픈 충동이 생겼다. 과장이 갈구하는 눈빛으로 기남을 바라보았다. 과장의 옆으로 옮겨가서 안아주어야 한다는 강박에 사로잡혔다. 과장의 어깨에 팔을 얹고 있다가 미세한 충동이 더해지면 입을 맞출 단계로의 전환은 빤한 수순이었다. 기남은 과장을 포옹하지 않았다. 과장은 응어리를 말하면서 자신을 또 할퀴었다. 기남이 포옹하기엔 할퀸 상처가 너무 컸다.

"아침에 남편이 있는 밀양으로 가려고 했어요."

농성 천막을 제거할 경찰의 투입이 임박했다는 뉴스를 듣고 밀양으로 가려 했으며, 계절 바뀐 옷가지를 가방에 챙겨 운전석에 앉았는데…, 망할… 아버지로부터 전화가 왔고, 밀양이 아닌 등산로 입구로 방향을 바꾸었다는… 착잡한 심정의 위로를 빙자해서 껴안을 수는 없었다.

"나도 모르게 내 몸이 폭력을 기다리고 있다면 믿으시겠어요?"

과장이 희미하게 웃었다.

초윤이 낙지와 갈비를 샀다. 두부를 데치고 묵은 김치를 볶았다. 만찬 준비가 끝났다. 마침 방문자를 맞이할 기남이 들어왔다. 곧 방문하겠다는 용곤의 문자가 왔다. 초윤이 베란다에 나가 용곤을 확인했다. 이십오 년 만의 재회가 톱니바퀴처럼 순탄하게 엮어졌다.

"어서 와. 최 부장."

기남이 빨간 구두 옆에 까만 구두를 벗는 용곤에게 손을 내밀었다. 용곤이 기남의 어깨너머로 서 있는 초윤을 쳐다보았다. 가슴이 도드라진 흰색 상의와 엉덩이 윤곽을 드러내며 발목으로 늘어진 검은 원피스, 풍성하게 부풀린 갈색 머리를 차례로 보았다. 눈빛이 마주쳤다. 초윤이 엷은 미소를 풀었다. 낮에 허름한 모텔에서 시종 머금던 미소였다. 식탁에 셋이 둘러앉았다. 전골이 부글부글 끓었다.

"소주를 함께 마시는 날이 다시 올 줄 몰랐는데…, 반가워."

기남이 소주병을 들었다. 용곤이 초윤을 흘낏 바라보고 소주잔을 쥐었다. 초윤이 놓치지 않고 재빨리 웃음을 보냈다. 용곤의 얼굴이 확 붉어졌다. 기남이 용곤 잔에 술을 부었다.

"다시 만나 소주를 마실 줄은 몰랐어요."

용곤이 잔을 입으로 가져가면서 손등의 냄새를 맡았다. 모텔에서 옮겨온 초윤의 냄새를 상기했다. 기남이 화장실로 갔다.

"남편과 눈이 마주쳐도 고개 숙일 거 없어."

화장실 문이 닫히자 초윤이 작게 말했다. 용곤이 잔을 들어 입에 털어 넣었다. 초윤이 엉덩이를 끌어 용곤에게 다가앉았다.

"강한 남자가 더 누릴 수 있는 세상이 되었어. 모텔의 행위 때문에 남편에게 미안해하는 마음 갖지 마."

용곤의 시선이 화장실 문에 닿았다.

"섣부른 연민이나 동정 같은 거 같지 마. 단지, 승리자의 줄에 서 있고 싶었으니까."

기남은 용곤의 방문으로 경로당에서의 일을 초윤에게 말할 기회를 잃었다.

밤새 비가 내렸다. 누군가 뒤로 천천히 걸어와 몸을 어루만지듯 빗소리가 자그락거렸다. 물소리가 귓결에 들렸다. 베게는 젖지 않았다. 그것은 소리였다. 동글동글한 자갈이 굴러가는 소리였다. 여울 물살에서 은어 비늘 같은 기억의 파편이 끝없이 반짝거렸다. 등허리로 가만가만 쓰다듬는 누군가의 손길이 이끄는 데로 몸을 뒤척였다. 깊은 숲이 보였다. 그 숲의 중심에 홀로 서 있는 자신의 모습이 자신의 눈에 보였다. 시선이 숲에서 충돌하면서 거미줄처럼 엉켰다. 시선에 갇히면 숲을 벗어날 수 없다는 깨달음이 왔다.

꿈을 꾸었다. 숲이 어둡다. 처음부터 불은 켜 있지 않았다. 잎사귀에 떨어진 햇살이 부신 빛으로 되살아나는 정도였다. 그런 숲에 들어가면 백만 촉광의 등불이 켜진 것처럼 밝았다. 가슴에도 말갛게 불이 켜졌다. 푸른빛은 시선이 닿는 모든 것을 송두리째 싱그럽게 만들었다. 어디선가 많이 본, 몸의 윤곽이 눈에 익은, 표정까지 익숙한 여인이 걸어왔다. 시선은 고무줄에 묶인 듯 숲을 벗어나지 못했다. 부메랑처럼 뇌리로 되돌아왔다. 돌아오는 시선을 맞으면서 곡괭이질을 당하듯 몸 어딘가가 허전해졌다. 두레박이 출렁출렁 떨어지다가 수면에 첨벙 닿는 순간, 멧비둘기가 회오리처럼 솟아올랐다. 숲을 메운 안개에 포물선을 그리다 하얗게 물들어버린 멧비둘기.

벚꽃이 정말 여렸을까

펴 낸 날 2014년 12월 10일

지 은 이   김창식
펴 낸 이   최지숙
편집주간   이기성
편집팀장   이윤숙
기획편집   윤은지, 주민경, 김송진
표지디자인 신성일
책임마케팅 임경수
펴 낸 곳   도서출판 생각나눔
출판등록   제 2008-000008호
주   소   경기도 고양시 덕양구 화중로 130번길 24, 한마음프라자 402호
전   화   031-964-2700
팩   스   031-964-2774
홈페이지   www.생각나눔.kr
이 메 일   webmaster@think-book.com

※ 이 책의 제작비 일부는 **충북문화재단** 기금을 지원받았습니다.